Y SW

Y SW

TUDUR OWEN

Cyflwynedig

i

Mam, Dad, Elen, Richard,

Mary, Ann a Rona

Argraffiad cyntaf: 2014

ⓗ Tudur Owen

Cyhoeddir gan Wasg Carreg Gwalch,
12 Iard yr Orsaf, Llanrwst, Conwy, LL26 0EH.
Ffôn: 01492 642031 Ffacs: 01492 641502
e-bost: llyfrau@carreg-gwalch.com
lle ar y we: www.carreg-gwalch.com

Rhif rhyngwladol: 978–1-84527-483-2

Mae'r cyhoeddwr yn cydnabod cefnogaeth ariannol
Cyngor Llyfrau Cymru

Cynllun clawr: Ifan Jones

Lluniau clawr/tu mewn: Osian Efnisien

CYNNWYS

Gŵyl Caeredin, 2008

'Be ddiawl ti'n neud?' gofynnais. 'Be sy'n gneud i chdi feddwl y bydd gan y gynulleidfa unrhyw ddiddordeb yn dy stori di?'

Ches i ddim ateb gan y dyn oedd yn fy wynebu. Yr unig beth roedd o'n gallu ei wneud oedd syllu arna i ac ysgwyd ei ben yn araf.

'Fydd 'na neb yn dy blydi goelio di siŵr,' ychwanegais.

'Last-minute rehearsals?' Clywais acen Albanaidd, a throi o'r drych a gweld pen rheolwraig y llwyfan rownd y drws.

'Something like that,' atebais.

'You *are* doing it in English, aren't you?'

'Yes, of course I am.'

'It's only ... I thought, when I heard you speaking Gaelic there, I thought I'd just check. Okay then, thirty seconds, Titherr. Have a good one, mate.'

Cododd ei bawd cyn llithro'n ôl allan cyn i mi gael cyfle i'w hatgoffa, 'It's *Welsh* – and it's *Tudur!*'

Dwi 'di wedi hen arfer amau fy hun cyn sioeau. Ydi'r deunydd yn ddoniol? Ydw i'n mynd i gofio pob dim? Ydi fy malog ar gau? A dwi 'di gweiddi arna i fy hun mewn sawl drych hefyd, ond rywsut roedd heno'n wahanol.

Edrychais ar fy adlewyrchiad am y tro ola. Roedd hi'n rhy hwyr i newid fy meddwl rŵan.

Agorais ddrws y stafell newid a cherdded tuag at gefn y llwyfan. Aeth y theatr yn dywyll a symudais yn reddfol at ymyl y llenni i ddisgwyl. Daeth acen yr Albanes o'r düwch.

'Ladies and gentlemen, please welcome on stage: Titherr Owen!'

Ochneidiais yn ddwfn, tshecio fy malog a cherdded at y meicroffon unig. Wrth i'r llifolau fy natgelu i'r gynulleidfa, siaradais yn ddistaw fel na allai neb glywed fy ngeiriau cynta.

'Maddeuwch i mi.'

Ac yna, mewn theatr yng nghanol Caeredin, am y tro cyntaf ers dros chwarter canrif, mi adroddais hanes Y Sw.

PENNOD 1

Sir Fôn, 1980

Ym mis Awst 1980, ar dudalen flaen y papur newydd enwog, *The News of the World*, gwelwyd pennawd: 'The Worst Zoo in Britain'. O dan y llythrennau du, blin, roedd tri llun. Yn y mwyaf o'r tri, ac yng nghanol y dudalen, roedd llew. Roedd o'n sefyll mewn pwll mwdlyd a'i fwng aur yn gaglau budur. Yn yr ail lun roedd mwnci cynddeiriog yr olwg, ei fysedd main yn gwasgu'n dynn am weiran ei gaetsh a'i geg ar agor led y pen mewn sgrech wallgof. Yn y trydydd llun roedd bachgen ifanc, yn sbio'n syth i'r camera ac yn edrych fel petai'n trio'i orau i beidio chwerthin.

Fel pob pennawd papur newydd, mi aeth hwn yn angof ymhen amser. O fewn yr wythnos roedd wedi'i ddisodli gan hanes rhyw wleidydd a'i wendidau, a stori am seren ddisglair a gollodd ei sglein mewn stafell gwesty. Diflannodd y llew, y mwnci, ac – yn y pen draw – y *News of the World* hefyd, ond mae'r stori y tu ôl i'r pennawd yn fyw o hyd. Ac er iddo heneiddio a thwchu, mae'r bachgen ifanc yn dal i gofio'r diwrnod y gwelodd ei lun ar dudalen flaen y papur newydd. Mae o'n cofio yn iawn pam y cafodd o drafferth i beidio â gwenu y diwrnod hwnnw. Dach chi'n gweld, fi oedd y bachgen yn y llun, a dwi'n gwybod yn iawn be oedd y stori wir tu ôl i'r pennawd llym.

* * *

'Mil naw wyth deg!' ebychodd Dad. 'Dwi wedi byw mewn chwe degawd rŵan, a'r ddau ohonach chi mewn tri.'

Roedd y pos yn ormod i Dewi, fy mrawd, a dreuliodd y munud neu ddau nesa fel delw, yn gwneud syms yn ei ben.

'Mae'r byd yn mynd i orffen yn naintîn eiti ffôr,' medda fi.

'Damia, ydi wir? A ninnau 'di meddwl ymddeol yn naintîn eiti ffeif, yndê, Mam?'

Dyna fyddai Dad yn galw ei wraig – yn ein cwmni ni'r

plant beth bynnag. Dwi'm yn meddwl ei fod o'n ei galw hi'n hynny fel arall. Mi fysa hynny braidd yn od, ma' siŵr. Morfudd oedd ei henw. Weithia mi fydda fo'n ei galw hi'n 'Mor', a weithia, os oedd o wedi cael wisgi, mi fydda fo'n defnyddio'i henw llawn cyn priodi, sef Morfudd Elen Roberts. Pan fyddai hyn yn digwydd, arferai Mam ateb drwy ddeud, 'Dos i dy wely, y ffŵl gwirion.' Ond i mi a Dewi, Mam oedd hi ac roedd yr holl fydysawd yn troi o'i chwmpas.

'Ymddeol?' atebodd Mam wrth droi oddi wrth yr Aga. 'A be oeddat ti wedi feddwl 'i wneud wedyn – chwara golff?'

'Wyddost ti ddim, ella 'mod i'n giamstar ar golff,' broliodd Dad wrth bori drwy'r *Farmers Weekly*.

'Peidiwch â gwrando arno fo, hogia. Wneith hwn byth ymddeol siŵr.' Trodd yn ei hôl at yr Aga cyn ychwanegu, 'A fysa fo 'di colli mynadd efo golff cyn cyrraedd y twll cynta.'

Smaliodd Dad nad oedd o wedi ei chlywed am eiliad.

'Ma' siŵr bod 'na fwy o bres i'w wneud drwy adael i fisitors gnocio peli o gwmpas y caeau 'ma na drwy drio'u ffarmio nhw erbyn hyn. Dwi 'di meddwl ers tro y bysa'r caea ucha'n gneud cwrs golff da. Ma' nhw'n sych rownd flwyddyn, a does 'na fawr o fwyd yno.'

Cyn iddo fedru codi stêm efo'i syniad trodd Mam ato unwaith eto, ond y tro yma roedd hi'n gafael mewn padell – a'r tro yma, doedd dim raid iddi ddeud gair. Aeth Dad yn ei ôl at noddfa'r *Farmers Weekly* a bu distawrwydd am funud, cyn i Dewi ddeffro o'i benbleth.

'Dwi'm yn dallt,' medda fo'n rhwystredig. 'Dim ond fforti eit ydach chi, Dad!'

Wrth edrych yn ôl o gadair esmwyth y dyfodol, roeddan ni'n hapus: teulu bach Pen Parc. Dad a'i syniadau gwneud pres, Mam a'i chynhesrwydd clyd a Dewi a'i *Chinese burns* a'i *dead legs*.

A doedd dim rheswm i amau na fyddai ein bywydau

wedi parhau i fod yr un mor ddelfrydol ar ein ffarm ger y môr, petai'r hyn oedd am ddigwydd, heb ddigwydd.

Yn 1980 roedd Prydain ar ei gliniau. Roedd y wlad yng nghanol dirwasgiad economaidd enbyd arall, ac ychydig a wyddai pawb ar y pryd na fyddai'r greaduras yn llwyddo i godi ar ei thraed am sawl blwyddyn arall. A hyd yn oed wedyn, mi fyddai'n rhaid iddi ista i lawr bob hyn a hyn.

Ond roedd o'n gyfnod o newid mawr hefyd. Roedd yr oes ddigidol yn dechra gwawrio ac roedd datblygiadau technolegol yn cyflwyno teclynnau a fyddai'n newid ein bywydau ni am byth. Un o'r dyfeisiadau mwya chwyldroadol oedd y rimôt contrôl. Erbyn hyn, mae'n anodd gwerthfawrogi'r pleser newydd hwnnw o beidio gorfod codi o glydwch y soffa, cerdded yr holl ffordd at y teledu a newid y sianel. Er, drwy ddefnyddio ffon fambŵ hir, roedd Dad wedi llwyddo i oresgyn y broblem arbennig honno ers blynyddoedd.

Y teclyn newydd gafodd fwyaf o argraff ar Dad oedd y cyfrifiannell. Mi ddaeth adra un diwrnod a gosod bocs o'n blaenau ar fwrdd y gegin. Efo seremoni fysa'n deilwng o Orsedd y Beirdd, agorodd y bocs a chyflwyno'r ddyfais wyrthiol i'w deulu bach. Roedd y peiriant yn llwyddo i ddatrys pob pos mathemategol roeddwn i'n gallu meddwl amdano.

'Be 'di mil, dau gant chwe deg tri wedi'i luosi efo pedwar cant dau ddeg un pwynt dau pump?'

Mewn amrantiad ymddangosodd rhes o ffigyrau bach coch ar y sgrin: '532038.75'. Anhygoel!

Wyddwn i ddim oedd o'n gywir ai peidio, ond doedd dim otsh achos roedd y dyfodol ar ein bwrdd cegin. Ac yno yr arhosodd o, yng nghwmni'r pot siwgwr a'r copi dyddiol o'r *Daily Post*. Byddai'n cael ei waldio pan ddôi Dad adra o'r sêl neu pan fydda fo'n cael syniad newydd. O fewn dim ro'n i wedi dod o hyd i ddefnydd arall i'r cyfrifiannell drwy ei droi ben ucha'n isa er mwyn i'r rhifau edrych fel geiriau, megis *hEllO* a *ShEll Oil*. Fy ffefryn oedd *bOObIES*.

Ro'n i'n dair ar ddeg oed yn 1980, ac yn edrych yn wahanol i bawb arall. Gadewch i mi esbonio pam. Ar ddechra'r degawd newydd, roedd ffasiwn a cherddoriaeth pync wedi cydio yn nychymyg ieuenctid ar hyd a lled y wlad. Roedd gwalltiau Mohican, *zips* a *safety pins* wedi dod yn rhan annatod o fywyd pobol ifanc ym mhobman. Ym mhobman heblaw sir Fôn hynny ydi, achos doeddan ni, ar yr ynys, ddim wedi blino eto ar steil y saith degau. Hyd yn oed yn y degawd newydd cyffrous yma, roeddan ni'n dal i fwynhau gwefr syml trowsusau flêrs a choleri mawr yn fflapio yn y gwynt. Tra oedd y Sex Pistols yn sgrechian eu casineb a'u dicter ar weddill Prydain, roeddan ni yn sir Fôn yn dal i chwifio'n sgarffiau tartan i sŵn melys y Bay City Rollers.

Drwy drio efelychu ffasiwn amheus Monwysion y cyfnod, mi wnes i ddarganfod bod tyfu fy ngwallt yn hir yn gamgymeriad mawr. Os gwna i adael i 'ngwallt dyfu'n hirach na gwaelod fy nghlustiau, yn araf, ond yn ddramatig, mi fydd dwy gyrlan fawr yn ymddangos, un bob ochr i 'ngwddw. Dwn i'm pam. Esblygiad? Ella y bu'r rhinwedd yn ddefnyddiol i 'nghyndeidiau ryw dro, er mwyn goroesi ymosodiad gan anifail rheibus neu rwbath. Mi fysa gweld y ddwy gyrlan fawr yn bownsio un bob ochr i wyneb ofnus yn rhoi eiliadau gwerthfawr i'r Tudur cynoesol allu dianc, tra bydda'r bwystfil yn ceisio gwneud synnwyr o'r hyn roedd o'n ei weld.

Beth bynnag y rheswm, canlyniad cyfoes fy nghyrls oedd fy mod i, efo fy ngwallt hir, yn edrych yn debyg iawn i ferch. Roedd hynny'n rhoi pleser diddiwedd i 'mrawd mawr. Dro ar ôl tro, wrth grwydro drwy Langefni ar ddiwrnod sêl, mi fyddai rhywun yn nabod fy mrawd gynta, a dilynai'r sgwrs y trywydd cyfarwydd.

'Hogyn Dic Pen Parc 'di hwn, dŵad? Dewi yndê ... ia, 'na fo ... a be 'di enw dy chwaer fach di?'

Un tro mi ges i fy nghamgymryd am ferch gan neb llai na'r Dywysoges Margaret, chwaer Elizabeth II. Achlysur nodedig yn hanes ein teulu ni, fel y bysach chi'n disgwyl. Ond nodedig, ac enwog bellach, nid oherwydd camgymeriad y dywysoges, ond o ganlyniad i be ddeudis i wrthi hi.

Maddeuwch i mi am grwydro fymryn er mwyn i chi gael gwybod fy hanes i a chwaer y Cwîn. Croesodd ein llwybrau yn ystod y Sioe Frenhinol yn Llanelwedd yn 1977. Hon oedd yr wythnos pan fyddai pawb yng nghefn gwlad Cymru yn mynd ar eu gwyliau, efo'i gilydd, i'r un lle, efo rhywfaint o'u hanifeiliaid. Roedd y sioe, ac mae'n deg deud ei bod hi o hyd, yn uchafbwynt i ddegau o filoedd o Gymry, ac er mwyn sicrhau nad oedd unrhyw beth yn amharu ar yr wythnos yn Builth mi fyddai'r dyddiadau'n cael eu nodi mewn coch ar galendrs ceginau ar hyd a lled y wlad.

Yr unig berson nad oedd mor frwdfrydig â hynny ynglŷn ag ymuno yn y bererindod flynyddol yma oedd Mam. Er i mi a Dewi grefu arni, roedd hi wedi gwrthod dod i'r sioe ddwy flynedd yn olynol, a hon oedd y drydedd iddi ei cholli. Mi oeddan ni wedi stopio swnian bellach. Fel y bydda Dad yn deud, 'Mae'n haws i ti droi buwch mewn hafn na newid meddwl dy fam.'

Roedd hi'n fore dydd Mercher yn ardal gwersylla'r Stockmen, casgliad megis tref sianti o garafannau, trelars stoc ac ambell babell simsan. Mi ddeffrais i sibrwd byddin o badelli ffrio, a sŵn cyfarwydd y balŵns aer poeth oedd yn rhuo wrth godi'n ddiog i awyr lonydd y bore. Mewn ymgais i beidio â styrbio Dewi a Dad, gadewais ein trelar drwy'r drws ochor bychan a chamu allan i haul y bora.

'Da iawn ddoe, Tudur!' Deuai'r llais o'r trelar drws nesa. Roedd Gwilym Cae'r Gors yn gorffen smôc gynta'r dydd ar felen o wellt ym mhen draw ei drelar, yn gwisgo dim ond fest a thrôns, oedd ar un adeg wedi bod yn wyn.

'Diolch,' medda fi wrth estyn am fy welintons o dan ein trelar.

'Diwrnod mawr arall heddiw,' ychwanegodd Gwilym cyn crebachu ei wyneb i dynnu ar weddillion ei smôc chwilboeth.

Oedd, mi oedd 'na ddiwrnod mawr arall o 'mlaen, ond go brin y bysa fo cystal â'r diwrnod cynt.

'Pob lwc i ti 'ngwas i, mi wnei di well ffarmwr na dy dad.'

Gwenais yn gwrtais wrth stwffio 'nhraed i mewn i'r rwber oer a dechra rhedeg.

'Taw, y diawl powld!' clywais Dad yn gweiddi o'i wely.

Wrth wibio drwy'r pentre dros dro, daeth cyfarchion o ffenestri carafannau agored ac o gefnau lorris a threlars.

'Feri wel dỳn ddoe!'

'Llongyfarchiadau!'

'Da iawn ti, 'ngenath i ...'

Teimlais fy hun yn gwenu wrth ochorgamu rhwng y dynion yn eu fests oedd yn dychwelyd o'r bloc 'molchi, eu hwynebau moel yn sgleinio a chwmwl o ogla sebon yn eu dilyn. Oedd, mi oedd ddoe wedi bod yn ddiwrnod da, ac wrth droi i mewn i'r sied ddefaid mi welais, ym mhen draw'r rhes gynta, pam y bu'n ddiwrnod mor arbennig. Fy maharan, fy hwrdd, fy mhencampwr.

Mewn ymgais i gynyddu fy niddordeb mewn ffarmio a cheisio cwffio yn erbyn fy awydd diweddar – a 'nhalent amlwg – am goginio *fairy cakes* efo Mam, mi brynodd Dad faharan i mi. Maharan Torddu Cymreig, a bod yn fanwl gywir, neu yn Saesneg, Welsh Mountain Badger Faced Ram. Roedd torddu yn llawer gwell enw achos roedd o'n disgrifio'r creadur yn gryno. Anifail urddasol a doeth yr olwg, efo streipan lydan o wlân du yn rhedeg i lawr ei frest ac ar hyd ei fol at ei goesau ôl.

Gwnaeth y faharan torddu yma gymaint o argraff ar feirniad adran y bridiau defaid prin fel y dyfarnwyd iddo'r wobr gyntaf yn ei ddosbarth. Ac yna, er mawr syndod – a siom i holl fridiau prin eraill y wlad – mi benderfynodd goroni fy maharan i'n bencampwr diamheuol bridiau prin Sioe Frenhinol Cymru. Do, bu'r diwrnod cynt yn ddiwrnod da iawn.

Dyna lle roedd brenin y bridiau prin yn eistedd ar ei orsedd o wellt efo rosét coch, glas a gwyn anferth wedi'i glymu i'r trawst uwch ei ben. Ond doedd dim amser i gnoi cil ar ei fuddugoliaeth. Heddiw oedd diwrnod Gorymdaith y Pencampwyr, ac mi fyddai fy maharan torddu i'n cymryd ei le yn y Cylch Mawr.

Ar ôl cael ei gribo, ei drimio a'i frwsio roedd o'n barod unwaith yn rhagor i wynebu ei gyhoedd. Camais allan o'i gorlan i'w edmygu a chlywed clec gyfarwydd bybl gym Dewi. Roedd o'n pwyso ar y rhes o gorlannau gyferbyn, a gwên gam o genfigen ar ei wyneb.

'Be ti isio, Josgin?' medda fi. Hogia Caergybi oedd wedi bedyddio Dewi efo'r enw hwnnw yn ystod ei wythnos gynta yn yr ysgol uwchradd. Josgin fyddai 'pobol dre' yn galw ffarmwrs, ac mi oeddan nhw'n ystyried Dewi yn un o'r ffarmwrs mwya gwladaidd, felly 'The Josgin' oedd o iddyn nhw. A gan ei fod yn casáu'r enw, dyna ro'n i'n ei alw hefyd.

'Mae Dad 'di gwerthu dy faharan di neithiwr,' atebodd efo gwên slei ar ei wyneb. Doedd ei anwybyddu o byth yn gweithio, ond wyddwn i ddim sut i ymateb yn iawn i hyn.

'Ffyc off,' atebais, heb edrych arno. Er 'mod i'n ffyddiog mai celwydd oedd hyn, roedd gan y Josgin ddawn ryfeddol i ddarganfod yr union abwyd fyddai'n cael yr effaith fwya dramatig arna i. Ac mi synhwyrodd 'mod i wedi bachu. Cerddodd draw ac eistedd ar fy nghorlan o 'mlaen i, ond â'i gefn at fy mhencampwr. Roedd o'n bwriadu mwynhau'r sgwrs yma.

'Dyna ddeudodd o. 'I fod o wedi cael sêl i'r Badger Face. "Fawr o bris, ond gawn ni sbario mynd â'r diawl peth adra",' gwawdiodd.

Oedd o'n deud y gwir? Doedd bosib.

'Go iawn?' ildiais.

Gwenodd y Josgin yn fuddugoliaethus a throi'r gyllell.

'Wel, 'di o'n da i uffar o ddim byd, medda Dad, os nag wyt ti'n licio defaid bach sy'n edrych fatha bajars.'

Teimlais fy ngwefus isa'n crynu a gwelais y gwybed bach llachar yn dechra dawnsio – yr arwydd bod y Josgin am gael ei ddymuniad, a bod dyrnau a dagrau yn mynd i ymddangos o fewn eiliadau. Ond cyn i mi ymosod, sylwais fod fy maharan wedi mynd yn ei ôl i ben pella'r gorlan. Roedd y Josgin yn cnoi'n gyflymach ar ei fybl gym, yn barod am frwydr unochrog arall, felly welodd o mo'r bwystfil yn gostwng ei ben a lledu ei ffroenau. Ac erbyn iddo sylwi nad fi oedd ar fin ymosod arno, roedd hi'n rhy hwyr.

Hyrddiodd y maharan yn ei flaen gan bwnio'r Josgin ar waelod ei gefn a'i godi i'r awyr. Dwi erioed wedi gweld neb yn cael ei daro gan gar, diolch byth, ond mi faswn i'n dychmygu fod y canlyniad yn debyg iawn i'r hyn ddigwyddodd i 'mrawd y bore hwnnw yn y sied ddefaid. Mi laniodd yn glewt ar y concrit gan wneud sŵn tebyg i falŵn aer poeth wrth i'r gwynt adael ei gorff. Yn anffodus i'r Josgin, un peth na adawodd ei gorff oedd y bybl gym, ac wrth iddo geisio llenwi ei ysgyfaint mi sugnodd hwnnw i mewn fel corcyn i botel.

Roedd y munudau nesa'n gorwynt o ffarmwrs yn gweiddi, defaid yn brefu a 'mrawd yn agor a chau ei geg fel pysgodyn ar gwch. Wrth lwc, roedd un o'r merched oedd yn bridio defaid Jacob newydd wneud cwrs cymorth cynta, a rhuthrodd draw at y Josgin a'i wasgu o'r tu ôl i chwythu'r corcyn allan. Roedd hwn yn argoeli i fod cystal diwrnod â ddoe.

Erbyn i Dad gyrraedd a chaniatáu i aelodau St John gludo'r Josgin i'w pabell i sicrhau nad oedd niwed parhaol wedi'i wneud, mi oedd yn amser i ni ymuno a'r parêd. Roedd ambell glwstwr o gyffro i'w weld ymysg rhesi diddiwedd y sied ddefaid wrth i'r pencampwyr wneud eu ffordd i'r Cylch Mawr.

'Ydi bob dim yn barod gen ti?' gofynnodd Dad.

'Ydi, dwi'n meddwl,' atebais yn betrus. 'Dach chi wedi'i werthu fo, Dad?'

'Hidia befo am hynny rŵan. Gwranda, mae hyn yn bwysig.' Roedd Dad yn feistr ar osgoi ateb cwestiynau anodd.

'Mae 'na ddynas bwysig yn mynd i fod yn y cylch 'na mewn munud. Chwaer y Cwîn, ac ma' siŵr y daw hi i siarad efo chdi.'

'Ydi hi'n siarad Cymraeg?' gofynnais yn obeithiol.

'Nac'di, siŵr dduw! Gwranda rŵan. Ma' raid i ti beidio bod yn swil, ac ma' raid i ti ateb unrhyw gwestiwn ma' hi'n 'i ofyn i chdi.'

Teimlais dro cyfarwydd, yr un fyddwn i'n ei deimlo ar fore'r Gylchwyl, yn fy stumog. Pam oedd hi isio siarad efo fi? Oedd raid i mi siarad efo hi? Cofiais yn sydyn nad o'n i wedi bod yn y lle chwech ers amser codi.

'Be taswn i ddim yn gwybod yr atebion? Fydd hi'n flin?' gofynnais mewn panig.

'Paid â chynhyrfu rŵan ... fydd hi'm yn gofyn cwestiynau anodd, 'sti, jyst isio gwbod be 'di dy enw di, o le ti'n dŵad a ryw betha felly, ma' siŵr,' sicrhaodd fy nhad.

Atebais y ddau gwestiwn rheini'n sydyn yn fy mhen, jyst i wneud yn siŵr.

'Ond mi fydd hi'n siŵr o ofyn un peth,' ychwanegodd Dad. 'Mi fydd hi isio gwbod be 'di enw'r faharan.'

'Welsh Mountain Badger Faced Ram,' medda fi'n hyderus.

'Naci – ti'n gwbod am y Saeson 'ma; ma' nhw'n lecio rhoi enwau ar anifeiliaid yn tydyn, 'fath â ceffylau,' esboniodd

'Fel Mrs Tremayne?' cynigais.

'Ia, fel honno'n union!' cytunodd Dad.

Roedd Mrs Tremayne yn byw yn Tŷ Lan y Môr, sef tyddyn bach ar derfyn ein ffarm ni, o fewn tafliad welinton i'r traeth. Roedd ganddi gasgliad gwyllt o anifeiliaid – ieir, cathod ac un neu ddau o betha rhwng dafad a gafr roedd hi'n honni eu bod nhw'n dod o ynysoedd yr Alban. Ond roedd ganddi enw ar bob un ohonyn nhw, enwau fel Guinevere a Beau Geste, ac un afr-ddafad hynod oedd yn ateb i'r enw Caradock.

'Ond sgin i'm enw iddo fo!' atebais mewn mwy o banig. Roedd y cyfuniad o'r pwysau annisgwyl i ateb cwestiynau chwaer y Cwîn a'r pwysau oedd yn cynyddu ar fy mhledren wedi atgyfodi'r gwybed bach llachar unwaith eto, a theimlais y dagrau'n cronni.

'Wel, be am i ni feddwl am un rŵan,' medda Dad yn dyner.

'Ond dwi isio mynd i'r toilet!' plediais.

'Sgin ti'm amser, gwna yn y gorlan 'ma, a tria osgoi'r bag ffid. Rŵan, ma' gin i enw i chdi, os medri di 'i gofio fo,' cynigiodd Dad.

Weithia, mae'r awydd i fynd i'r toiled yn trechu'r awydd i gadw urddas, ac felly mi es yn y gorlan a gwrando ar gyfarwyddiadau ola fy nhad yr un pryd.

'Wnei di gofio'r enw yna rŵan, Tudur? Ac os bydd hi'n gofyn, deuda fo mewn llais clir er mwyn iddi glywed yn iawn. Rŵan 'ta, pob lwc, 'ngwas i. Fydda i'm yn bell.'

Efo winc a gwên lydan mi osododd dennyn fy maharan yn fy llaw ac agor y giât i'n gollwng ni'n dau. Wrth gerdded tuag at y porth i'r cylch, roeddwn i'n canolbwyntio ac yn ailadrodd yr enw roedd Dad wedi'i awgrymu, rhag i mi ei anghofio. Ond rywsut mi oeddwn i'n hyderus na fyddwn i ddim – am ryw reswm roedd o'n enw cyfarwydd, ond wyddwn i ddim pam. Wyddwn i ddim chwaith fod y Dywysoges Margaret wedi derbyn sylw mawr iawn yn y wasg yn ddiweddar. Doeddwn i ddim yn ddarllenydd mawr o bapurau newydd ar y pryd, felly ro'n i'n anwybodus braf o stori fawr yr wythnos flaenorol.

Roedd nifer o dudalennau blaen y papurau newydd wedi honni bod y Dywysoges yn cael perthynas 'amhriodol' efo dyn arall, neu fel bysa Eddie'r Odyn, y ffarm drws nesa, yn deud, 'Mae 'na fwlch siâp tarw yn y clawdd.' Enw'r gŵr ifanc oedd yn gyfrifol am y bwlch honedig oedd Roddy Llewellyn – yn wir, roedd lluniau wedi'u cyhoeddi o'r Dywysoges a Mr Llewellyn oedd yn ymddangos fel petaent yn cadarnhau sgandal fwya'r flwyddyn.

Yn amlwg, efo enw fel Llewellyn roedd gan y cariad brenhinol gysylltiadau â Chymru. Enw sawl tywysog, enw hynafol a balch ... enw addas ar gyfer pencampwr, ella?

Wedi i'r prif stiward gadarnhau fy mod i a fy maharan yn gymwys i gamu i mewn i'r cylch, cyfeiriodd ni at ein safle ymysg y defaid eraill. Pan oedd y llinell o bencampwyr balch yn gyflawn, dechreuodd y parêd, yn orymdaith fuddugoliaethus o wlân wedi'i gribo a rhubanau coch, glas a gwyn yn cerdded unwaith o gwmpas y cylch i gymeradwyaeth frwd y miloedd o bobol oedd wedi ymgynnull i wylio'r olygfa.

Gorffennodd y gylchdaith a chyrhaeddodd pawb yn ôl i'w safleoedd gwreiddiol. Roedd petha'n gweithio fel watsh. Daeth distawrwydd dros y cylch pan edrychodd pawb draw ar faner Jac yr Undeb fechan yn chwifio'n araf tu ôl i bennau'r dorf. Agorwyd y brif giât a gwelais fod y faner yn sownd mewn Range Rover mawr du a barciodd, i gymeradwyaeth a bloeddio gwyllt, yng nghanol y cylch. Edrychais o 'nghwmpas ar y miloedd o ddwylo'n cymeradwyo, a gweld Dad yn pwyso ar y ffens tu ôl i mi. Cododd ei ddau fawd arna i gan wenu'n llydan. Oedd, roedd cyffro'r achlysur yn amlwg wedi'i gyffwrdd yntau hefyd.

Daeth bloedd fawr o'r dorf wrth i'r Dywysoges gamu allan o'r Range Rover. Mewn ffrog felen lachar, roedd hi'n amlwg iawn yng nghanol ei byddin bersonol o ddynion mewn siwtiau tywyll a hetiau *bowler*. Cafodd ei thywys gan un o'r siwtiau at ben ein llinell ni, a rhoddodd fy stumog dro arall wrth i mi sylwi 'mod i lai na phump ysgydwad llaw oddi wrth chwaer y Cwîn. Roeddwn yn ailadrodd geiriau Dad yn fy mhen wrth iddi agosáu. 'Siarad yn glir, digon o lais, Tudur.'

'Now then, here's a wonderful looking animal. Is it yours?' gofynnodd chwaer y Cwîn.
Nid hynny oedd hi i fod i'w ofyn. Be os oedd Dad wedi'i werthu fo neithiwr? Dim ots, meddyliais, neith hi'm tshecio, ma' siŵr.

'Yes,' mentrais.

'And which breed is this?' Daeth yr ail gwestiwn efo mymryn o wên.

'It's a Welsh Mountain Badger Face Ram,' medda fi, yn hyderus o leia bod yr ateb hwnnw yn gywir.

'Oh, and do you have a name for him?'

'Yes,' atebais.

'And what is it?'

Ac yna, yn glir, efo digon o lais, cyhoeddais: 'His name is Roddy Llewellyn.'

Clywais bob un o'r dynion mewn siwtiau – a rhai o'r dorf oedd yn ddigon agos i 'nghlywed i – yn tynnu anadl sydyn. Dwi'm yn amau na wnes i glywed ambell ddafad yn cynhyrfu hefyd. Wrth i'r fyddin o'i chwmpas besychu'n nerfus a'r dorf ddechra sisial cadarnhad o'r hyn roeddwn i newydd ei ddeud, mi syllodd y Dywysoges arna i'n gwbwl ddiemosiwn cyn plygu ymlaen. Fi oedd yr unig berson glywodd ei geiriau nesa.

'You little bitch!' poerodd.

Wna i byth anghofio'r olwg yn ei llygaid. Mi deimlais yr ofn mwya dychrynllyd heb ddallt yn iawn be oedd wedi digwydd, ac yn reddfol mi drois rownd i chwilio am Dad. Roedd hwnnw yn ei ddyblau ar y ffens, yn chwerthin cymaint nes bod ei wyneb yn biws.

Pan drois yn ôl, roedd y Dywysoges wedi mynd. Mi edrychais arni'n brysio at ddiwedd y llinell heb oedi i siarad na llongyfarch yr un bridiwr arall, cyn brasgamu yn ôl i mewn i'r Range Rover a gyrru i ffwrdd efo'r Jac yr Undeb yn fflapian yn wyllt.

Erbyn i mi a Roddy Llewellyn gyrraedd yn ôl i'r sied ddefaid roedd pawb yn amlwg wedi clywed be oedd wedi digwydd. Wrth i ni gerdded drwy'r rhesi yn ôl i'r gorlan, roedd ambell un yn cymeradwyo a chwerthin, ac eraill yn sbio'n flin iawn arna i gan ysgwyd eu pennau'n ddig. Wnes i ddim sylwi nes i ni gyrraedd ein corlan fod Dad wedi bod yn gorymdeithio tu ôl i mi a Roddy, yn codi ei law fel y Frenhines. A bod yn onest, doeddwn i ddim yn poeni'n ormodol am wylltio chwaer y Cwîn – y peth oedd yn fy mhoeni fwya oedd ei bod hi wedi meddwl mai hogan oeddwn i.

Cyn diwedd y dydd roedd hanes y digwyddiad brenhinol wedi lledaenu drwy bentre'r Stockmen a thu hwnt. Daeth rhywun o'r BBC draw at y gorlan a gofyn i Dad fysa fo'n fodlon i mi siarad ar Radio Cymru a chael fy holi gan neb llai na Hywel Gwynfryn. Roedd tipyn mwy o gynnwrf ynglŷn â hyn na'r ffaith 'mod i wedi siarad efo chwaer y Cwîn. Felly, am wyth o'r gloch y bore trannoeth, mi es i a'r Josgin draw at stondin y BBC i gyfarfod y dyn ei hun. Gofynnodd Mr Gwynfryn i mi ailadrodd y sgwrs yn fyw ar raglen *Helo Bobol*, a phan ddeudis i mai enw fy maharan oedd Roddy Llewellyn, mi chwarddodd o gymaint nes y disgynnodd ei *headphones* o.

Y peth gora i ddigwydd yn sgil y digwyddiad oedd bod Mam wedi 'nghlywed i ar y radio ar ôl i mi gael ei ffonio hi o stondin y BBC am ddim. Mi ddeudodd ei bod hi'n falch iawn ohona i a Roddy, ond ella y bysa fo'n syniad da peidio â sôn gormod bod y dywysoges wedi fy ngalw i'n 'little bitch'.

Mi *oedd* Dad wedi gwerthu Roddy Llewellyn wedi'r cwbwl, ac mi aethon ni adra o Lanelwedd heb y pencampwr torddu. Ond roeddwn i'n hapus, achos roedd gen i bapur ugain punt yn un boced, llofnod Hywel Gwynfryn yn y llall, ac roedd y Josgin wedi cracio'i *coccyx* ar ôl disgyn ar y concrit.

Roedd fy mrawd mawr yn hollol wahanol i mi. Fysa neb byth yn ei gamgymryd *o* am hogan i ddechra, ond yn fwy na hynny roedd o, yn syml, yn well na fi. Yn well ym mhob ffordd. Doedd neb byth yn trafod y peth, ond roedd hi'n ffaith – jyst fel mae aur yn well nag arian, neu Borg yn well na McEnroe. Roedd y Josgin yn dalach, yn gyflymach, yn gryfach ac, yn ôl Dad, yn fwy o ffarmwr na fyswn i byth. Yr unig beth o'n i'n medru ei wneud yn well na'r Josgin oedd *fairy cakes*. Ro'n i wedi hen ddygymod â'r drefn yma, ac mewn gwirionedd, yn eitha bodlon yng nghysgod fy mrawd mawr. Roedd ffarmio'n siwtio'r Josgin a fynta'n siwtio'r gwaith, ac roedd o'n trin yr amser roedd o'n gorfod ei dreulio yn yr ysgol fel rhyw ddyletswydd anffodus oedd yn tarfu ar ei wir bwrpas mewn bywyd. Wrth reswm, felly, roedd gan y Josgin berthynas gwbwl wahanol efo Dad, oedd yn medru ymddiried yn llwyr ynddo i wneud unrhyw dasg amaethyddol. Doedd dim rhaid i'r Josgin ofyn be oedd angen ei wneud. Roedd o i'w weld yn gwybod, ac mi oedd hyn yn plesio Dad yn ofnadwy.

Doedd gen i, ar y llaw arall, affliw o ddim syniad am waith y ffarm, na pham fod angen ei wneud o. Roedd yr holl fusnes ffarmio'n teimlo'n gwbwl estron i mi. Sawl tro, wrth i mi glustfeinio ar Mam yn trio esbonio i Dad mi glywais: 'Does gan yr hogyn ddim help. Dydi o jyst ddim ynddo fo.' O ganlyniad, roedd fy nyletswyddau i ar y ffarm yn cael eu cyfyngu i agor giatiau, cau giatiau a sefyll mewn bylchau lle nad oedd giatiau.

Roedd Mam yn dallt, achos roedd hi'n fy nabod i'n well nag unrhyw berson arall ar y ddaear. Roedd hi'n gwybod yn iawn nad oedd gen i ddiddordeb mewn defaid na gwartheg, a 'mod i'n gwybod mwy am gacennau sbynj na silwair. Roedd hi'n dallt sut o'n i'n meddwl. Wnes i erioed fedru cuddio unrhyw beth oddi wrth Mam, achos mi fydda hi'n gallu edrych i fyw fy llygaid, a heb i mi ddeud gair, mi fydda hi'n gwybod yn union be oedd yn mynd ymlaen yn fy mhen. Doedd gan Mam fawr ddim diddordeb yn y ffarm chwaith. Merch o'r dre oedd hi, ac er iddi drio plesio'i gŵr newydd a'i rieni yn nyddiau cynnar eu priodas, ar ôl i'r Josgin a finna gyrraedd, prin iawn y bydda hi'n gwisgo'i welintons.

Felly, roedd fy mherthynas i a Dad yn gwbwl wahanol i'r un oedd gan y Josgin efo fo. Ymhen amser mi ddaeth Dad i ddygymod â'r ffaith mai fi fysa'r aelod gwrywaidd cynta o'i linach i beidio bod yn ffarmwr. Er hynny roedd o'n benderfynol o ddarganfod rwbath fysa'n fy nenu oddi wrth yr Aga. A bod yn deg, mi lwyddodd sawl gwaith – am gyfnodau byr o leia – a hynny drwy fy swyno â'r posibiliadau oedd yn cael eu cynnig gan rwbath o'r enw 'arallgyfeirio'.

Yn sgil y degawd newydd daeth ambell air newydd i fodolaeth: pync, fideo a Breville ac enwi dim ond tri. Ond gair y funud yng nghefn gwlad Cymru oedd 'arallgyfeirio'. A deud y gwir, roedd o'n fwy o orchymyn nag unrhyw beth arall. Yn ôl yr awdurdodau, dyma oedd raid i amaethwyr ei wneud os oeddan nhw am oroesi a dal eu gafael ar eu ffermydd. Mae'n debyg fod gormod o fwyd yn cael ei gynhyrchu a doedd neb ei angen o. O ganlyniad, yn ôl y newyddion, roedd mynyddoedd o fenyn a llynnoedd o lefrith wedi ymddangos rywle yn Ewrop. Felly roedd raid i ni, y ffarmwrs, feddwl am ffyrdd eraill o ddefnyddio'n hadeiladau a'n tir.

Ymhyfrydai Dad yn yr her newydd yma. Roedd yn llawn syniadau ac, fel y dangosodd yn Llanelwedd, yn un da iawn am weld ei gyfle. Gydag ysbryd entrepreneuraidd ac anogaeth Mrs Thatcher a'i chriw mi ddechreuodd Dad sawl menter. Y gyntaf oedd *Roller Disco* yn y sied newydd. Roedd y llawr concrit llyfn yn berffaith ar gyfer sglefrio'n egnïol o gwmpas tomen enfawr o dail gwartheg, ond yn anffodus yr unig rai oedd yn berchen ar *roller skates* yn yr ardal oedd *twins* y ficar, a ddaru'r rheini ddim dychwelyd yr eildro wedi i wraig y ficar gwyno am y drewdod ar eu dillad.

Bu'r ail fenter yn llwyddiant ysgubol, am sbel. Roedd 'na ffasiwn wedi datblygu yng nghefn gwlad Môn flynyddoedd ynghynt o beintio pob dodrefnyn, drws, sgyrting bôrd – unrhyw ddarn o bren yn y tŷ, a deud y gwir – efo haenau trwchus o baent gwyn, sgleiniog. Yr effaith roedd hyn wedi'i chreu oedd fod amryw ystafelloedd a'u cynnwys yn edrych fel tasan nhw wedi'u plastro efo marsipán. Ymhen amser, wrth gwrs, daeth yr awydd i ddarganfod be oedd o dan y marsipán hufennog, ac felly dechreuwyd cynnig gwasanaeth stripio paent gan nifer o arbenigwyr yn yr ardal ... yn cynnwys Dad.

Doeddan ni ddim yn arbenigwyr o bell ffordd, ond roedd gynnon ni hen danc dŵr anferth yn y beudy a chefnder yn gweithio yn y ffatri gemegau yn Llangefni. Yn fuan iawn wedi i'r syniad daro, roeddan ni'n derbyn cadeiriau, cypyrddau a drysau i'w trochi yn ein tanc. Fi feddyliodd am enw i'r fenter, sef 'Paentona'. Roedd pobol yn cyrraedd o bob rhan o'r ynys i fanteisio ar ein prisiau rhesymol a'n gwasanaeth wail-iw-wêit arloesol. Ein mantais ni dros weddill y diwydiant stripio paent oedd fod Dad wedi datblygu fformiwla gemegol unigryw. Roedd ein hasid ni ddwywaith cryfach nag asid pawb arall. Felly, yn syml, dwywaith y cryfder = hanner yr amser i stripio. Lle bydda gwartheg godro unwaith yn disgwyl eu tro, bellach roedd celfi a darnau o bren yn aros am y wyrth o gael eu dadeni yn y tanc. Digwyddai hyn i gyd o dan oruchwyliaeth medrus Glyn.

Glyn oedd mab Mabel, Siop Mabel, o'r pentre. Roedd Dad wedi penodi Glyn i reoli'r broses drochi am ei fod o wedi gweithio am gyfnod ym mhwerdy niwclear yr Wylfa, ac wedi 'dal ei afael' ar siwt rwber drwchus a gas-masg.

Ffynnodd Paentona am tua pythefnos cyn i betha ddechra disgyn yn ddarnau ... yn llythrennol. Ar y cychwyn roedd y cwsmeriaid wedi'u syfrdanu efo'r canlyniadau. Cawsai eu celfi a'u drysau marsipán adfywiad rhyfeddol ac roeddan nhw'n edrych fel tasan nhw newydd ddod o weithdy'r saer; a Glyn yn cael ei frolio fel crefftwr o fri. Ond pan dderbyniodd Dad yr alwad ffôn gynta honno gan ddyn o Amlwch yn cwyno bod pedair o'i gadeiriau wedi chwalu wrth iddyn nhw fwyta'u cinio Sul, mi ddaeth yn amlwg fod rwbath mawr o'i le.

Mi ganodd y ffôn yn ddi-baid am ddyddiau, ac roedd straeon brawychus yn cael eu hadrodd am ddrysau'n disgyn oddi ar eu bachau ynghanol y nos a setiau llestri hen neiniau'n deilchion yng ngwaelod cypyrddau. Er bod fformiwla gemegol bwerus Dad wedi bod yn effeithiol iawn yn cyflymu'r broses o dynnu'r paent oddi ar y pren, roedd y sylwedd mor gryf nes ei fod o wedi parhau i fod yn effeithiol am ddyddiau wedyn. Yn raddol roedd yr asid wedi pydru'r pren ei hun, a'r canlyniad oedd fod y celfi wedi datgymalu, un ar ôl y llall. I ychwanegu at ein problemau roedd Glyn wedi colli ei watsh newydd yn y tanc ac wedi diodda llosgiadau asid i'w fraich dde wrth drio estyn amdani.

Drwy gyfuniad o styfnigrwydd a mynd yn *ex-directory* mi lwyddodd Dad i osgoi gwneud unrhyw daliad iawndal am ddodrefn a chwalodd yn ddarnau a drysau a ddatgymalodd, ond bu'n rhaid iddo brynu watsh newydd ddigidol i Glyn, oedd yn beth digon drud ar y pryd.

Doedd Mam ddim yn erbyn y syniad o arallgyfeirio yn gyfan gwbwl. Yn wir, roedd hi wedi mentro i faes gwely a brecwast ei hun, ac wedi rhoi hysbyseb yn y *Manchester Evening News*. Ond wedi i un cwpwl o Altrincham gadw pawb yn effro ar noson ysgol, mi ddigiodd Mam efo'r holl syniad o gael pobol ddiarth yn ein cartref a thynnu'r arwydd B&B i lawr oddi ar y giât lôn. Doedd o ddim yn wir deud nad oedd Mam yn gefnogol i syniadau ei gŵr, ond roedd o'n berffaith wir ei bod hi wedi cael llond bol ar y galwadau ffôn blin a phobol yn galw i ddangos darnau mân o ddodrefn iddi, a mynnu iawndal ganddi.

Roedd Mam yn ddynas benderfynol, a gan fod Dad yn rhannu'r un rhinwedd gallai'r ddau gyflawni gwyrthiau pan oeddan nhw'n tynnu i'r un cyfeiriad. Ond, os bysa'r ddau yn tynnu'n groes i'w gilydd, y canlyniad, fel arfer, oedd bod doethineb a dyfalbarhad Mam yn gorfodi i Dad ildio. Yn 1980, fodd bynnag, tynnwyd y ddau i gyfeiriadau cwbwl wahanol, a doedd dim ildio yng nghroen y naill na'r llall. Yn araf ac yn ddi-droi'n-ôl, fel dau gyfandir yn tynnu oddi wrth ei gilydd, dechreuodd ein byd hollti'n ddau.

PENNOD 2

Brendan Fitzgibbon

Ar nos Sul y bu i mi ei gyfarfod o am y tro cynta. Roedd pawb adra: Mam a fi'n gwylio'r hen set deledu ddu a gwyn yn y gegin a Dad a'r Josgin yn y parlwr yn cysgu o flaen y teledu lliw. Dwi'n cofio be oeddan ni'n wylio hefyd: *The Waltons.* Er bod y rhaglen wedi'i gosod hanner canrif ynghynt ar gyfandir cwbwl wahanol (a'r teulu ddim hyd yn oed yn bodoli mewn gwirionedd) roedd gwylio'r Waltons fel ymweld â hen gymdogion cyfarwydd. Yn wythnosol mi fyddan ni'n treulio awr yn eu cwmni ac yn cael ein swyno gan eu helyntion diniwed. Byddai trafferthion y teulu mawr yn deillio, yn amlach na pheidio, o ryw ymweliad gan ddieithryn i'r cartref ar Fynydd Walton. Doeddwn i byth yn dallt pam na fysan nhw'n dysgu o'u camgymeriadau wythnosol a bod yn fwy amheus o bobol ddiarth oedd yn taro heibio i'r tŷ. Ond yn ddi-ffael roedd croeso a lletygarwch y Waltons yn creu drama werth chweil bob wythnos.

Wrth i mi glywed cnoc ar y drws, ychydig wyddwn i ein bod ninnau ym Mhen Parc ar fin bod yn gymeriadau yn ein drama ni'n hunain. Edrychodd Mam arna i fel tasa hi angen cadarnhad 'mod i wedi clywed y gnoc hefyd. Roeddan ni wedi dod yn gyfarwydd iawn â chnocio ar ein drws yn ystod y misoedd blaenorol. Ro'n i wedi dysgu nabod, o natur y curo, pwy oedd yn debygol o fod yno. Byddai pedair cnoc gadarn fel arfer yn golygu rhywun efo gweddillion cadair, a mwy na phedair yn golygu bwrdd neu gwpwrdd. Ond roedd y gnoc yma'n wahanol i'r rhai blin diweddar. Roedd hon yn gnoc hapus, a dyna wnaeth i mi godi i ateb y drws. A dyna pryd y dois i wyneb yn wyneb â Brendan Fitzgibbon am y tro cynta.

Gwyddel oedd Mr Fitzgibbon, o rywle o'r enw Clonmel yn wreiddiol. Roedd o'n debyg iawn i'r actor a'r canwr Tommy Steele efo'i wên fawr lydan, ond y gwahaniaeth amlyca rhwng Mr Fitzgibbon a Tommy Steele oedd mai dim ond pedwar dant oedd gan Fitzgibbon yn ei geg. Roedd

y rheini mewn un rhes daclus yn y canol, fel parti adrodd,
ond doedd hynny ddim yn ei stopio rhag gwenu. O'r funud
yr agorais y drws iddo hyd at y tro ola i mi ei weld o, ddaru
fo ddim stopio gwenu.

'Hello there! Would your father be in the house by any
chance?' gofynnodd.

'Yes,' atebais, yn syllu ar ei ddannedd.

'Well, would you be a good girl and tell him he has a
visitor?'

'I'm not a girl.'

'Oh dear me, no, I'm terribly sorry,' cywirodd ei hun.
'Would you be a good young lady and go and fetch him for
me, please?'

Wnes i ddim trio esbonio mwy, dim ond ei adael yn
gwenu yn y drws a nôl Dad o'r parlwr.

Erbyn i hwnnw styrio o'i gwsg a chyrraedd y drws, roedd
Mr Fitzgibbon yn eistedd wrth fwrdd y gegin yn gwenu ar
Mam. Roedd hi wedi plethu ei breichiau ac yn pwyso ar yr
Aga, arwydd clir nad oedd hi am wneud yr un camgymeriad
â'r Waltons. Cododd y Gwyddel hapus ar ei draed pan
welodd Dad a saethu ei law agored tuag ato.

'Ah, Mr Owen, now as I was telling your lovely wife here,
I'm not a salesman or anything like that, so don't you worry.
The name's Fitzgibbon, and I've heard a lot of good things
about you, Mr Owen. Would you happen to have a few
minutes to spare for a little chat?'

'What about?' gofynnodd Mam.

Doedd Mr Fitzgibbon ddim yn gwybod sut i ymateb am
eiliad wrth iddo geisio penderfynu pwy oedd yn gwisgo'r
trowsus yn y tŷ. Edrychodd o un i'r llall cyn gamblo ar Mam.

'Well now, you see, as business people, I thought you
might be interested in a little proposition I have for you.'

'What are you selling?' gofynnodd Dad yn ddiamynedd,
gan ddrysu'r Gwyddel ymhellach.

'No, no, it's nothing like that at all, Mr and Mrs Owen,' plediodd Mr Fitzgibbon. Sylweddolodd fod Mam wedi troi ei chefn ato ac wedi dechra smalio coginio, ac efo'i wên yn dechra gwegian mewn anobaith, penderfynodd siarad efo fi.

'Well, I'm very sorry to have disturbed you. I'm begining to think I may have been given the wrong information. Now tell me, young Miss, what's the name on your neighbours' gate again?'

'Odyn Fawr,' atebais yn fy llais mwya dynol.

'Of course it is. I think maybe *they* were the people I was meant to see. Well now, I do apologise for taking up your valuable time, Mr and Mrs Owen, so if you'll excuse me ...'

'What exactly is this proposition about then, Mr ...?' gofynnodd Dad wrth i Mr Fitzgibbon fynd am y drws.

'Fitzgibbon. It's Brendan Fitzgibbon, Mr Owen, but please, call me Brendan. May I take a seat?'

'Come through to the parlour.'

Ymddangosodd gwên Mr Fitzgibbon unwaith eto a dilynodd Dad i'r parlwr.

Awr a hanner, a photel wisgi, yn ddiweddarach, arweiniodd Dad Mr Fitzgibbon, neu Brendan fel roedd o'n ei alw bellach, o'r parlwr a ffarweliodd y ddau wrth y drws yn llawen. Daeth Dad yn ôl i'r gegin lle roeddwn i a'r Josgin yn eistedd efo Mam. Roedd y Waltons wedi hen fynd i'w gwlâu, a bellach roeddan ni'n gwylio *That's Life* efo Esther Rantzen. (Roedd honno'n rhaglen boblogaidd iawn ar y pryd, efo straeon am bobol yn trio cael iawndal am beiriannau golchi oedd wedi ffrwydro, a chasgliad wythnosol o lysiau roedd gwylwyr yn eu gyrru i mewn am eu bod nhw'n edrych yn debyg i bidlen.)

'Rhowch hwnna off!' gorchmynnodd Dad cyn sadio'i hun wrth ben y bwrdd. Roedd ganddo edrychiad cyfarwydd yn ei lygaid – edrychiad fel sydd gan focsiwr ar ei ffordd i'r sgwâr, neu fel sydd gan leidr mewn siop wrth guddio potel win o dan ei gôt. Yr un edrychiad â phan ddaru fo sylweddoli 'mod i'n mynd i gyfarfod chwaer y Cwîn. Roedd o wedi gweld ei gyfle ac wedi derbyn her newydd.

''Dan ni'n mynd i agor sw,' cyhoeddodd. Pwysodd ei ddyrnau ar y bwrdd ac edrych i lawr arnon ni fel rhyw bregethwr meddw oedd newydd ddatgelu'r ffordd i iachawdwriaeth. Dyna'r unig dro i mi glywed Mam yn rhegi erioed. Rhoddodd ei phen yn ei dwylo cyn sibrwd;

'O, ffo' ffyc sêcs.'

Heb gymryd unrhyw sylw o Mam, gosododd Dad bapur A4 ar y bwrdd a dechrau ailadrodd yr hyn roedd Brendan wedi'i ddeud. Dechreuais ddarllen y rhestr oedd ar y papur tra oedd Dad yn siarad. Mae'n debyg fod Brendan yn naturiaethwr o fri, ac yn caru anifeiliaid yn fawr iawn.

Yn ôl Dad, fo oedd Johnny Morris Iwerddon 'blaw nad oedd o mor enwog, a ddim ar y teledu. Teimlais ryw wefr drydanol wrth i mi drio darllen drwy'r rhestr a gwrando yr un pryd.

'Mae o'n 'i gneud hi'n iawn draw yn Werddon 'na. Fo sy bia'r Clonmel Animal Sanctuary,' esboniodd Dad.

2 × Vietnamese Pot Bellied Pigs   **£30 each**

'Mae o'n cael cannoedd o bobol yn dŵad yna i sbio ar yr anifeiliaid bob dydd, medda fo.'

2 × Madagascar Lovebirds   **£15 each**

'Mae pobol yn talu pres da i ddŵad i'w gweld nhw. Ond mae o'n rhedeg allan o le, ac mae o isio ffeindio rwla yma yn sir Fôn i neud 'run peth, medda fo.'

6 × Guinea Pigs (various shades of brown)   **£5 each (Buy 6, get 1 free)**

'Dim gormod i ddechra, dim ond ugian o wahanol frdia, a gweld sut ma' petha'n mynd ...'

1 × Eurasian Eagle-owl   **£50 o.n.o.**

'Mae o am sortio bob dim, medda fo.'

Roedd raid i mi ddarllen hwnnw ddwywaith.

1 × Eurasian Eagle-owl **£50 o.n.o.**

'Medda *fo*, Medda *fo*!' ffrwydrodd Mam gan godi ar ei thraed. 'A faint ma' hyn am gostio, Richard? Be am yr ofyrdrafft – ydi o am sortio hwnnw hefyd?'

Mi es i 'nôl at y rhestr.

4 × Netherland Dwarf Rabbits **£3 each**

'Dyna 'di'r peth, 'di o'm am gostio ceiniog i ni, Morfudd,' atebodd Dad efo gwên lydan fel un Brendan, cyn ychwanegu'n annoeth, 'medda fo.'

'Medda *fo*, ia? Maen nhw 'di clywed amdanat ti yn Werddon, ma' raid. "Gofyn i Dic Pen Parc, ma' hwnnw'n ddigon gwirion, gytunith i rwbath," meddan nhw!' Trodd Mam i ffwrdd, yn synhwyro'i bod wedi rhoi clec gref. Edrychodd y Josgin a finna ar ein gilydd am gysur yn ystod y distawrwydd annifyr. Ond fel roeddan ni'n meddwl fod Dad wedi'i drechu ac am gilio'n ôl i'r parlwr, mi chwaraeodd ei gerdyn trymp.

'Mae o'n gneud ei bres mwya yn y caffi ... medda fo.'

Roedd Mam wedi bod yn gweithio mewn caffi yn Llangefni pan oedd hi'n hogan, ac mi fydda hi'n aml yn hel atgofion am pa mor brysur oedd hi ar ddiwrnod marchnad a sut roedd hi'n cofio fy nhad, yn ifanc, yn dod i mewn fel ceiliog dandi ac yn trio'i lwc efo'r genod i gyd. Mi fyddwn i wastad yn mwynhau clywed Mam yn sôn am ei bywyd arall, ei bywyd cyn fy ngeni i a'r Josgin, ac mi fyddai hitha wrth ei bodd yn ailymweld â'r cyfnod, yn cochi wrth ailadrodd helyntion rhai o'i ffrindia digywilydd ac yna'n chwerthin wrth ddynwared Dad yn gofyn iddi am y dêt cynta. Roedd y ceiliog dandi wedi dal ei sylw unwaith eto rŵan, gan ei fod yn gwybod yn iawn fod Mam â'i bryd ar agor caffi bach ond na chafodd erioed gyfle ... tan rŵan. Mi ddaliais ei llygaid wrth iddi droi rownd yn araf, yn gwybod yn iawn ein bod ein dau, am eiliad, yn meddwl am yr un peth. *Fairy cakes.*

O fewn dim roedd y tri ohonon ni'n eistedd o gwmpas y bwrdd yn gwrando ar Dad yn esbonio manylion y syniad. Roedd gan Brendan Fitzgibbon gasgliad anhygoel o anifeiliaid yn Clonmel. Ers pum mlynedd bellach, roedd o, dan faner y Clonmel Animal Sanctuary, wedi agor ei ddrysau a chynnig lloches i anifeiliaid o bob math. I ddechra, dim ond ambell gwningen gloff a draenog anwydog oedd wedi cyrraedd. Ond ymhen dim roedd y Clonmel Animal Sanctuary yn denu pob math o greaduriaid mewn angen, ac yn eu sgil lu o ymwelwyr. Er nad dyna oedd y bwriad i ddechra, roedd Brendan wedi llwyddo i greu un o atyniadau twristaidd mwya'r ardal ac roedd o'n awyddus i ehangu a rhannu ei lwyddiant.

'Mae Brendan angen lle, ac ma' gynnon ni faint fynnir o hwnnw, does?' Daeth Dad â'i bregeth i'w derfyn a phlethu ei freichiau'n fodlon.

'Be 'di'r dîl 'ta?' gofynnodd y Josgin fel hen ffarmwr mewn mart.

'Y dîl ydi, Dewi, fod Brendan yn dŵad â rhai o'i stoc o Werddon i fama, rheini sydd ar y rhestr 'na. Ac efo'n gilydd 'dan ni am agor sw.'

Fel yr agorai Mam ei cheg i siarad, ychwanegodd Dad efo gwên lydan, 'Sw a chaffi. Be dach chi'n feddwl o hynny 'ta, e?'

Fy mod i mewn breuddwyd, dyna o'n i'n feddwl. Edrychais unwaith eto ar y rhestr rhag ofn ei bod wedi diflannu. Oedd hyn yn wir? Oedd y rhyfeddodau yma'n dod i Ben Parc go iawn? Roedd o fel 'taswn i wedi cael gweledigaeth. Roedd y ffordd o 'mlaen yn glir o'r diwedd, ac am y tro cynta yn fy mywyd ro'n i'n gweld y dyfodol fel lôn syth, lydan.

'Reit hogia, gwely rŵan. Ma' gynnoch chi ysgol yn y bora.' Deffrodd llais Mam fi o 'mreuddwyd.

'Pryd maen nhw'n dŵad, Dad? Lle 'dan ni am 'u rhoi

nhw? Fedrwn ni roi'r belly pigs 'na yn y cwt mochyn, am wn i. Moch go iawn ydyn nhw, ia Dad?' Roedd gen i gymaint o gwestiynau.

'Gwely! Rŵan!'

'Ia, hogia, am y ciando 'na,' cytunodd Dad. 'Gewch chi wybod mwy fory – ma' Brendan am alw draw eto medda fo.'

'Dwi am aros adra fory,' datganodd y Josgin yn ddewr.

'A fi, dwi isio gweld Brendan,' ychwanegais.

'Dwi'm yn deud eto ...' berwodd Mam. 'Mae gan 'ych tad a finna betha i'w trafod, felly ewch am eich gwlâu.'

'Ia ond ... ' gwthiodd y Josgin.

'Rŵan!' ffrwydrodd Mam eto.

Sgrialodd y ddau ohonon ni fel cwningod i fyny'r grisiau cefn oedd yn arwain o'r gegin i fyny am y llofftydd. Un o fanteision byw mewn hen dŷ ffarm mawr oedd fod gen i stafell wely fy hun, yn wahanol i fy ffrindia yn y pentre oedd yn gorfod rhannu efo brawd, neu weithia chwaer. Yr unig rai oedd yn rhannu'r gofod yma efo fi oedd Debbie Harry a physgodyn aur o'r enw Jôs. Roedd Debbie wedi bod yn rhan o 'mywyd i ers i mi ddisgyn mewn cariad efo hi ddwy flynedd ynghynt ar ôl ei hymddangosiad ar Top of The Pops yn canu 'Denis'. Mi es i ar y bỳs yr holl ffordd i Fangor yn unswydd i brynu poster ohoni yn Woolworths, ac mi oedd hi wedi bod yn gwenu i lawr arna i byth ers hynny. Roedd Jôs y pysgodyn aur, ar y llaw arall, yn greadur dipyn mwy swil. Doeddwn i ddim cweit yn saff oedd Jôs dal yn fyw gan 'mod i wedi cymryd yn ganiataol nad oedd o am oroesi mwy nag wythnos, fel pob pysgodyn arall ddaeth acw o Ffair Borth. Hefyd, roedd ei ddŵr o mor fudur, yr unig arwydd o'i fodolaeth oedd pan fydda fo'n cynhyrfu wyneb y dŵr wrth i mi ei fwydo.

Roedd sŵn hypnotig y bybls oedd yn cael eu pwmpio'n obeithiol i ddŵr gwyrdd tanc Jôs wedi dod yn hanfodol i mi fedru mynd i gysgu, a phetai'r trydan yn diffodd yng nghanol y nos byddai'r distawrwydd yn fy neffro. Ond heno roedd cyfeiliant gwahanol i'w glywed. Roedd ffrae yn cyrraedd crescendo yn y gegin, a heb fedru clywed y geiria'n iawn roedd naws y sgwrs yn cael ei chyfleu i mi gan fiwsig y lleisiau. Roedd y bariton i'w glywed yn feistrolgar a thawel i ddechra, a'r alto yn flin a dramatig, ond o fewn tua pum munud daeth diweddglo i'r olygfa wrth i'r ddau lais gyrraedd crescendo emosiynol cyn cael eu tawelu gan glep drws y parlwr.

Y noson honno y ces i'r freuddwyd am y tro cynta – breuddwyd fyddai'n dod yn un gyfarwydd iawn i mi dros y misoedd canlynol. Er nad oedd pob un cweit 'run fath, roedd ambell elfen yn y freuddwyd wastad yn bresennol. Roedd y môr wedi codi dros y tir a finna'n nofio efo fy nheulu drwy'r dŵr llonydd at y goeden Sgots pein oedd ym mhen draw Cae Bryn. Roedd y dŵr mor uchel fel ein bod ni'n medru nofio rhwng ei brigau trwm a thynnu ein hunain i fyny iddi. Mi fedrwn weld gweddillion ein cartref, sef tri corn simdde yn y môr. Er nad hunllef oedd hi yn union, ro'n i wastad yn deffro o'r freuddwyd efo rhyw deimlad o bryder annifyr.

Y bore wedyn, ar ôl brecwast, mentrodd y Josgin ofyn unwaith yn rhagor gâi o aros adra o'r ysgol ond roedd ymateb Mam yr un mor gadarn. Fel arfer mi fyddwn i'n cerdded o leia ugain llath y tu ôl i 'mrawd mawr i ben y lôn i ddal y bỳs, ond y tro yma, mi arhosodd amdana i.

''Di'r rhestr 'na gin ti?' gofynnodd.

'Nac'di,' medda fi wrth stwffio'r rhestr yn ddyfnach i boced fy nghôt.

'Paid â deud wrth neb yn 'rysgol am hyn, iawn?' gorchmynnodd.

'Na wnaf siŵr.' Dywedais gelwydd am yr eildro. Dyna'n union roeddwn i am ei wneud. Ro'n i'n ysu am fynd i'r ysgol a chyhoeddi ein bod ni am agor sw. Ro'n i wedi treulio o leia hanner awr cyn codi y bore hwnnw yn gorwedd yn fy ngwely yn dychmygu sefyll ar y llwyfan ar ddiwedd y gwasanaeth, a'r prifathro'n annerch yr ysgol gan gyhoeddi bod gan Tudur Owen, dosbarth 3E, rwbath pwysig iawn i'w ddeud wrth bawb.

'Ma' Mam yn flin, yn dydi? Mi glywis i nhw'n ffraeo neithiwr,' medda fi wrth i ni gyrraedd pen y lôn a rhoi ein bagiau ysgol i lawr.

'Ma' nhw'n ffraeo bob nos am rwbath. Paid â phoeni gormod am y peth, 'sti Tud,' atebodd y Josgin efo rhyw dynerwch ddaru fy syfrdanu am eiliad. Wnaeth y brawdgarwch ddim para – pan welodd y bws cyhoeddodd, 'Ma fo'n dŵad!' a thaflu fy mag ysgol mor bell ag y gallai o dros y clawdd.

'Bastad!' gwaeddais, cyn dringo dros y weiran bigog i'w nôl.

Wrth i mi redeg yn ôl o ganol y cae mi welais lorri *tipper* a charafán yn dod i fyny'r lôn o gyfeiriad y pentre. Ddaru'r dreifar ddim disgwyl i'r bws wneud lle iddo fynd heibio, ond yn hytrach canodd ei gorn a gwibio i mewn drwy ein giât ni. Gwelais gip ar wên gyfarwydd Brendan wrth y llyw, ac wedi iddo yrru heibio sylwais ar wyneb arall yn ffenest gefn y garafán. Doeddwn i ddim yn rhy saff be o'n i wedi'i weld i ddechra, ond cadarnhaodd Tecs, dreifar y bỳs ysgol, ei fod yntau wedi gweld yr un peth.

'Oedd gin hwnna geffyl yn y garafán 'na rŵan?' gofynnodd yn anghrediniol.

'Oedd, dwi'n meddwl.'

'Blydi jipos, 'dyn nhw'm yn gall. Dos i ista, fachgan, 'dan ni'n hwyr.' Caeodd Tecs y drws a rhuo tuag at y pentre i gasglu gweddill ei lwyth.

Ro'n i'n ymwybodol fod y Josgin yn syllu arna i ar hyd y daith i'r ysgol. Roedd o'n chwilio am unrhyw arwydd 'mod

i'n rhannu ein cyfrinach efo'r hogia. Mi fysa fo wedi bod yn
hollol amlwg taswn i wedi gwneud hynny, achos mi fysa'r
stori wedi ffrwydro mewn côr o wawdio o fewn eiliadau.
Dychmygais y lleisiau:

'Hei, ma' Tudur Pen Parc newydd ddeud 'i fod o'n agor
sw!'

'Mae 'na ddau fwnci yno'n barod!'

Ond ddeudis i'm gair wrth neb. Yn hytrach, eisteddais
yn ddistaw a syllu drwy'r ffenest, gan drio peidio gwenu
gormod. Penderfynais nad rŵan oedd yr amser iawn, ac y
bysa'n rhaid i mi ddewis amser a lleoliad y cyhoeddi yn
ofalus. Rhy fuan ac mi fysa rhywun arall yn gallu achub y
blaen arnon ni ac agor sw eu hunain. Rhy hwyr ac mi fysa'r
stori allan cyn i mi gael fy nghyfle mawr i ddeud. Ond am
rŵan, doedd gan neb arall unrhyw syniad beth oedd ar
droed.

'Be sy matar efo chdi, Tud?' gofynnodd Neil Bach wrth
daflu ei fag ar y silff ac eistedd wrth f'ochor. Ddaru o'm
disgwyl am ateb. 'Hei, welist ti'r lorri darmac 'na efo carafán
tu ôl iddi aeth drwy'r pentra gynna? Welist ti be oedd gynno
fo yn y blydi garafán? Ceffyl!' chwarddodd.

Rhoddodd fy stumog dro wrth i mi sylweddoli fod pawb
yn y pentre wedi gweld Brendan yn mynd am Ben Parc.

'Welist ti o? Fydd o'n Pen Parc rŵan i ti, yn trio gwerthu
tarmac i dy dad!'

'Dim jipo oedd o. Sgin ti ddybl maths heddiw?'
gofynnais, yn trio newid y pwnc. Wnes i'm llwyddo.

'Ia siŵr dduw, jipo oedd o,' dadleuodd Neil. 'Yndê,
'ogia? Jipo oedd hwnna yn mynd drw' pentra gynna. Pwy
arall fysa'n dreifio o gwmpas lle efo ceffyl mewn carafán?'

Cytunodd yr hogia i gyd a chafwyd trafodaeth hir am
rinweddau'r sipsiwn. Roedd gan pawb eu stori am ryw yncl
wedi'i dwyllo neu am lôn gefn wedi hanner ei tharmacio.
Taerai Neil Bach, hyd yn oed, fod ei daid wedi'i ddwyn gan

sipsiwn pan oedd yn blentyn, a bod ei deulu wedi gorfod ei brynu o'n ôl. Dirywiodd y sgwrs wrth i bawb gynnig gwerth ar aelodau teuluoedd ei gilydd. Yr unig ddau wnaeth ddim ymuno yn y miri oedd y Josgin a finna. Syllodd Dewi arna i'n gyhuddgar – ond nid fy mai i oedd o fod yr hogia'n trafod Brendan a'u bod nhw'n meddwl mai sipsi'n gwerthu tarmac oedd o. Am unwaith ro'n i'n reit falch o gael cyrraedd yr ysgol.

Roedd hwn am fod yn ddiwrnod hir – pob awr yn teimlo fel tair a phob gwers yn gwbwl amherthnasol i 'mywyd i bellach. Yn wahanol i bawb arall yn yr ysgol, ro'n i wedi darganfod fy nyfodol, ac o ganlyniad roedd addysg yn wastraff amser llwyr i mi. Sylweddolais fod atyniadau'r iard chwarae wedi colli eu hapêl. Doedd gen i ddim diddordeb mewn gornest British Bulldogs na gamblo fy mhres cinio ar gardiau Top Trumps. Roedd yr awydd i drio creu argraff ar Mandy Lloyd wedi fy ngadael hyd yn oed ... am y tro beth bynnag. Mandy Lloyd oedd rhif chwech yn fy siart o ferched prydferthaf y byd. Gan gofio fod rhifau un i bump yn cynnwys unigolion oedd un ai flynyddoedd lawer yn hŷn na fi, yn byw yn America neu wedi marw, roedd Mandy Lloyd yn ferch arbennig iawn. Ond heddiw, am y tro cynta ers i mi ei gweld yn camu oddi ar fỳs Llannerch-y-medd dair blynedd ynghynt, ro'n i'n rhydd o'i grym magnetig. Efo rhyddid daeth hyder newydd hefyd, yr hyder i fedru ei chyfarch yn hwyliog – 'Haia, ti'n iawn, Mandy?' – yn y ciw cinio. Bu i mi ddifaru gwneud hynny yn syth, achos wnes i'm sylwi pwy oedd yn sefyll y tu ôl iddi yn y ciw. Stuart McVicar oedd cariad Mandy Lloyd a fo hefyd oedd y boi mwya dychrynllyd o beryg i mi erioed gael yr anffawd o'i gyfarfod. Heb os, Stuart McVicar, ar ôl ei fuddugoliaeth waedlyd dros Terry Gwalchmai tu ôl i'r bloc gwyddoniaeth, oedd ar dop cadwyn fwyd yr ysgol.

'What did you say, shitkicker?' Defnyddiodd yr enw arall

Prime Instant Video
Unlimited streaming of Movies & TV

- Britain's largest subscription streaming service, including hit TV shows before they air on British TV and thousands of movies all available now. Watch as much as you want, whenever you want.

- Watch instantly, anywhere with hundreds of devices including Smart TV's, games consoles, Kindle Fire, Android phones, iPhone, iPad and laptops.

UK customers start a 30-day free trial at:
WWW.AMAZON.CO.UK/PRIME26

roedd hogia'r dre yn galw ffarmwrs, a chamu allan o'r ciw cinio i fy llwybr.

Ar ddiwrnod arferol mi fyswn i wedi ymateb fel y bysa unrhyw fachgen arall wedi gwneud wyneb yn wyneb â'r bwystfil yma – hynny ydi, ymddiheuro'n llaes am unrhyw gamddealltwriaeth a chamu'n ôl, yn moesymgrymu'n barchus. Ond doedd hwn ddim yn ddiwrnod arferol, a doeddwn i, bellach, ddim yn fachgen arferol. Ro'n i'n gweld y dyfodol disglair oedd yn aros amdanaf ac felly doedd rheolau disgyblion ysgol ddim yn berthnasol i mi.

'I was talking to Mandy,' atebais, gan droi ati â gwên galonogol. Doedd dim angen iddi boeni. Roedd petha wedi newid. Does dim dadl lle mae rheswm, synnwyr cyffredin ac aeddfedrwydd, meddyliais. Yn anffodus, doedd Stuart McVicar ddim yn cytuno â'r gosodiad hwnnw ac mi ddois i ddeall hynny wrth hedfan am yn ôl mewn ymateb i wthiad cyflym, pwerus, i fy mrest. Mi o'n i'n dal i edrych ar Mandy wrth i mi faglu'n ôl yn ddiymadferth i ganol byrddau cinio'r athrawon. Wedi i'r sŵn dodrefn yn crafu a llestri'n chwalu ddistewi, bu eiliad dawel cyn i mi glywed ton o chwerthin a bloeddio o gyfeiriad y ciw cinio a gweddill y ffreutur. Edrychais i fyny a gweld Mr Davies, Depiwti Dog, yn syllu arna i dros ei lwy bwdin.

'Fy stafell i. Rŵan!'

Er bod pawb yn gwybod pwy oedd ar fai am y gyflafan yn y ffreutur mi dderbyniais fy nghosb efo urddas. Fy nedfryd oedd treulio pob amser cinio am wythnos yn y llyfrgell. O ystyried y llanast y bu i mi ei achosi, a bod Mr Gwynne Biol wedi llosgi'i geilliau efo te poeth ac wedi gorfod aros adra am dri diwrnod, roedd y gosb yn un ysgafn. A ph'run bynnag, gwta bum munud ar ôl cyrraedd y llyfrgell, mi wnes ddarganfyddiad a atgyfnerthodd fy ffydd fod gwir bwrpas fy modolaeth wedi'i benderfynu. Yno, ar fwrdd isel yn y gornel ddarllen, roedd copi o *The Hamlyn Children's Animal World*

Encyclopedia in Colour. Eisteddais o'i flaen a'i agor. Nid yn unig roedd lluniau o bob anifail dan haul ynddo, roedd hefyd fapiau bach yn dangos lle yn y byd roeddan nhw'n byw, disgrifiadau o'u cynefin naturiol a manylion eu deiet – a'u henwau yn Lladin am ryw reswm. Mi gofiais am restr Brendan a'i thynnu allan o fy mag. Gosodais hi ar y bwrdd wrth ochor y llyfr a dechra chwilio. Erbyn i'r gloch ganu i ddynodi diwedd fy nghyfnod o gosb, ro'n i wedi dod o hyd i bob anifail ar y rhestr. Nid enwau ar bapur oedd rhain, bellach, ond wynebau, lliwiau a lleoliadau ar fap y byd.

'Yr un amser fory, was,' gorchmynnodd Depiwti Dog wrth ddal drws y llyfrgell ar agor i'm rhyddhau.

'Iawn, syr,' atebais yn ufudd. Ddaru o'm sylwi ar y bwlch ar silff yr adran natur, nag ar fy mag ysgol oedd yn gwegian o dan bwysa'r holl anifeiliaid oedd rhwng cloriau'r llyfr mawr rhyfeddol.

Doedd 'na'm golwg o Dad pan gyrhaeddon ni adra o'r ysgol, ac roedd Mam ar y ffôn efo Anti Ceinwen. Aeth y Josgin i newid i'w ddillad gwaith yn syth cyn mynd allan efo bechdan yn ei geg. Eisteddais yng nghadair Dad ar ben y bwrdd yn disgwyl i Mam orffen yr alwad ffôn.

'Ma' raid i mi fynd, sori Ceinwen, mae'r hogyn 'ma'n tuchan yn fama isio bwyd ne rwbath ... Iawn. Ta-ta.'

'Wel?' gofynnais.

'Wel, gwna fechdan dy hun. Dim morwyn ydw i.'

'Dwi'm isio bwyd, Mam. Be ddeudodd Brendan? Lle mae o 'di rhoid y ceffyl?'

'Dwn i'm be ddeudodd o. Wnes i'm cymryd sylw o'r rwdlyn. Mi oedd dy dad a fynta'n mwydro am ryw gaetshys ne rwbath. Pa geffyl?'

'O, Mam! Pam dach chi'n gneud hyn bob tro?' cwynais.

'Gwranda, Tudur.' Tawelodd ei llais er mwyn cadw'r heddwch ond torrais ar ei thraws yn rhwystredig.

'Pam dach chi byth yn helpu Dad?'

Daeth Mam i eistedd wrth y bwrdd ond wnaeth hi ddim ateb. Ro'n i wedi dal ei sylw, felly es ymlaen â 'nghwyn.

'Mae o'n trio'i ora, ond dach chi byth isio gwbod be mae o'n neud.' Byrlymai'r geiriau allan o 'ngheg a chlywais fy llais yn dechra crynu. 'Fysa lot o bobol yn gneud unrhyw beth i gael agor sw, ond does gynnoch chi ddim diddordeb. Dach chi'm yn lecio Brendan ac ma' Dad yn deud bo' chi'm hyd yn oed yn 'i lecio fo!' Doedd o ddim wedi deud hynny go iawn, ond ro'n i'n amau ei fod o'n wir. Teimlais y dagrau'n ymddangos. Edrychodd Mam arna i'n sychu fy moch efo fy llawes.

'Ti 'di gorffan, Tudur?' gofynnodd yn ddiemosiwn.

'Wel, mae o'n wir, dydi?' Rhoddais fy mhen i lawr, yn synhwyro'r hyn oedd yn mynd i ddigwydd nesa. Ond doeddwn i ddim wedi rhag-weld y bysa hi'n ymateb fel y gwnaeth hi. Daeth cledr ei llaw i lawr ar y bwrdd mor galed nes i mi a'r llestri te neidio.

'Paid ti â meiddio siarad fel'na efo fi eto. Mae 'na betha dwyt ti'm yn gwbod amdanyn nhw, Tudur. Petha dwi ddim isio i ti wbod.' Syllodd i fyw fy llygaid. 'I chi, Dewi a chditha, i chi dwi'n gneud bob dim – ti'n dallt?' Cododd ar ei thraed eto.

'Be am Dad?'

'Dydi hwnnw ddim angen fy help i. Mae o'n medru gneud smonach o betha'n iawn ar 'i ben 'i hun.' Daeth i eistedd wrth fy ochor a rhoi ei llaw ar fy mraich. 'Dwi'm isio dy weld ti'n cael dy siomi efo'r miri sw 'ma, Tudur. Mi wna i be fedra i i helpu, ond dwi 'di gweld hyn i gyd o'r blaen. Ma' raid i ti ganolbwyntio ar dy waith ysgol o hyn ymlaen, a pheidio wastio dy amser efo rhyw hen lol fel hyn. Ma' gen ti gyfle rhy dda – paid â'i golli o, Tudur, ti'n gaddo i mi?' crefodd.

'Iawn Mam, ond ...' Roedd un peth yn fy mhoeni. 'Lle mae'r ceffyl?'

Canodd y ffôn a rhoddodd Mam ochenaid o anobaith

cyn codi i'w ateb.

'Helô, Pen Parc? O, helô ... sut dach chi heddiw, Mr Davies?' Trodd Mam ei phen yn araf i edrych arna i a theimlais fy stumog yn troi.

'Ydi, mae o newydd gyrraedd adra ... na, tydi o'm 'di sôn dim byd, cofiwch.' Syllodd Mam arna i tra oedd hi'n gwrando ar Depiwti Dog yn adrodd hanes amser cinio.

'Ddim fi nath,' mentrais, wedi iddi roi'r ffôn i lawr.

'Dos i nôl dy dad a Dewi. Mi fydd bwyd yn barod mewn pum munud.'

Roeddwn i'n gyfarwydd â'r dechneg yma gan Mam. Mi fydda hi'n ymddangos fel tasa hi'n cau pen y mwdwl ar ddadl neu ffrae, ond oriau, ddyddiau neu weithia wythnosau yn ddiweddarach mi fyddai'n ffrwydro fel llosgfynydd.

'Ddim fi nath go iawn tro yma, Mam.' Ddaru hi ddim troi oddi wrth yr Aga, dim ond siarad drwy'i dannedd.

'Dos i nôl dy dad yr eiliad 'ma,' chwyrnodd. Es allan o'r tŷ wedi fy nhrechu.

Disgwyliodd Mam tan roedd pawb wedi cael eu pwdin cyn cyflwyno'i phregeth fer. Ro'n i'n ei disgwyl hi, ond roedd Dad a'r Josgin ar fin rhoi'r llwyaid gynta o bwdin reis yn eu cegau pan gafodd y ddau eu rhewi yn y fan a'r lle gan symlrwydd ei neges.

'Mi ddeuda i hyn unwaith yn unig,' dechreuodd Mam ar ei datganiad. 'Mi wna i 'ych bwydo chi, 'ych dilladu chi, cadw rhyw fath o drefn ar y tŷ 'ma a phoeni amdanoch chi o fora gwyn tan nos, ond dwi ddim isio affliw o ddim i'w neud efo'r sw gwirion 'ma, na'r blydi Gwyddal 'na chwaith. Dwi'm isio'i weld o'n rhoi ei droed dros y rhiniog 'na, a dyna ddiwedd arni.'

Bu distawrwydd am eiliad tra oedd Dad yn cnoi ei lwyaid gynta o bwdin reis, wedyn mentrodd siarad efo'i geg yn llawn.

'Mmm ... wyddost ti be, mi fysa'r pwdin reis 'ma'n

gwerthu'n dda yn y caffi.' Gwenodd yn nerfus.

'A fydda i'm yn potshan efo unrhyw gaffi chwaith. Dwi 'di penderfynu a dyna fo.' Gwisgodd Mam ei chôt.

'Lle dach chi'n mynd?' gofynnais.

'I dŷ Ceinwen. Fydda i adra cyn i ti fynd i dy wely. Gadwch y llestri yn y sinc,' atebodd cyn cau'r drws ar ei hôl.

Gwthiais y bowlen bwdin i ffwrdd pan glywais glec y gliced.

'Ti'm isio hwnna?' gofynnodd y Josgin a sheflio fy mhwdin i'w geg heb ddisgwyl am ateb.

'Dwi'm yn dallt, Dad. Pam mae Mam fel hyn?'

'Mi ddaw rownd yn y diwadd 'sti, gei di weld,' cysurodd Dad fi cyn tynnu fy sylw efo ffolder o bapurau roedd o wedi'i osod ar y bwrdd o'i flaen. 'Rŵan 'ta, ma' Brendan wedi rhoi'r rhain i ni. Plania ar gyfer y cytia ac ati.'

'Ni sy'n gorfod 'u gneud nhw! Pam mai ni sy'n gorfod 'u gneud nhw?' protestiodd y Josgin.

'Achos dyna 'di'r dîl, Dewi,' atebodd Dad yn ddiamynedd, a gwthio'r ffeil i 'nghyfeiriad i.

'Ia, dyna 'di'r dîl, yli,' pryfociais wrth dynnu'r papurau o'r ffeil. Esboniodd Dad be fyddai'n ddigwydd tra o'n i'n edrych ar y papurau cyn eu gwthio nhw ar draws y bwrdd at y Josgin. Yn ogystal â sgwennu cyfarwyddiadau manwl, roedd Brendan wedi gwneud lluniau o'r hyn roedd o am i ni ei adeiladu. O be fedrwn i ei weld wrth bori drwy'r dogfennau, roedd angen tri phrif fath o adeilad: nifer o gewyll syml yr olwg wedi'u gwneud o fframiau pren a'u gorchuddio efo weiran cwt ieir, pedwar adeilad pren oedd yn f'atgoffa o gytia cwningen mawr ar goesa, ac yna corlannau wedi'u gwneud o byst pren, efo rêl yn rhedeg ar hyd eu pennau a weiran yn gorchuddio'r cwbwl. Darllenais yn uchel yr hyn roedd Brendan wedi'i sgwennu ar ddiwedd y dudalen olaf mewn beiro goch:

Please build these to last. A concrete base is best, with a

slope, so they're easier to clean.
All the best,
B. P. Fitzgibbon

Ysgydwodd y Josgin ei ben yn araf a sugno gwynt i mewn drwy'i ddannedd.

'Concrit? Redi-mics yn beth drud ar y diawl 'di mynd, a lle 'dan ni am gael y weiran 'ma i gyd? Ma'r Ffarmers' Yard 'di cau mis dwytha, felly mi fydd raid i ni fynd yr holl ffordd i Fangor!' ebychodd.

'Reit, 'na fo.' Taflodd Dad ei freichiau i'r awyr mewn anobaith. 'Waeth i mi roi'r gora i'r blydi lot a cymryd job yn y Lle Llaeth ddim. Dyna dach chi isio, ia? Dwn i'm pam 'mod i'n potshan, wir dduw.' Bodiodd bocedi brest ei grys yn reddfol i chwilio am y paced smôcs roedd o wedi'i daflu bum mlynedd ynghynt. Roedd yr hen arferiad yn tynnu arno bob tro y bydda fo'n mynd yn flin.

'Ro'n i'n meddwl y baswn i'n gallu dibynnu ar y ddau ohonach chi, o leia, i fy helpu.' Eisteddodd yn ôl yn ei sêt yn bwdlyd. Roedd y Josgin wedi cynhyrfu, ac wedi dechra troelli'i wallt efo'i fys. Roedd o'n gwneud hynny pan oedd o'n cynhyrfu. Un tro, pan oedd o'n gorfod darllan yn capal, mi droellodd ei wallt mor dynn nes yr aeth ei fys yn sownd ac mi fu raid iddo fo sefyll yn y sêt fawr efo un llaw ar ei ben a finnau'n gafael yn y Beibl iddo tra oedd o'n darllen. Fi gafodd y ffrae achos fedrwn i ddim stopio chwerthin.

'Shîts!' medda fi.

Stopiodd y Josgin droelli a sbio arna i'n syn.

'Be?' gofynnodd Dad.

'Y shîts asbestos 'na odd' ar yr hen sied warthing. Dydi'r rhan fwya ohonyn nhw ddim gwaeth, ac os rhown ni'r rheini ar y llawr gynta, ella na fydd raid rhoi concrit wedyn. Does 'na ddim byd yn mynd i dyllu'i ffordd drwy shît asbestos, nag oes?'

Saethodd llygaid Dad dros gynnwys y bwrdd o'i flaen

wrth drio chwilio am wendidau yn fy syniad. Ddaru fo'm ffeindio 'run.

'Jiniys! Ma'r hogyn 'ma'n jiniys. Wrth gwrs! Mae gynnon ni faint fynnir o'r stwff. 'Na ni, yli, Dewi. Ma'r hogyn *yn* da i rwbath wedi'r cwbwl. 'Na i ddechra arni peth cynta.' Roedd Dad ar flaen ei sêt eto.

'Ga i helpu – fedra i godi'n gynt?' gofynnais.

'Ma' hi braidd yn oer peth cynta'n y bora, 'sti, ella fysa'n well ti aros wrth y stof efo Mam.'

Chwarddodd y Josgin.

'Dy syniad di oedd o, 'ngwas i, felly gei di fod *in charge*,' ychwanegodd Dad gan dynnu'r wên oddi ar wyneb fy mrawd.

Wrth fynd â'r llestri budur at y sinc gwelais gysgod yn hwylio heibio i ffenest y gegin. Meddyliais am eiliad fod Mam yn ei hôl ond daeth cnoc ar y drws, a honno'n un ddigon blin i wneud i'r tri ohonon ni aros lle roeddan ni.

'Pwy sy 'na, dŵad? Dos i sbio, Dewi,' gorchmynnodd Dad. Cododd y Josgin ond daeth yr ateb cyn iddo gyrraedd y drws.

'Iw-hww! Mr Owen?' galwodd llais Mrs Tremayne.

'O'r nefoedd, be ddiawl ma' hon isio rŵan? Ma' hi 'di gweld rhyw blydi ddafad 'di marw yn rwla ma' siŵr.'

Trodd y Josgin ar ei sawdl wrth glywed ei llais a dod yn ôl at y bwrdd.

'Gewch chi siarad efo hi,' medda fo.

Aeth Dad i agor y drws, a dyna lle roedd Mrs Tremayne, yn dal ei gafael mewn Shetland Pony cyfarwydd yr olwg. Roedd hi'n gwisgo côt felfed hir, werdd, efo ambell bluen paun wedi'u gwnïo'n sownd iddi. Yn sticio allan o waelod sgert dartan roedd dwy goes goch, denau, oedd yn diflannu i mewn i bar o welintons oedd o leia bedwar seis yn rhy fawr iddi. Yn hongian rownd ei gwddw roedd ei chamera Kodak enwog mewn hen gâs lledr bler, ac ar ei phen roedd ei het soldiwr Awstralaidd. Roedd honno'n debyg i het gowboi ond bod un ochor wedi'i phlygu i fyny'n fflat a'r holl beth wedi'i orchuddio â bathodynnau gwahanol, i gyd o gwmpas y logo CND mawr oedd i'w weld ar y darn fflat. Roedd Mrs Tremayne wedi troi ei het fel bod y darn fflat yn wynebu'r ffrynt. Fel arfer mi fydda hyn yn golygu un o ddau beth: gwynt cryf neu ei bod hi'n bwriadu mynd i ryfel. Doedd dim chwa o wynt pan agorodd Dad y drws.

'Now then, I presume you know this poor creature, Mr Owen,' dechreuodd Mrs Tremayne.

'Helô, Mrs Tremayne, sut ydach chi heddiw? Ma' hi'n braf,' atebodd Dad gan wybod bod ganddi ddigon o Gymraeg i ddallt.

'*No*, mae hi'n *not* braf, Mr Owen. Mae ceffyl yma yn cerdded yn y lôn. Look at the poor thing, it can barely stand.'

Mentrais at y drws i gael gweld yn well. Roedd Mrs Tremayne yn cydio mewn tennyn oedd yn sownd wrth un o'r creaduriaid trista yr olwg i mi ei weld erioed.

'Brendan bia hwnna,' medda fi heb feddwl.

'Beth?' gofynnodd Mrs Tremayne.

'Taw!' medda Dad dan ei wynt.

Edrychodd y ceffyl arna i, ac er mai dim ond am eiliad y bysa fo wedi medru fy ngweld i o gefn y garafán, mi ges i'r teimlad ei fod o wedi fy adnabod inna hefyd.

'Do you know anything about this creature?' Trodd Mrs Tremayne ei sylw tuag ata i.

'Ym, na, dwi'm yn meddwl,' atebais, yn trio osgoi llygaid cyhuddgar y ceffyl.

'Rhowch o yn un o'r cytia 'ma ac mi ffeindia i dipyn o ffid iddo fo wedyn,' cynigiodd Dad.

'I'll tell you what I'm going to do,' datganodd Mrs Tremayne gan anwybyddu Dad. 'I'm going to put it in one of your outbuildings while I make some enquiries. And I shall expect you to feed it, Mr Owen.' Pwyntiodd fys at Dad cyn gorchymyn 'mod i'n ei helpu.

'Rydych chi yn dangos i mi ble mae'r ceffyl yn mynd i aros, Tudur.'

Roeddwn i a Mrs Tremayne yn nabod ein gilydd achos roedd hi'n arfer dysgu Celf i mi am gyfnod byr pan oeddwn i yn yr ysgol gynradd. Yn anffodus, doedd neb yn yr ysgol yn edrych ymlaen at ymweliadau Mrs Tremayne – nid oherwydd ei diffyg dawn gelfyddydol nag ychwaith ei brwdfrydedd dros ddatblygu ein talentau ond yn hytrach, a does 'na 'run ffordd garedig o ddeud hyn, oherwydd bod Mrs Tremayne yn drewi'n ofnadwy o bi-pi cath.

Wrth i mi gerdded efo hi a'r ceffyl ar draws yr iard, llifodd atgofion o'r ysgol gynradd yn ôl drwy fy nhrwyn. Ac un ai roedd y ceffyl druan yn cael trafferth dygymod â'r drewdod hefyd, neu roedd o wedi llwyr ymlâdd, ond mi faglodd ei ffordd yn drwsgwl i mewn i'r hen stabl fach.

'Mi gwneith hwn am y tro, Tudur. Nawr, wnewch chi rhoi dŵr a bwyd i'r ceffyl?' gofynnodd Mrs Tremayne wrth i mi fagio allan i'r awyr iach.

'Gwnaf, Mrs Tremayne,' addewais.

'Rydych chi'n siŵr ti ddim yn gwybod o ble mae o'n dod, Tudur?' holodd unwaith eto gan syllu i fyw fy llygaid. Ysgydwais fy mhen rhag i fy llais fy mradychu. Fel tasa'r ceffyl wedi dallt 'mod i wedi deud celwydd am yr eildro, mi drodd i edrych arna i a chwythu'n swnllyd drwy'i drwyn.

'Mae hyn yn gwneud fi'n mor flin, Tudur. Look at the poor little thing. D'you know, if I were to meet whoever did this right now, I would ... well, I don't know what I would do but it would be jolly painful.' Roedd dyrnau esgyrnog Mrs Tremayne wedi'u cau yn flin o'i blaen. Dychmygais Brendan yn rowlio ar hyd yr iard yn chwilio am ei ddannedd ar ôl i Mrs Tremayne ei lorio efo storm o ddyrnau.

'Wel, ewch i nôl dŵr,' medda hi, a'i llygaid gwyllt yn

fflachio.

Rhedais at y tap a llenwi pwced cyn dychwelyd a'i rhoi o dan drwyn y ceffyl. Roedd Mrs Tremayne yn rhedeg ei llaw fain yn dyner ar hyd wddw'r creadur.

'Rydych chi'n cofio stori Efnisien, Tudur?' gofynnodd.

Dechreuodd y ceffyl yfed ac mi ysgydwais fy mhen unwaith eto.

'Mae Efnisien yn stori'r Mabinogion, ac roedd o'n greulon iawn, iawn efo ceffylau. Mae rhywun wedi bod yn greulon iawn, iawn gyda'r ceffyl yma, rwy'n siŵr. Rydych chi'n gwybod beth rwy'n mynd i galw fo, Tudur?'

'Efnisien?' cynigiais.

'Don't be so silly, I'm going to call him Matholwch. Don't they teach you anything these days?' dwrdiodd wrth dynnu ei hen gamera Kodak allan o'i gas. Mi dynnodd tua hanner dwsin o luniau o'r ceffyl a finnau tra oedd hi'n parhau i bregethu.

'Nawr, ti'n fachgen da, dwi'n gwybod, Tudur, felly edrych ar ôl Matholwch. I'm going to find who our Efnisien is if it's the last thing I do,' cyhoeddodd Mrs Tremayne wrth gerdded am y lôn. Ychydig a wyddai Mrs Tremayne ar y pryd ond ro'n i'n gwybod yn iawn pwy oedd Efnisien, ac ymhen amser mi fyddwn yn ei gyflwyno fo iddi hi.

Trois i edrych ar Matholwch, oedd yn yfed o'r bwced, a chlywais sŵn traed yn rhuthro o gyfeiriad y tŷ. Roedd Dad a'r Josgin wedi mentro allan at ddrws y stabl.

'Ydi'r hen wrach wirion 'na 'di mynd?' gofynnodd Dad.

'Fedri di ddeud 'i bod hi wedi bod yma,' ychwanegodd y Josgin, 'mae'r lle'n drewi.'

'Brendan sydd bia hwn, 'de, Dad?'

'Wel ia, siŵr dduw, ond doedd dim raid deud wrth honna, neu mi fydd hi yma rownd y ril yn busnesu. Mae Brendan wedi gofyn i ni edrych ar ei ôl o, ac mi o'n i wedi'i roi o yn Cae Ffynnon. Ma' raid 'i fod o 'di rhoi pwniad i'r giât, a'r jolpan wirion 'na wedi'i ffeindio fo'n y lôn.'

'Mae Mrs Tremayne yn deud bod rhywun wedi bod yn greulon efo fo, Dad,' meddwn wrth redeg fy llaw drwy ei fwng budur.

'Does wbod be sy wedi digwydd i'r creadur, ac ma'n dda bod Brendan wedi'i achub o felly, tydi. Dewi, dos i nôl dipyn o ffid iddo fo. Geith o aros yn fama heno, wedyn rown ni o yn ôl yn Cae Ffynnon fory.'

Diflannodd y Josgin a daeth Dad i sefyll wrth f'ochor gan roi mwytha i Matholwch.

'Does 'na'm ceffyl wedi bod yn Pen Parc ers pan o'n i 'run oed â chdi,' myfyriodd Dad cyn troi a mynd yn ôl am y tŷ.

Er nad oedd cawell na chorlan wedi'u hadeiladu roedd ein anifail cynta wedi cyrraedd y sw – Shetland Pony bach esgyrnog roedd Mrs Tremayne wedi'i enwi'n Matholwch. Rhybuddiodd Dad ni i beidio â sôn am y ceffyl o flaen Mam, a phan ddaeth hi adra yn hwyrach y noson honno ro'n i yn fy ngwely. Gwrandewais ar ei sŵn cyfarwydd yn cerdded i fyny'r grisiau.

'Dwi'm yn cysgu Mam.'

Daeth i mewn i'r stafell heb roi'r golau ymlaen ac eistedd ar erchwyn fy ngwely. Rhedodd ei llaw drwy fy ngwallt a gadael cusan fel pluen ar fy nhalcen.

'Sori am weiddi gynna, Tudur,' sibrydodd.

'Fydd bob dim yn iawn, 'chi Mam, gewch chi weld.'

Chwarddodd yn ddistaw cyn codi ar ei thraed.

'Cysga rŵan, Tudur.' Llithrodd allan drwy'r drws gan fy ngadael yng nghwmni Debbie Harry a Jôs. Wrth wrando ar y bybls yn ffrwtian drwy'r cawl gwyrdd yn y tanc, mi wnes addewid i Debbie. Mi fyddwn yn llawer iawn mwy gofalus o'r Shetland Pony bach tenau, a gweddill yr anifeiliaid fydda'n dŵad i Ben Parc, nag roeddwn wedi bod o 'mhysgodyn. Ar y pryd, wyddwn i ddim na fyddai'n rhaid i mi aros yn hir cyn y bydda Matholwch druan yn cael cwmni, a 'mywyd inna'n newid am byth.

PENNOD 3

Joey

Mae Pen Parc yn ffarm sy'n aml yn cael ei disgrifio fel 'un nobl', am sawl rheswm. Yn dri chan acer, bron â bod, mae hi'n ffarm gymharol fawr, ond mae yma hefyd feudái ac adeiladau cadarn sy'n amgylchynu tŷ sylweddol. Mae dau fuarth, sef yr un o flaen y tŷ yr oedd Dad yn ymdrechu i'w gadw'n weddol daclus a gweddus, a'r un tu ôl i'r tŷ, yr oeddan ni'n ei galw'n iard stablau. Mae'r iard stablau bron yn hollol sgwâr ac wedi'i hamgylchynu ar dair ochor gan barlwr godro, hen stablau a chyfres o feudái deulawr oedd, yn yr oes a fu, yn gartref i fyddin fechan o weision ffarm. Yn union hanner acer o faint, câi ei defnyddio gan amaethwyr yr ardal fel rhyw uned fesur answyddogol pan oeddan nhw'n trio dyfalu maint darn o dir. Doedd o ddim yn beth anghyffredin clywed pobol yn deud petha fel, 'Mae'r cae yna o leia ddeg iard stablau Pen Parc.'

Yr iard yma, felly, oedd y dewis naturiol ar gyfer y sw, a lle bu bwrlwm amaethyddol unwaith roedd bellach brysurdeb o fath gwahanol. A deud y gwir, yn ystod y dyddiau canlynol roedd ein iard stablau fel ffair, a gan fod Dad â chymaint ar ei blât yn barod, roedd o wedi gorfod mynd i'r pentre i chwilio am help. Wedi'i sicrhau na fysa'r gwaith yn golygu trin asid na gwisgo gas-masg, mi gytunodd Glyn Mabel i ddychwelyd i weithio i Ben Parc. Roedd Brendan acw'n ddyddiol i oruchwylio'r gwaith. Efo'i wên lydan yn ein hannog, roedd pob dim yn 'marvellous, Mr Owen' a 'just the job, young Glyn' wrth iddo grwydro o gwmpas yr hen iard stablau yn cymeradwyo'r cawell diweddaraf. Ac mi oedd o'n cytuno efo Dad fod fy syniad o ddefnyddio hen shîtiau asbestos i atal yr anifeiliaid rhag dianc yn 'bloody genius'.

Yn anffodus doedd dim dianc i minna chwaith, achos roedd yn rhaid i mi adael cyffro Pen Parc bob bora a mynd am yr ysgol. Er bod fy nghyfnod o gosb am chwalu byrddau cinio'r athrawon wedi dod i ben – ac er syndod i fy ffrindia –

ro'n i'n parhau i dreulio pob amser cinio yn y llyfrgell efo fy
nghopi o *The Hamlyn Children's Animal World Encyclopedia
in Colour*, yn ogystal â phob llyfr arall am anifeiliaid y
medrwn ei ffeindio. Ro'n i'n casglu gwybodaeth am bob
anifail oedd ar restr Brendan, ac wedi'u rhannu'n dri
chategori, efo ffeil arbennig i bob un. Er nad oedd y rhain yn
gategorïau fyddai'n cael eu hadnabod gan feiolegwyr a
naturiaethwyr, roeddan nhw'n gwneud synnwyr i mi.

Yn y ffeil felen roedd adar. Yn y ffeil las roedd anifeiliaid
di-flew, er enghraifft y vietnamese pot-bellied pig (*sus scrofa
scrofa*) a'r red-eared terrapins (*trachemys scripta elegans*) ac
yn y ffeil goch roedd yr anifeiliaid blewog fel y guinea pigs
(*cavia porcellus*) a'r meerkats (*suricata suricatta*).

Bob pnawn mi fyddwn i'n cyrraedd adra o'r ysgol ac yn
gweld yr hen iard stablau'n llenwi yn raddol efo cewyll a
chorlannau o bob maint. Roedd y sw yn ymffurfio o flaen fy
llygaid, ac fel meistr y syrcas yng nghanol yr iard, roedd
Brendan yn rheoli'r cwbwl efo gwên.

'Look now, the scholars are home,' fyddai ei gyfarchiad
wrth fy ngweld i a'r Josgin yn cyrraedd oddi ar y bỳs, cyn ein
tywys o gwmpas yr iard er mwyn dangos campweithiau
diweddara Glyn Mabel i ni. Doedd ddim raid dychmygu
bellach – ro'n i'n gallu cerdded yr un ffordd ag y bydda'r
ymwelwyr yn troedio. Ro'n i'n eu dychmygu'n symud o
gawell i gawell wedi'u swyno a'u syfrdanu gan y creaduriaid
roeddan nhw'n eu gweld, a darllen yr wybodaeth amdanyn
nhw ar y byrddau gwybodaeth o'u blaenau, y byrddau
gwybodaeth ro'n i am eu creu.

'So what did you learn at school today then?' Byddai
Brendan yn gofyn hyn i mi'n ddyddiol, ond doedd ganddo
ddim diddordeb go iawn yn yr hyn ro'n i wedi'i ddysgu am
ei anifeiliaid o. Roedd o'n gwybod pob dim amdanyn nhw'n
barod, rhesymais, ond ro'n i wastad yn siomedig pan fydda
fo'n anwybyddu fy adroddiadau dyddiol o'r llyfrgell, ac yn

teimlo'n rhwystredig pan fydda fo'n cofio'n sydyn am rwbath oedd angen ei wneud ar frys bob tro y byddwn i'n gofyn cwestiwn penodol am un o'r creaduriaid ar ei restr.

Er 'mod i'n trio bod mor drylwyr â phosib yn fy ngwaith ymchwil, ro'n i'n ymwybodol fod bylchau mawr yn fy ngwybodaeth, ac roedd fy rhestr o gwestiynau'n tyfu bob dydd. Sut oedd Brendan am ail-greu cynefin y meerkat, oedd yn hoff iawn o dyllu a chreu cartref yn y ddaear? Oedd yna bosib bod y black-and-white ruffed lemur (*varecia variegata variegata*) yn disgwyl babis? Roedd hi'n wanwyn, a dyna pryd roeddan nhw'n cael babis ym Madagascar. Hefyd, pam fod Matholwch yn rhedeg yn wyllt rownd Cae Ffynnon, yn gweryru a dangos ei ddannedd, bob tro y bydda Brendan yn cyrraedd yn ei lorri?

Mi fyddai ganddo fo amser i ateb y cwbwl, a mwy, ar ôl gorffen y gwaith adeiladu, ma' siŵr. A gorffen oedd raid, achos mi wnaeth Dad un o'i gyhoeddiadau wrth y bwrdd bwyd un noson. Disgwyliodd i bawb eistedd, a llwythodd ei fforc efo bwyd.

'O ia, ma' gin i newyddion i chi hefyd.' Smaliodd Dad ei fod o wedi anghofio tan y funud honno.

'Mi fydd y sw yn agor ar y pumed o Ebrill,' ychwanegodd cyn stwffio llond ei geg o ham a chips.

Heblaw am sŵn Dad yn cnoi bu distawrwydd, nes i Mam ddeud, 'Pasg'. Parhaodd Dad i gnoi ac osgoi ei llygaid. Sylweddolodd y Josgin be roedd hynny'n ei olygu.

'Mewn pythefnos?' gofynnodd mewn llais main. Unwaith eto, ddaru Dad ddim ateb, dim ond cnoi'n swnllyd nes i mi ddod i'r adwy.

'Fydd hi'n llawn dop yma, Dad.'

'Bydd, Tudur,' cytunodd yn gyffrous, gan boeri darnau o fwyd o'i geg. 'Dyna pam, yli. Dydd Sadwrn cyn Pasg, yndê – mi fydd y lle 'ma'n berwi efo pobol, gewch chi weld.' Stwffiodd lwyth arall i'w geg.

'A does 'na'm ysgol ar y dydd Llun chwaith,' ychwanegais.

'Fydd 'na'm ysgol am bythefnos!' poerodd Dad eto.

'Y chweched o Ebrill?' gofynnodd Mam yn anghrediniol, ac mi gofiais yn sydyn pam. Edrychais draw at Dad i drio'i rybuddio, ond roedd hi'n rhy hwyr.

'Naci, y pumed. Ma' Brendan a finna wedi penderfynu,' atebodd Dad.

Cododd y Josgin ei ben o'i fwyd, pan synhwyrodd ffrae arall ar y gorwel.

''Di o'm otsh, Mam,' sibrydodd.

'Nac'di, yn amlwg, 'di o'm otsh gan dy dad fod dy ben-blwydd di ar y chweched, Dewi,' arthiodd Mam. Stopiodd Dad gnoi.

''Di o'm otsh, Dad,' pwysleisiodd y Josgin eto, ac am eiliad ro'n i'n teimlo'n drist drosto fo ... ond dim ond am eiliad.

Sylweddolodd Dad fod ffordd allan o'r twll a gwenodd yn llydan cyn cyhoeddi, 'Wel, dyna chdi yli, Dewi – pwy arall fedar ddeud 'i fod o wedi cael sw fel presant pen-blwydd, e?'

Roedd y Josgin a finna'n rhy hen i gael partis pen-blwydd bellach, ond roedd Mam yn dal i lecio gwneud mymryn o ffys. Mi fyddan ni wastad yn cael cacan a phresant wedi'i lapio, ac mi fyddai Anti Ceinwen yn galw draw efo chwarter o fon-bons taffi a chopi o'r cylchgrawn plant *Look In*.

Ddeudodd Mam ddim byd arall, a ddaru hi ddim bwyta fawr chwaith, ond mi oeddan ni'n ei nabod hi'n ddigon da i wybod y bysa ganddi fwy na digon i'w ddeud ymhen amser.

Felly roedd gynnon ni ddyddiad agor, cewyll, corlannau ac, yn ôl Brendan, cynllun marchnata fysa'n sicrhau bod sw cyntaf Ynys Môn yn denu ymwelwyr o bob rhan o'r sir a thu hwnt. Ond lle roedd yr anifeiliaid? Heblaw Matholwch y Shetland Pony, pysgodyn aur meudwyol a faint fynnir o ddefaid a gwartheg, doedd ganddon ni ddim un creadur gwerth talu pres i'w weld. Es i 'ngwely y noson honno'n llawn pryder, ac roedd fy mreuddwyd wleb yn fwy byw nag arfer. Y tro yma roedd llu o anifeiliaid o'r *Hamlyn Children's Animal World Encyclopedia* yn nofio efo ni, ac yn stryffaglu i gadw eu pennau uwchben y dŵr. Deffrais mewn ofn unig yn nüwch y nos, a fedrwn i ddim hyd yn oed gweld wyneb Debbie Harry i 'nghysuro. Neidiais allan o'r gwely a rhoi fy Hi Fidelity Music Centre ymlaen a chwarae record hir hapus ELO yn ddistaw. Roedd yr Electric Light Orchestra wastad yn gwneud y job, ac yn raddol mi anghofiais am y freuddwyd a llithro i gwsg braf.

Rywbryd ynghanol y nos – ar ôl i record ELO ddod i ben, mae'n debyg, a thra oeddwn i'n cysgu'n sownd – mi newidiodd petha.

Pan agorais fy llygaid y bore wedyn mi ges i ryw deimlad fod rwbath yn wahanol. Yn yr eiliadau dryslyd rheini ar ôl deffro, wrth geisio penderfynu be oedd yn freuddwyd a be oedd yn wir, mi sylweddolais nad oedd petha cweit yr un fath.

Cerddais i lawr y grisiau yn llawn hyder tawel, ac wrth i mi agor y drws ar waelod y grisiau cefn a chamu i mewn i'r gegin, teimlais ryw lonyddwch. Roedd o fel tasa'r byd i gyd wedi penderfynu symud yn arafach. Daeth llais Mam o'r gegin.

'Tudur? Chdi sy 'na?'

Wnes i ddim ateb. Mi gerddais yn reddfol at y drws cefn a llithro fy nwy droed yn ddidrafferth i mewn i fy welintons cyn mynd allan i'r awyr agored.

Roeddwn i'n cael fy nhynnu tuag at yr iard. Wnes i'm sylwi ar y glaw nac ar y Josgin yn sefyll yno. Yr unig beth roeddwn i'n ei weld oedd crât pren, tua llathen sgwâr, yn sefyll, yn estron, ar ganol ein iard. Wrth gerdded tuag ato, sylwais ar ambell hollt yn y pren oedd yn tynnu fy llygaid tuag at y düwch tu mewn, fel y craciau yn yr eirch llechi ym mynwent y pentre fyddai'n fy nhynnu i a'r hogia i sbecian. Fedrwn i'm gweld dim byd drwy'r holltau, ond fel yn y fynwent mi wyddwn yn iawn fod rwbath yno.

Gwyrais i lawr i edrych i mewn drwy'r hollt mwyaf yn ochor y crât. Teimlais y pren garw ar fy moch wrth i mi roi fy wyneb yn ei erbyn a mentro rhoi fy llygad dros y twll. Welwn i ddim byd. Wnes i'm sylwi ar y Josgin wrth fy ochor nes ei bod yn rhy hwyr, a phan drawodd dop y crât efo'i ddwrn mi ddisgynnais yn ôl ar fy nghefn, fy nghlustiau'n canu fel chwiban cŵn defaid.

'Gwatsha, mae o'n brathu!' chwarddodd

Fel arfer, mi fysa'r fath dric budur gan fy mrawd wedi ysgogi corwynt o ddyrnau, dagrau a snot, ond nid heddiw.

Erbyn i mi ddod ataf fy hun, roedd o'n gafael yn y bar haearn roeddan ni'n ei ddefnyddio i dynnu teiars ac yn chwilio am hollt addas yn y crât i'w wthio iddo.

'Paid!' gwaeddais. 'Sbia, mae 'na lythyr.' Roedd amlen frown wedi'i styffylu ar ochor y crât. Agorais hi a darllen yn uchel y rhestr oedd ar ddarn o bapur.

'*Cava porcellus, oryctolagus cuniculus, bubo bubo.*'

'Be mae hynny'n feddwl?' gofynnodd y Josgin yn rhwystredig.

'Agor y crât, a beth bynnag wnei di, paid â symud yn rhy sydyn.' Ro'n i'n trio swnio mor ddramatig ag y medrwn i.

'Pam? Be sy 'na 'lly?'

'Gei di weld. Agor o ... yn ofalus.'

Gwthiodd y Josgin flaen y bar haearn rhwng coed y crât a thynnu'n ofalus. Disgynnodd un ochor gyfan i'r llawr heb unrhyw ymdrech, a neidiodd y Josgin yn ei ôl gan ollwng y bar. Edrychodd arna i am arweiniad. Be oedd o i fod i'w wneud rŵan? Roedd hwn yn brofiad newydd i mi – doedd o erioed wedi gofyn am fy marn ar unrhyw beth o'r blaen, heblaw pa ddull o boenydio fysa ora gen i: cael hosan fudur 'ta hen bâr o drôns wedi'i stwffio i 'nheg. Ond rŵan, roedd o'n edrych arna i am gyngor. Amneidiais tuag at y crât, a heb ddeud gair aeth y Josgin ar ei gwrcwd o flaen yr agoriad. Estynnodd ei fraich i mewn yn araf a thynnu cawell bychan allan. Dyna pryd y gwelais i nhw am y tro cyntaf. Y *cavia porcellus*, chwech ohonyn nhw. Wrth gwrs, mi fysa pawb arall yn eu galw nhw'n foch cwta neu guinea pigs – ond nid fi. Ro'n i'n gwybod pob dim am y creaduriaid bach yma. Ro'n i'n gwybod nad moch go iawn oeddan nhw, ac nad o Guinea roeddan nhw'n dod mewn gwirionedd. Ro'n i'n gwybod bod y teulu bach yma yn hanu o'r Andes yn Ne America yn wreiddiol, a'u bod nhw'n cael eu hystyried yn damaid blasus gan rai yno. Ychydig a wyddwn i ar y pryd y bysan nhw ar fwydlen yma yng Nghymru hefyd cyn hir, ond am y tro, wrth iddyn nhw ymddangos o'r crât yn blincio ac yn crynu, roedd sylweddoli beth oedd wedi digwydd fel cael sioc drydanol. Roedd y creaduriaid bach ofnus yma, oedd wedi'u gwasgu at ei gilydd mewn ofn yng nghornel eu cawell, yn mynd i fod yn hollol ddibynnol arna i am bob dim o hyn ymlaen.

Cyrhaeddodd Dad o rywle heb i mi sylwi, a chyn i mi gael cyfle i'w atal roedd Dog, ei gi defaid twp, wedi rhedeg at gawell y moch cwta'n s'nwyro a chyfarth yn aflafar.

'Sbiwch, Dad, hamstyrs!' ebychodd y Josgin.

'Dyna be ydyn nhw?' gofynnodd Dad wrth daro ochor y cawell efo'i ffon. 'Ydyn nhw'n fyw, dŵad?'

'*Cavia porcellus* ydi rhain,' medda fi wrth godi'r cawell a'i roi ar ben y crât o afael y ci gwirion. 'Guinea pigs,' ychwanegais yn flin.

'Dyna be ydyn nhw, ia? Be arall sy 'na 'ta? Ceisiodd Dad edrych i mewn i'r düwch.

Estynnodd y Josgin ei fraich i mewn i'r crât unwaith yn rhagor a thynnu cawell arall o'r un maint ohono.

'Cwningod, myn uffar i!' medda 'Nhad. 'I be uffar 'dan ni

isio cwningod? Mae 'na faint fynnir yn niwsans hyd y lle 'ma yn barod.'

Chwarddodd y Josgin yn uchel gan lwyddo i 'ngwylltio fwy byth. Wnes i ddim trafferthu deud wrthyn nhw nad yr un math o gwningod â'r rheini oedd yn bla yn sir Fôn oedd y rhain, ond dau bâr o *oryctolagus cuniculus* neu Netherland dwarf rabbits, wedi'u bridio yn arbennig fel anifeiliaid anwes. Er, doedd y rhain ddim i'w gweld yn ddof iawn – roeddan nhw'n dringo dros ei gilydd i gyrraedd cornel bella'r cawell, gan guddio'u pennau rhwng eu coesau ôl a gwneud rhyw synau bach uchel bob yn ail.

'Ma'r blydi ci 'na 'di dychryn nhw,' dwrdiais.

'Paid â rhegi,' atebodd Dad. 'Ond ma' nhw ofn rwbath, yn dydyn, sbia crynu ma' nhw ... ac ma'r petha bach eraill 'na 'run fath hefyd.'

Roeddan ni ar fin darganfod be oedd wedi codi ofn ar drigolion cynta'r sw. Heb yn wybod i ni roedd chwilfrydedd Dog wedi mynd yn drech na fo, ac roedd o wedi rhoi ei drwyn i mewn i'r crât i weld a oedd mwy o anifeiliaid bach diddorol yno i'w s'nwyro.

Roeddwn i wedi clywed Dog yn gweiddi droeon o'r blaen – unwaith pan sefais i ar ei droed o wrth ddringo i gefn y landrofer, a thro arall pan gafodd ei gicio gan fustach. Ac, wrth gwrs, roedd pawb yn cofio'r diwrnod hwnnw pan aeth o a'i fodryb Fflei yn sownd yn ei gilydd ryw ddiwrnod Dolig, a Dad yn rhedeg ar eu holau rownd yr iard efo pwced o ddŵr. Ond rŵan, o'r tu mewn i'r crât, mi ddaeth gwaedd gwbwl wahanol i weiddi arferol Dog. Nid gwaedd fach, fer, oedd hon ond sgrech hir, uchel oedd yn debycach i sgrech plentyn. Dechreuodd y crât siglo'n wyllt, ac yn ogystal a'r sŵn sgrechian, clywais sŵn adenydd yn curo a phlu yn ysgwyd. Saethodd Dog allan o'r crât ac ar draws yr iard cyn diflannu am Gae Bryn. Aeth y crât yn ddychrynllyd o lonydd, a ddaeth dim mwy o sŵn ohono.

'Be ddiawl sy mewn yn fanna?' gofynnodd Dad.

Doedd y Josgin ddim yn rhy awyddus i gynnig ateb i'r cwestiwn, felly mi gamais ymlaen yn bwyllog at yr agoriad. Roedd cawell arall ym mhen draw'r crât, un mwy o lawer na'r ddau roeddan ni wedi'u tynnu allan yn barod. Es i lawr ar fy nghwrcwd a phlygu ymlaen yn araf bach. Yr unig beth allwn i ei weld i ddechra oedd llwch yn chwyrlïo a phlu bach gwyn yn hofran yn yr awyr o 'mlaen. Wrth graffu ymhellach, sylwais fod darnau o flew ci yn sownd yn weiran y cawell. Daeth siâp arall yn amlwg tu ôl i'r weiran. Allwn i ddim gwneud fawr o synnwyr o'r siâp i ddechra, ond yn raddol daeth yn fwy eglur: plu, crafangau, pig. Yna, sylwais ar ddau lygad mawr melyn yn agor a chau yn araf yng nghanol y plu. Tylluan!

Ro'n i'n gwybod yn iawn be oedd yn edrych arna i drwy lygaid fel peli tân. Tylluan eryraidd, neu, yn Saesneg, eagle-owl. Doedd y lluniau yn *The Hamlyn Children's Animal World Encyclopedia* ddim wedi fy mharatoi ar gyfer y profiad yma. Roedd edrych i'w llygaid fel edrych i'r haul. Roeddan nhw fel tasan nhw'n newid o felyn, i oren, i goch, ac yna'n ôl yn felyn. Roedd dwy glust yn codi fel fflamau uwchben y llygaid, a'r plu rhyngddyn nhw'n arwain i lawr at big ddu, galed. Roedd hon yn olygfa ddieflig. Doedd ryfedd fod gan y cwningod a'r moch cwta ofn am eu bywydau – roeddan nhw wedi treulio oriau, os nad dyddiau, yn rhannu crât bach pren efo'r diafol ei hun.

Nid gwdihŵ arferol mo'r aderyn yma. Hwn oedd *serial killer* y byd adar. Roedd o wedi llwyddo i rwygo darn reit fawr allan o drwyn Dog gan adael craith ddofn fyddai gan y ci am weddill ei oes, a hynny o'r tu ôl i weiran ei gawell. Byth ers y diwrnod hwnnw bu gan Dog ofn adar am ei fywyd, ac roeddan ni'n aml yn gorfod cau'r ieir i mewn cyn y bysa fo'n fodlon dod allan o'i gwt i wneud diwrnod o waith.

Ond mi oeddwn i'n gwybod hanes y llofrudd yma'n

iawn. Mae tylluan eryraidd, sy'n mesur dros chwe throedfedd o ben un adain i'r llall, yn hela mewn distawrwydd llwyr. Tasach chi'n llygoden neu'n gwningen fach, fysach chi ddim yn ei chlywed hi'n ymosod arnoch chi. Y peth dwytha fysach chi'n weld cyn cael eich rhwygo'n ddarnau gan grafangau a phig farwol fysa blanced o blu yn mygu eich sgrechfeydd am byth.

Mi enwais y dylluan ddieflig yn Joey, gan 'mod i'n sicr mai 'fo' oedd o.

Roedd llonyddwch Joey wrth i ni dynnu ei gawell allan i'r goleuni yn wirioneddol frawychus. Mi safodd yn stond yng nghanol ei gell weiran, yn ein gwylio ni'n defnyddio ffon fugail Dad i'w lusgo tuag at ei gartref newydd yn 'adran adar' y sw. Wnes i erioed fentro'n nes na hyd ffon at y llofrudd – a heblaw am un achlysur o drais eithafol y cewch wybod amdano yn nes ymlaen, ddangosodd Joey erioed ei natur derfysgol i neb heblaw Dog druan, oedd wedi diflannu i'r caeau. O'r diwedd, wedi i ni lusgo cawell Joey i'r iard stablau, agorwyd ei ddrws a chamodd Joey yn urddasol allan i'r gofod roeddan ni wedi'i baratoi ar ei gyfer.

Wedi i ni gyflwyno'r trigolion cyntaf i'w cartrefi newydd, es i'r tŷ ac eistedd i lawr wrth fwrdd y gegin i ddiweddaru fy rhestr:

6 Mochyn cwta (*cavia porcellus*) – wedi cyrraedd
4 Netherland dwarf rabbit (*oryctolagus cuniculus*) – wedi cyrraedd
1 Eurasian eagle-owl (*buba buba*) – wedi cyrraedd

'Sbiwch, Mam, mae gynnon ni un ar ddeg yn barod, ac mae 'na fwy yn dŵad heno!' byrlymais, gan osod fy rhestr yn ôl ar y wal.

'Ti isio brecwast?' gofynnodd Mam.

'Na, dim diolch,' atebais, gan sefyll yn ôl i edmygu fy

ngwaith. 'Dewch i'w gweld nhw, Mam. Mae'r dylluan wedi ffeindio'r brigyn yn barod ac yn eistedd arno fo fel tasa hi 'di bod yno erioed!'

'Sgin ti waith cartra?' anwybyddodd Mam fy newyddion.

'Plis, dowch i'w gweld nhw, Mam,' crefais. Tasa hi'n gweld yr anifeiliaid newydd yn y cnawd mi fysa hi'n meirioli ac yn cymryd atyn nhw, mi oeddwn i'n siŵr o hynny.

'Na wnaf, Tudur!' gwaeddodd wrth droi o'r Aga i fy wynebu. 'Faint o weithia sy'n rhaid i mi ddeud? Rŵan, dwi'm isio neges arall gan yr ysgol eto'r wsnos yma, felly dos i wneud dy waith cartra.'

'Sgin i'm gwaith cartra, wir yr. Tasach chi ond yn dod i weld y dylluan, ma' hi'n anferth, wel, *dwi*'n meddwl mai *fo* ydi o, ond dwi'm yn *hollol* siŵr, a deud y gwir ...'

'Bydd ddistaw, Tudur! Dwi'm isio clywed gair arall am y blydi anifeiliaid 'ma, na'r blydi sw 'ma, na'r blydi dyn 'na!' Roedd ei llais yn crynu.

'Hei, hei, be sy'n digwydd yn fama?' holodd Dad gan dynnu ei sgidia wrth y drws. Rhedodd Mam allan o'r gegin a chau drws y grisiau yn glep ar ei hôl.

'Dwi'm yn dallt, Dad. Pam mae hi mor flin?' gofynnais. Ochneidiodd Dad yn ddwfn ac eistedd wrth ben y bwrdd.

'Gwna banad, 'ngwas i.'

'Pam ma' hi'n flin efo fi, Dad?' Teimlais fy llais inna'n dechra crynu hefyd.

'Oes 'na fisgets yn y tun 'na?' Anwybyddodd Dad fy nghwestiwn wrth estyn am y *Daily Post*.

'Gnewch hi'ch hun,' ochneidiais dan fy ngwynt a chychwyn am y drws cefn, ond cyn i mi fynd drwyddo dechreuodd Dad siarad heb godi ei ben o dudalen gefn y *Daily Post*.

'Dydi hi'm yn flin efo *chdi*, 'ngwas i, efo *fi* ma' hi'n flin. Ty'd yn ôl, Tudur.'

Synhwyrais ei fod o isio siarad, ei fod o'n mynd i gynnig

esboniad am yr holl weiddi a ffraeo oedd wedi bod yn digwydd. Doedd o ddim yn ddyn fyddai'n rhannu ei deimladau'n aml, ond ro'n i'n teimlo bod Dad angen bwrw'i fol wrtha i rŵan, angen agor allan a rhannu.

'Be sy, Dad?' gofynnais yn dyner.

'Estyn botal lefrith tra 'ti ar dy draed,' medda fo, cyn troi yn ôl at hanes Everton. Es allan i chwilio am Dog.

Drwy lwc roedd Mam wedi mynd i'r pentre pan ffoniodd Eddie'r Odyn y bore wedyn i ddeud bod Dog wedi ffeindio lloches oddi wrth y diafol o dylluan yng nghwt Nel, ei ast.

'Ia, sori Eddie ...' ymddiheurodd Dad wrth wneud stumia i mewn i'r ffôn, 'ma' pwcad o ddŵr yn gweithio fel arfer ... yli, mi ddaw'r hogia 'ma draw i'w nôl o ar ôl cinio.' Dychmygais Eddie yn rhedeg ar ôl Dog a Nel efo pwcad o ddŵr tra oeddan nhw'n troelli rownd ei iard fel sglefrwyr gwallgof. 'Compensêshion?' gwaeddodd Dad. 'Dos i ganu! Fi ddylai gael compensêshion gen ti am yr holl ddefaid sgin ti'n pori yma ... ddown ni i'w nôl o rŵan.' Rhoddodd Dad y ffôn i lawr yn swta.

'Dos i'r Odyn i nôl y blydi ci 'na, Tudur, neu mi fydd Eddie yn rhoi'r bai arna i am yr holl ddefaid 'di marw sy yno hefyd.'

'Ond, Dad, fedra i ddim rŵan – mae Brendan yn dŵad bora 'ma. Geith Dewi fynd?'

'Dydi Brendan ddim yn dŵad tan heno,' atebodd Dad. 'Gei di fynd, Tudur. Ma' gin Dewi waith yn fama.'

Gwenodd y Josgin arna i efo gwên heriol, a ddiflannodd yn syth pan ychwanegodd Dad:

'Dos â'r Suzuki, ond bydda'n ofalus, a phaid â gadael i dy fam dy weld di.' Ro'n i'n clywed y Josgin yn protestio wrth i mi ruthro allan drwy'r drws.

'Ond, Dad, 'di o'm yn gwbod sut i'w reidio fo'n iawn, fydd o wedi'i falu fo eto,' plediodd.

Suzuki TS 125 oedd y moto-beic roedd Dad wedi'i brynu chwe mis yn gynharach, ar ôl iddo ddeall fod gan Eddie'r Odyn un 'run fath yn union. Roedd hyn cyn dyddiau'r beics pedair olwyn fyddai i'w gweld ar bob ffarm ymhen rhai blynyddoedd, ac roedd y gwneuthurwyr craff o Japan wedi gweld eu cyfle a chynllunio'r TS 125 yn arbennig ar gyfer ffarmwrs. Roedd y moto-beic hynod yma'n gallu cario ffarmwr, ci defaid a thipyn o dŵls i'r rhannau mwyaf anghysbell o'i dir ond, yn bwysicach na hynny, roedd o'n lot fawr o hwyl. Yn fuan wedi i'r peiriant gyrraedd datganodd y Josgin mai fo oedd pia'r moto-beic, a'i fod o am gadw'r goriad mewn lle diogel ac anhysbys. Ychydig a wyddai 'mod i wedi dod o hyd i'w guddfan y tu ôl i'r tanc dŵr poeth yn y cwpwrdd eirio flynyddoedd ynghynt, ac wedi bod yn 'menthyg' pob math o drysorau ganddo, fel sigaréts, pres mân a'i gopi o *Penthouse*. Mi ddaeth pawb i wybod am guddfan y Josgin flynyddoedd yn ddiweddarach, ar ôl iddo guddio can o Lynx yno ddaru ffrwydro yn y gwres a gwasgaru darnau bach o sigaréts a lluniau merched noeth dros gynnwys y cwpwrdd eirio.

Yn anffodus i mi, roedd y Suzuki TS 125 wedi'i gynllunio ar gyfer ffarmwrs mawr, cyhyrog, oedd yn cneifio a chwarae rygbi. Doedd o ddim wedi'i gynllunio ar gyfer hogyn ifanc oedd yn methu dal oen llywaeth ac yn cael trafferth agor giât Cae Ffynnon ar frys.

Er mwyn mynd ar gefn y Suzuki roedd yn rhaid i mi, yn gynta, ei wthio'n ofalus at yr hen stand lefrith wrth geg ein lôn fel y medrwn ddringo arno'n ddiogel. Doedd hon ddim yn dasg hawdd ynddi ei hun, achos roedd y moto-beic yn pwyso tunnell a byddai'n amhosib i mi ei godi ar fy mhen fy hun petawn i'n colli 'ngafael arno, ac yntau'n disgyn. Roedd hynny wedi digwydd unwaith o'r blaen, yn fuan ar ôl i Dad ei brynu, pan ges i fy nal o dan y bwystfil fel milwr o dan ei geffyl celain. Mi ddeudodd y Josgin bryd hynny na fyswn i byth yn cael mynd ar gyfyl y Suzuki eto, ond, heb yn wybod iddo fo, roeddwn i wedi dod yn hen law ar gael y Suzuki TS 125 i'w fan cychwyn, ac yn gwibio rownd y caeau arno fo bob tro y bydda fo'n mynd i'r sêl efo Dad. Gosodais y beic i orffwys ar ymyl y stand lefrith a dringo arno'n ofalus. Estynnais fy nghyllell boced o fy jîns a'i throi yn nhwll y clo nes yr ymddangosodd y golau gwyrdd ar y cloc. Y golau yma oedd yn cadarnhau bod y Suzuki yn rhoi caniatâd i mi ei danio – roedd o'n barod amdana i. Ag un naid ar fy nhroed dde, daeth y bwystfil yn fyw oddi tana i, ac mewn eiliad roeddan ni'n hedfan i fyny'r lôn, fy llygaid yn craffu yn erbyn y gwynt a'r pryfed. Roedd taranu mynd ar hyd y caeau llydan yn teimlo fel rhyddid pur, er bod yn rhaid i mi gynllunio fy nhaith yn ofalus. Os oeddwn i'n bwriadu stopio efo'r Suzuki, roedd yn rhaid i mi ddod o hyd i rywle iddo orffwys yn ei erbyn. Petawn i'n dod i stop annisgwyl yn bell o stand lefrith, coeden neu sied, fyswn i byth yn medru cadw'r moto-beic ar i fyny gan nad oedd fy nhraed yn cyrraedd y llawr.

Felly, wrth wibio i fyny'r lôn i nôl Dog o'r Odyn, ro'n i'n gwybod yn iawn pa lwybr i'w ddilyn, pa giatiau oedd ar agor ac, yn bwysicach, sut i osgoi Mam ar ei ffordd adra o'r pentre. Roedd yn rhaid i mi deithio drwy bedwar cae, wedyn ar hyd ffordd darmac efo rhuban o wair yn ei chanol, cyn cyrraedd y darn mwyaf heriol – Ponciau'r Odyn.

Roedd yr Odyn yn ffarm ddau gan acer ac yn rhimyn hir a chul oedd yn rhedeg o'r ponciau tywod ar lan y môr i'r bryniau creigiog, llawn eithin, oedd yn nodi ein terfyn, sef Ponciau'r Odyn.

Byddai'n hawdd iawn i ddieithryn fynd ar goll ym Mhonciau'r Odyn. Yn wir, dros y blynyddoedd roedd sawl hogyn o'r pentre wedi cael ei ddarganfod yn ei ddagrau yn crwydro'r ponciau ar ôl bod yn chwarae rhyfel efo fi a'r Josgin. Roedd y ponciau fel mynyddoedd bonsái, efo dyffrynnoedd gwelltog yn gwau rhyngddynt, a fforestydd eithin yn atal unrhyw un rhag eu dringo. Ond roeddwn i'n adnabod yr Alpau bach yma cystal â neb, ac mi fedrwn weld y gwythiennau gwyrdd fel map yn fy meddwl. Rhuodd y Suzuki i fyny drwy'r ponciau, ac ymhen dim roeddwn i wedi cyrraedd copa'r boncan ucha, lle safai hen orsaf lwcowt o'r Ail Ryfel Byd. Fel rheol, byddwn yn dod â'r moto-beic i orffwys yn ofalus yn erbyn brics coch y lwcowt, a mynd i eistedd ar ei ben i feddwl, a smocio un o sigaréts y Josgin, ond nid heddiw.

I lawr â fi o'r ponciau ac allan i gaeau tywodlyd yr Odyn. Mi welwn Eddie'n sefyll wrth dalcen y tŷ, a mwg ei getyn fel llinyn uwch ei ben. Yna, gwelais ffigwr arall yn cerdded allan o ddrws y ffermdy wnaeth i mi sythu 'nghefn a sychu'r pryfed marw oddi ar fy wyneb. Siân yr Odyn! Roedd hi adra.

Roedd Siân yr Odyn yn ddeunaw, ac yn y coleg ym Mangor ers y mis Medi cynt. Doeddwn i ddim wedi'i gweld hi ers Dolig, ond roedd hi'n edrych mor brydferth ag erioed, ac roedd y cip hwnnw arni yn ddigon i wneud i mi wenu fel giât. Roedd hi wedi bod yn jôc fawr rhwng teulu'r Odyn a ninnau fy mod i, yn bedair oed, yn y capel un pnawn Sul, wedi datgan 'mod i'n caru Siân yr Odyn, a 'mod i'n mynd i'w phriodi pan fyddwn i'n ddigon hen. Mi fyddai hi wrth ei bodd yn f'atgoffa o hynny – doedd hi ddim callach 'mod i dros fy mhen a 'nghlustia mewn cariad efo hi o hyd, ac y baswn yn ei phriodi ar ddiwrnod fy mhen-blwydd yn un ar bymtheg tasa hi'n fodlon. Ond doedd hynny ddim am ddigwydd, beryg, felly mi fyddwn i'n gwrido at fy nghlustia ac yn ceisio mwynhau'r eiliadau nefolaidd rheini pan fyddai'n fy nghofleidio'n dynn a deud 'Hwn ydi 'nghariad bach i' bob tro y bydda hi'n ailadrodd hanes y digwyddiad.

Safai Eddie ar y buarth yn sugno ar ei getyn, ac mi welais o'n pwyntio tuag ata i wrth i mi yrru tuag at y tŷ. Trodd Siân i sbio a rhoi ei dwy law ar ei gwasg mewn edmygedd.

'Ia, Siân, fi sy 'ma,' sibrydais.

Dychmygais hi'n deud rwbath fel, 'Tudur? Ond mae o wedi tyfu cymaint, ella nad ydi'r briodas 'na mor chwerthinllyd wedi'r cwbwl ...', ond trodd ei hedmygedd amlwg yn bryder wrth i mi gyrraedd y buarth a methu dod o hyd i rywle i orffwys y Suzuki mewn pryd. Stopiais yn stond ar ganol yr iard. Roedd yr eiliad neu ddwy rheini o lonyddwch, wrth i'r Suzuki benderfynu i ba ochor roedd o am ddisgyn, yn teimlo fel munudau lawer. Llwyddais i roi'r cyfarchiad tila 'Haia' iddi cyn disgyn drosodd.

'Be ddiawl ti'n neud, hogyn?' gwaeddodd Eddie heb symud i gynnig cymorth i mi.

'Dwi 'di dod i nôl y ci ...' Stryffaglais i drio rhyddhau fy nghoes, oedd o dan y moto-beic, ac ymddwyn fel tasa dim byd wedi digwydd.

'Tudur, ti'n iawn?' gofynnodd Siân wrth ruthro ata i.

'Haia, Siân, wnes i'm cofio, does gynnoch chi'm stand lefrith ... croeso adra.'

'Wel, coda'r blydi moto-beic 'na, y diawl gwirion, neu fydd gen ti ddim petrol ar ôl!' gwaeddodd Eddie. Roedd y petrol yn diferu allan o'r tanc wrth i'r Suzuki orwedd yn ddifywyd yn y llwch. Cododd Eddie'r peiriant trwm oddi arna i a chicio stand y beic i lawr o'i guddfan. Rhoddodd y Suzuki i sefyll yn ufudd wrth ei ochor. Gafaelodd Siân yn fy mraich a'm helpu i godi ar fy nhraed.

'Tudur bach, ti'n callio dim!' chwarddodd Siân. 'Fydd 'na ddim moto-beics ar ôl i ni briodi,' pryfociodd, a chwarddodd Eddie yntau.

'Ha. Ia, ti'n cofio, Siân, hwn yn sefyll yn y sêt fawr a deud wrth bawb 'i fod o am dy briodi di? Faint oedd d'oed di, dŵad?'

Dim eto. 'Pedair,' atebais. 'A' i i nôl Dog, ia?' ychwanegais cyn iddyn nhw fedru hel atgofion pellach, ond yn y cyfamser roedd Siân wedi sylwi nad y Suzuki'n unig oedd wedi bod yn diferu ar yr iard.

'Ti'n gwaedu, Tudur!' gwichiodd.

Edrychais i lawr a gweld rhwyg yn fy jîns yn datgelu pen-glin a edrychai fel petai wedi cael cwrs o *pebble-dash* mân mewn sment gwaedlyd.

'Ac mae dy drowsus di 'di rhwygo. Ty'd i'r tŷ i ni gael llnau'r briw 'na. Iesgob annw'l, ti 'di tyfu, Tudur!' ychwanegodd Siân wrth i mi hercian ar ei braich i mewn i gegin yr Odyn, yn gwrando ar Eddie yn ailadrodd stori'r sêt fawr. Diflannodd unrhyw ronyn o urddas oedd gen i ar ôl wrth i mi eistedd ar y dreining-bôrd yn fy nhrôns *Star Wars* tra oedd Edna, mam Siân, yn pigo darnau o gerrig allan o 'mhen-glin i a chrio chwerthin wrth iddi hithau hefyd ailadrodd stori'r sêt fawr.

Ymhen sbel, diolch byth, trodd y sgwrs at y presennol.

'Be 'di hanes y saffari parc 'ma ta?' gofynnodd Eddie.

'Sw ydi o,' atebais, 'ond sut dach chi'n gwbod amdano fo?'

'Dy dad oedd yn deud yn y White y noson o'r blaen,' datgelodd Eddie. Roedd darganfod bod Dad wedi agor ei hen geg fawr yn y dafarn yn siom am eiliad, ond wedyn cefais ryw wefr o gyffro wrth sylweddoli 'mod i, felly, yn cael deud y cwbwl. Roedd golwg ddryslyd ar Siân.

'Am be dach chi'n sôn?' gofynnodd.

'Wel ia, ti'm 'di clywed, naddo – mae Dic Pen Parc am agor saffari parc,' atebodd Eddie.

'Naci, sw ydi o!' cywirais Eddie am yr eildro.

'Wel, beth bynnag ydi o,' medda Edna, 'mi fydd yn rhaid i ti drwsio dy ffensys yn reit handi, Eddie, neu pwy a ŵyr be fydd yn crwydro i mewn i'r lle 'ma.' Siaradai wrth glymu darn o hen gadach sychu llestri rownd fy mhen-glin.

'Ma' 'nherfyn i'n iawn, Musus. Tad hwn fydd yn gorfod gwario ar ffensys. Lle mae o'n cael y syniada 'ma, dŵad? Blydi saffari parc, wir.'

'*Sw* ydi o, Dad,' medda Siân, gan rhoi winc chwareus i mi ddaru wneud i mi wenu'n wirion unwaith eto.

Daeth cwestiynau Siân fel moch bach allan o gwt. 'Lle dach chi am roi'r sw 'ma? Pa fath o anifeiliaid sgynnoch chi? Pryd mae o'n agor? Ga i ddŵad i weld?'

Mi welais fy nghyfle. 'Mae 'na rai wedi cyrraedd yn barod. A' i â chdi i'w gweld nhw os leci di,' cynigiais.

Efo Dog a'i drwyn gwaedlyd yn eistedd ar y tanc petrol a Siân ar y cefn, gyrrais y ffordd hiraf yn ôl i Ben Parc. Doeddwn i ddim am i'r siwrne ddod i ben achos bob tro roeddwn i'n gwneud i'r beic fynd yn gyflymach roedd Siân yn gwasgu ei breichiau'n dynnach rownd fy nghanol ac yn claddu ei hwyneb yn fy ngwddw rhag y pryfed.

'Paid â gyrru, Tudur!' gwaeddodd dros sŵn yr injan.

'Be?' Ro'n i wedi'i chlywed yn iawn.

'Paid â gyrru!' gwaeddodd yn fy nghlust eto.

'Sori, Siân,' atebais, wrth arafu i fynd drwy un o'r giatiau.

'Sut mae'r coleg yn mynd?' gofynnais, ac wrth iddi adrodd ei hanes a'i gên ar f'ysgwydd ffeindiais nad oedd yn rhaid i mi yrru'n gyflym er mwyn cael Siân yr Odyn i 'ngwasgu i'n dynnach. Roedd Dog yn trio llyncu pryfed ar y tanc petrol a finna ym mreichiau Siân ar gefn y Suzuki TS 125, ac am yr ychydig funudau rheini rhwng yr Odyn a Phen Parc roedd fy mywyd yn berffaith.

Stopiais y Suzuki yn feistrolgar wrth ymyl y stand lefrith, a neidiodd Dog i lawr gan redeg yn syth am ddiogelwch y landrofer.

'Ty'd i ddangos y sw 'ma i mi 'ta,' medda Siân wrth ddringo oddi ar y beic. Gwelais y Josgin yn cerdded tuag aton ni, yn sgwario ac yn trio tacluso'i wallt ar ôl iddo weld pwy oedd efo fi ar gefn y moto-beic.

'Helô, Dewi, ti'n iawn? Ma' Tudur yn deud wrtha i fod 'na betha cyffrous iawn yn digwydd 'ma,' medda Siân yn llawen.

'Doedd o'm i fod i ddeud.' Edrychodd y Josgin yn flin

arna i cyn gwenu'n gam ar Siân a deud un o'r petha mwya dwl i mi ei glywed o'n ei ddeud erioed. 'Ti 'di cael llond bol yn y lle pell 'na eto?'

'Dim ond ym Mangor ma' hi, y coc oen,' atebais wrth rowlio fy llygaid.

'Dach chi'n newid dim! Hogia Pen Parc, 'fath â ci a chath, myn diân i. Rŵan, oes raid i mi dalu i weld y sw 'ma?' gofynnodd, gan gydio ym mraich y Josgin ac wedyn yn f'un i, cyn i'r tri ohonon ni gerdded tuag at yr iard stablau. Siân yr Odyn, felly, oedd ymwelydd cyntaf y sw, ac er mai dim ond tri chawell oedd yn llawn, mi rois i ddisgrifiadau iddi o'r anifeiliaid fyddai'n dod o Iwerddon efo Brendan tra oeddwn i'n ei thywys o gwmpas yr iard. Ar ôl i ni gamu drwy'r giât mi ollyngodd·ei gafael yn y ddau ohonon ni, a diflannodd y wen hudolus o'i hwyneb.

'Be 'di *hwnna*?' gofynnodd Siân gan edrych ar yr aderyn oedd yn eistedd yn unig ar ei frigyn, ei gefn aton ni.

'Joey,' atebodd y Josgin.

'*Bubo bubo*,' medda fi. 'Dyna ydi 'i enw fo yn Lladin. Eagle-owl ydi o. Fo nath frathu trwyn y ci,' esboniais. Camodd Siân yn ei blaen, rhoi ei llaw ar y weiran a'i hysgwyd yn ysgafn. Cymerodd gam yn ei hôl yn araf wrth i Joey droi ei ben rownd heb symud gweddill ei gorff, a syllu i fyw ei llygaid â'r ddwy belen dân. Cododd Siân ei llaw at ei cheg.

'Mae o'n anhygoel,' sibrydodd, heb dynnu ei llygaid oddi ar Joey. Camodd yn nes at y weiran cyn sibrwd, 'Be ti'n da yn fama, dŵad?' Synhwyrais nad oedd hi'n disgwyl ateb gen i, felly mi sefais efo'r Josgin mewn distawrwydd anghyfforddus, tra syllai Siân ar y dylluan fawr. Torrwyd y distawrwydd gan sŵn car Mam yn cyrraedd yn ôl o'r pentre ac aethom ein tri am y tŷ i'w chyfarfod.

'Siân bach, croeso adra! Sut wyt ti, 'nghariad i?' Cofleidiodd Mam hi'n dynn. Roedd Mam yn meddwl y byd o Siân yr Odyn, ac er y bysa fo wedi gwneud petha braidd yn anodd i mi, ro'n i wastad yn meddwl y bysa hi wedi licio'i chael hi fel ei merch.

'Helô, Anti Morfudd,' atebodd Siân. Mi fysa'n rhaid iddi stopio'i galw hi'n hynny ar ôl i ni briodi. 'Newydd fod yn gweld eich sw chi.'

Gwenodd Mam yn boléit. 'Wel, mae'n neis dy weld di, Siân bach. Ty'd i mewn i ni gael panad, a gei di ddeud bob dim wrtha i am y coleg 'na. Sgin ti gariad?' gofynnodd Mam wrth i'r ddwy ddiflannu drwy'r drws.

Damia. Roedd clep y drws ffrynt wedi boddi ateb Siân. Mi fysa'n rhaid i mi drio cael yr wybodaeth gan Mam ar ôl i mi fynd â Siân yn ôl i'r Odyn.

Eisteddodd y ddwy yn y gegin weddill y pnawn. Ro'n i'n gwybod o brofiad nad oedd pwynt trio clustfeinio, achos roedd Mam wedi datblygu rhyw synnwyr goruwchnaturiol fyddai'n deud wrthi os oedd rhywun yn gwrando ar sgwrs breifat, hyd yn oed os oedd o'n cuddio tu ôl i ddrws.

Mi dreuliais i'r pnawn, felly, yn potshan yn ddigon agos i'r tŷ fel y baswn i'n medru cynnig lifft adra i Siân. O'r diwedd, ymddangosodd yn y drws yn cario bag yn llawn o sgons gan Mam. Cofleidiodd y ddwy a throdd Siân i 'ngweld i'n cerdded tuag ati. Synhwyrais yn syth nad oedd petha cweit yn iawn. Cyn i mi gael cyfle i gynnig lifft iddi, cyhoeddodd Siân ei bod am gerdded yn ol i'r Odyn dros y caeau. Gwenodd arna i, ond heb edrych i fy llygaid.

'Sna'm rhaid i ni fynd ar y moto-beic, mi a' i â chdi yn y landrofer os ti isio,' cynigiais.

Camodd ata i a sibrwd yn fy nghlust i, 'Cym ofal, Tudur,' cyn fy nghofleidio fel tasa hi'n gwneud hynny am y tro olaf erioed.

Ar ôl gwylio Siân yn cerdded ar draws Cae Dan Tŷ a'r bag sgons yn chwifio yn ei llaw, teimlwn yn anniddig ac es i mewn i'r tŷ. Es i ddim pellach na drws y gegin achos yno, yn eistedd wrth y bwrdd, ei llygaid yn goch a hances wedi'i gwasgu'n lwmpyn tamp yn ei dwrn, roedd Mam.

'Be sy, Mam?' gofynnais yn ofnus.

'Dim byd, Tudur bach,' atebodd Mam, cyn codi ar ei thraed a chwilio am rwbath i'w wneud.

'Dach chi'n crio?'

'Nag'dw siŵr, jyst balch o weld Siân o'n i. Peth bach annwyl fuodd hi rioed. Rŵan dos i olchi dy ddwylo, dwi 'di gneud sgons heb gyraintsh yn sbesial i chdi.'

Ro'n i'n gwybod bod rwbath yn ei gwneud yn drist ond doedd gen i ddim syniad be oedd o. Ymhen amser mi fyswn i'n dod i ddallt be oedd achos y dagrau a'r ffraeo, ond mi fyswn i hefyd yn sylweddoli na allwn i wneud dim ynglŷn â'r peth.

Wrth i mi fynd am y grisiau i molchi, gwaeddodd Mam ar f'ôl.

'W, ia! Ma' Siân 'di cael cariad tua'r coleg 'na hefyd, rhyw hogyn o Sowth Wêls, medda hi.' Doedd gan Mam ddim syniad sut y drylliodd y frawddeg fach honno fy mywyd. Allwn i ddim mynd yn ôl i lawr y grisiau i fwyta fy sgon heb gyraintsh am beth amser.

PENNOD 4

Digon yw digon

Bu'r pythefnos canlynol yn gorwynt gwallgo o ruthro o gwmpas mewn gwahanol gerbydau. Roedd y domen o anfonebau ar y silff wrth y ffôn yn y gegin yn tyfu'n ddyddiol, wrth i ni fynd yn ôl ac ymlaen yn y landrofer i'r iard goed yn Llangefni i brynu pob dim oedd ar restr Brendan o ddeunyddiau adeiladu. Roedd Mam yn gwneud yn siŵr 'mod i a'r Josgin, er gwaetha'n protestiadau, yn cyrraedd yr ysgol bob dydd, ac yn achlysurol mi fyddai 'na daith yn lorri darmac Brendan i fynd i nôl rwbath neu'i gilydd o'r domen sbwriel gyhoeddus.

'It's amazing what people throw away on this side of the water,' rhyfeddai. 'Sure it would never happen back home in Ireland, boys. We know what things are worth y'see, and we want not, because we waste not!' Roedd o'n achub pob math o drugareddau o'r domen: hen ffrîsyrs, darnau o ddodrefn, teiars ceir, ac unwaith mi ddechreuodd wichian mewn llawenydd pan ffeindiodd hen gadair olwyn oedd mewn cyflwr go lew. Weithia mi fydda fo'n 'achub' petha o lefydd eraill hefyd, ac fel y gwnaethon ni ddarganfod, doedd o ddim yn gofyn caniatâd y perchennog bob tro. Mi ddaeth sgaffaldiwr blin iawn o Lanfair-pwll i Ben Parc un diwrnod yn chwilio am 'y jipo ddaru ddwyn ei bolion sgaffold'. Wrth gwrs, llwyddodd Brendan i osgoi'r dyn blin gan adael i Dad ymddiheuro ar ei ran ac addo y bydda'r eiddo'n cael ei ddychwelyd. Esboniodd Brendan wedyn mai camddealltwriaeth oedd y cwbwl ac mai wedi mynd i'r cyfeiriad anghywir yr oedd o.

'I can't get used to all these Welsh names – everywhere starts with a double L and looks the bloody same as everywhere else ...' Doedd ei esgus ddim yn esbonio'r briw bach uwchben ei lygad dde a'r marciau coch ar ei wddw, ond mi wnaeth o'n sicrhau ni fod y polion wedi'u dychwelyd i'w perchennog.

Un cwestiwn y gwnaeth Brendan lwyddo i'w ateb oedd

yr un ynglŷn â sut i fwydo'r anifeiliaid. Ers i mi ddechra pori drwy feibl anifeiliaid Hamlyn roeddwn wedi sylweddoli bod yr holl greaduriaid oedd am ddod acw yn debygol o fod yn fwytawyr ffysi iawn. Gan fod rhai yn byw ar hadau, eraill ar ffrwythau – ac un aderyn penodol yn hoff iawn o fwyta anifeiliaid eraill – ro'n i wedi treulio sawl noson yn troi a throsi yn poeni am y fwydlen arbennig yma. Ond, a bod yn deg, mi lwyddodd Brendan i dawelu fy mhryderon un pnawn pan gyrhaeddodd efo llond lorri o focsys ffrwythau o bob math, ac un bag plastig yn llawn o gywion ieir marw. Esboniodd ei fod wedi taro bargen efo siop ffrwythau a llysiau yng Nghaergybi oedd yn falch iawn fod rhywun yn fodlon cymryd y stoc oedd yn rhy hen a meddal i'w werthu i'r cyhoedd. Ac yn ffodus i'n tylluan reibus, mae'n debyg fod canran frawychus o uchel o gywion ieir y ffarm oedd yn cyflenwi ffatri Chuckie Chickens yn Llangefni yn penderfynu rhoi'r ffidil yn y to ar ôl diwrnod neu ddau o'u bywydau bach hunllefus. Felly y dechreuodd y drefn o deithio efo Dad yn y landrofer, ddwywaith yr wythnos, i lenwi'r cefn efo ffrwythau a llysiau oedd wedi dechra troi'n hylif, yn ogystal â llond bag o ddanteithion bach melyn i Joey.

Mi oedd angen yr holl fwyd yma arnon ni, achos yn eu tro, fesul crât pren, mi gyrhaeddodd gweddill yr anifeiliaid. Yn ddirybudd a diseremoni byddai llwyth newydd ar ganol ein iard yn blygeiniol. Gwaith y Josgin oedd agor y crât a thynnu'r cewyll allan i'r awyr agored, ac mi fyddwn inna wedyn yn rhoi tic wrth eu henwau ar restr Brendan. Ro'n i'n ystyried bod y broses yn debyg i gael albwm sticyrs pêl-droed, ond efo anifeiliaid byw yn hytrach na lluniau pêl-droedwyr. Hwn oedd yr albwm sticyrs gora'n y byd, ac mi o'n i'n gwybod y bydda pob un oedd ar y rhestr yn fy meddiant, doed a ddêl.

Bob bore, mi fyddwn i'n rhuthro o 'ngwely ac allan i'r

iard i groesawu parakeets a pheunod, meerkats a marmots, nes bod tic coch wrth ymyl enw pob anifail ar fy rhestr. Er mor wefreiddiol oedd gweld y cratiau'n cael eu hagor a'r creaduriaid bach yn ymddangos ohonyn nhw, ro'n i hefyd yn siomedig pan fyddwn i'n rhedeg allan drwy'r drws a gweld crât arall ar yr iard. Siomedig achos mi oeddwn i, unwaith eto, wedi methu â gweld yr anifeiliaid yn cyrraedd Pen Parc am y tro cynta. Rywsut neu'i gilydd, mi fyddai Brendan a'i lorri darmac yn llithro i mewn ac allan o'r iard yng nghanol y nos. Er i mi drio fy ngora glas i aros yn effro, wnes i erioed lwyddo i gadw fy llygaid ar agor yn ddigon hir i weld y golau'n fflachio heibio fy ffenest wrth i'r rhyfeddodau o bedwar ban byd deithio'r hanner milltir ola i lawr ein lôn ni.

Gofynnais i Brendan pam roedd o wastad yn cyrraedd yng nghanol y nos, ac mi esboniodd mai er lles yr anifeiliaid yr oedd o'n gwneud hynny. Roedd o'n credu eu bod nhw'n cael llai o ofn wrth deithio yn y tywyllwch. Hefyd, esboniodd, gan fod cymaint o waith papur gan swyddogion y porthladd oedd yn gyfrifol am dderbyn yr anifeiliaid i'r wlad, wrth reswm, roedd yn gallach croesi o Iwerddon yn ystod yr amser distawaf, sef yng nghanol y nos. Yn ddiweddarach, mi ddaethon ni i wybod nad oedd awdurdodau Porthladd Caergybi yn ymwybodol o fodolaeth 'run o'r creaduriaid a gyrhaeddodd Ben Parc. Nid oherwydd bod y swyddogion wedi methu gweld a chlywed y llwythi swnllyd ar gefn y lorri darmac, ond oherwydd na fu'r cratiau pren yn agos i Gaergybi, na'r fferi, na'r Ynys Werdd hyd yn oed. Ond cyrraedd wnaethon nhw, o rywle.

Wrth i mi sefyll yng nghanol yr iard stablau a'r côr cynhyrfus o anifeiliaid o 'nghwmpas, doedd gen i ddim syniad be oedd eu hanes go iawn. Sut yn y byd oedd disgwyl i mi wybod pan oedd Brendan yn cynnig atebion mor gredadwy i 'nghwestiynau diddiwedd? Dim ond y Gwyddel gwengar a wyddai, ac yntau hefyd oedd yr unig un oedd yn gwybod be oedd ar fin digwydd.

Wrth i'r cewyll grynu'n swnllyd yng ngwynt oer y gwanwyn, roedd cyffro ym Mhen Parc. Roedd sŵn y peunod yn cario i'r pentre, mae'n debyg, oedd yn cadarnhau'r straeon oedd ar led fod petha od iawn yn digwydd yn ein cornel fach ni o Fôn. Roedd Selwyn y Postman wedi gweld y lorri darmac yn mynd a dod pan oedd o'n codi i fynd i lenwi ei fan goch, a fo oedd dan amheuaeth gan Dad am greu'r hanesion gwallgo yn sgil yr holl fân siarad. Mi glywson ni un stori am Selwyn yn gorfod cloi ei hun yn ei fan wrth drio danfon llythyr acw achos bod anifail rheibus diarth wedi dianc o'i gawell. Er i mi sicrhau pawb oedd yn gofyn nad oedd dim byd mwy rheibus na chi defaid efo craith fawr ar ei drwyn a thylluan o'r enw Joey ym Mhen Parc, mi welodd Dad ei gyfle. Penderfynodd fod y straeon gwirion a'r mân siarad yn werthfawr iawn.

'*Word of mouth,* dyna be 'di o, ac mae hwnnw'n well nag unrhyw adfyrt mewn papur newydd,' medda fo, ei lygaid yn fflachio wrth feddwl am y posibiliadau.

'Hei, hogia, pam na ddeudwch chi yn yr ysgol 'na 'i bod hi'n beryg bywyd yma – mi fysa hynny'n siŵr dduw o godi diddordeb!' Doedd Dad ddim wedi sylweddoli na fysa'n rhaid i ni greu storis gwallgo er mwyn ennyn diddordeb yn y sw, ac y bysa'r mân siarad am drigolion newydd Pen Parc yn troi'n brif destun sgwrsio ledled yr ynys yn y dyfodol agos iawn. A ph'run bynnag, roedd y straeon wedi hen gyrraedd yr ysgol, a chlustiau Depiwti Dog, y dirprwy brifathro, hyd yn oed.

Un bore, wrth i mi gerdded allan o'r neuadd ar ddiwedd y gwasanaeth, mi dynnodd fi allan o'r llif plant.

'Tudur Owen, arhosa yn fama, 'was. Dwi isio gair,' gorchmynnodd heb edrych yn syth arna i. Rhoddodd fy nghalon dro yn fy mrest wrth i mi gamu allan o'r llinell a rhoi fy nghefn yn erbyn y wal wrth ei ochor. Be oeddwn i wedi'i wneud? Dim ond dwywaith o'r blaen ro'n i wedi gorfod wynebu'r bwystfil yma – ar ôl i mi gael fy nhaflu gan Stuart McVicar i ganol byrddau cinio'r athrawon ac unwaith, yn y flwyddyn gynta, pan wnaeth o fy stopio i yn yr un lle yn union i f'atgoffa nad oedd trowsus yn rhan o'r wisg ysgol i ferched. Wrth i mi sefyll yn nerfus, yn aros fy nhynged, mi gerddodd yr ysgol gyfan heibio: cannoedd o wynebau'n edrych arna i mewn anobaith (heblaw hogia'r pentre, oedd yn chwerthin a chodi dau fys slei).

Roedd Depiwti Dog yn ddyn ofnadwy. Mr Islwyn Wyn Davies oedd ei enw go iawn, ac roedd o'n casáu plant. Un o'r petha mwya brawychus amdano oedd ei fod yn osgoi edrych i fyw llygaid rhywun wrth siarad efo nhw. Hynny ydi, tan yr eiliad y bydda fo'n colli'i dymer – ar yr achlysuron hynny y peth dwytha fysach chi'n ei weld cyn cael eich taflu o gwmpas y stafell mewn corwynt o wthio a phoer oedd ei lygaid llwyd yn troi i edrych arnoch chi. Dyna pryd roeddach chi'n gwybod ei fod o ar fin ffrwydro. Arweiniodd fi i mewn i'w swyddfa a 'nghyfeirio i sefyll yng nghanol y stafell cyn eistedd tu ôl i'w ddesg yn fy wynebu.

'Rŵan 'ta. Dwi isio gwbod am yr anifeiliaid 'ma,' medda Depiwti Dog heb godi'i ben.

Shit! Oedd o'n gwybod am y llyfr Hamlyn?

'Ddim fi nath, syr,' mentrais.

'Ddim chdi nath be, fachgen?' gofynnodd Depiwti Dog. Cododd ei ben yn araf ac edrych i fyw fy llygaid. Dyma ni, meddyliais, a theimlais bob dafn o leithder oedd yn fy ngheg yn diflannu. Ond ddaeth y corwynt o weiddi a phoeri ddim. Yn hytrach, plethodd Depiwti Dog ei freichiau, eistedd yn ôl yn ei sêt a gwenu arna i. Hynny ydi, dwi'n meddwl mai gwên oedd hi, achos doedd gen i ddim syniad sut bysa gwên yn edrych ar ei wyneb.

'Deud wrtha i am y sw 'ma dwi wedi bod yn clywed cymaint amdano, Tudur,' medda fo.

O ddifri? Oedd o wirioneddol isio gwbod am y sw? Daeth ton o ryddhad drosta i a theimlais bob cyhyr yn fy nghorff yn ymlacio. Fel pawb arall yn yr ardal, roedd y Dirprwy Brifathro wedi clywed am y datblygiadau ym Mhen Parc, ac mi oedd o wedi penderfynu dod at lygad y ffynnon i gael y gwir. Ond, erbyn dallt, nid dim ond isio busnesu yr oedd Depiwti Dog. Roedd ganddo ddiddordeb yn y sw am reswm arall hefyd. Ar ôl i mi adrodd yn fyrlymus holl hanes y sw a'r creaduriaid oedd bellach yn byw ar ein ffarm, heb ddatgelu dim am y lladrad o'r llyfrgell, wrth gwrs, mi estynnodd Depiwti Dog ddyddiadur mawr glas o ddrôr yn ei ddesg.

'Mi ydan ni isio trefnu trip i Flynyddoedd Un a Dau yn ystod tymor yr haf. Fydd y sw 'ma ar agor erbyn hynny?' gofynnodd, wrth lyfu ei fys a throi'r tudalennau.

'Fydd o'n agor Pasg,' atebais.

'I'r dim, felly, rho wybod i dy fam a dy dad ein bod ni'n bwriadu dŵad acw tua mis Gorffennaf, wnei di?' Gwnaeth nodyn yn ei ddyddiadur.

'Mi wna i.'

'A hwyrach y bysat ti'n licio ymuno efo ni, Tudur, i'n tywys ni o gwmpas y sw, gan dy fod yn gymaint o arbenigwr bellach,' awgrymodd.

'Ia, iawn,' atebais, efo gwên annisgwyl.

'O'r gora, dyna ddigon am rŵan.' Diflannodd unrhyw gynhesrwydd ac edrychodd i fyny at y nenfwd cyn fy arswydo efo'r rhybudd. 'Ac mi fydda i'n disgwyl gweld *The Hamlyn Children's Animal World Encyclopedia in Colour* yn ôl yn y llyfrgell cyn y gloch ola fory.'

Roedd Dad wrth ei fodd pan glywodd y newyddion am y trip ysgol.

'Ti'n clwad, Morfudd? Mae'r hogyn 'ma'n mynd i fod yn dysgu ei ditshyrs ei hun!' broliodd Dad. Doedd Mam ddim

yn medru cuddio'i chwilfrydedd chwaith, gan ei bod isio
gwybod yn union be oedd y Dirprwy wedi'i ofyn a pha
athrawon fyddai'n debygol o ddod i Ben Parc.

Doeddwn i erioed wedi gweld Dad mewn hwyliau mor
dda ag yr oedd o yn y dyddiau hynny cyn agor y sw. Roedd
o'n gwibio o gwmpas y lle fel sgwarnog, yn cofio am wahanol
betha oedd angen eu gwneud, ac yn amlach na pheidio yn
canu 'Danny Boy' neu 'The Fields of Athenry' wrth fynd o
gwmpas ei waith. Roedd Brendan wedi creu argraff, yn
amlwg, achos nid yn unig roedd Dad wedi dechra efelychu ei
wên barhaus ond roedd o hefyd yn ailadrodd rhai o
ddywediadau cyfarwydd y Gwyddel. Wrth gwblhau rhyw
dasg neu'i gilydd dechreuodd ddeud 'Job done' mewn acen
Wyddelig. Dywediad arall roedd o wedi'i fabwysiadu oedd
'Thanks a million' wrth ddiolch i rywun, ond ei fod o'n deud
'tanks' yn lle 'thanks'.

Er na feiddien ni sôn gair amdano, roedd 'na deimlad fel
petai petha'n dechra meirioli yn y gegin: arwyddion bach
fod y gwanwyn wedi cyrraedd a bod Mam fymryn yn
hapusach. Roedd ei gwên chwareus i'w gweld yn amlach,
roedd hi i'w chlywed yn canu efo Radio Cymru weithia, ac
roeddan ni'n cael lot mwy o jips i de.

'Mae'ch Mam yn gneud y bwyd gora'n y byd, hogia. Mi
fysa pobol yn ciwio i fyny'r lôn am y chips 'ma,' mentrodd
Dad. Doedd 'na'm sôn wedi bod am y syniad o gaffi yn y sw
ers wythnosa, ond roedd Dad yn amlwg yn hyderus fod y
tywydd yn troi, ac yn fodlon trio eto. Er mawr ryddhad i mi
a'r Josgin, ddaru Mam ddim ffrwydro. Ddaru hi ddim hyd yn
oed anghytuno.

'Ma' unrhyw fwnci'n medru gneud chips, siŵr iawn,'
oedd ei unig ymateb.

Rhoddodd Dad winc i mi a'r Josgin. Or diwedd, roedd
petha i'w gweld yn gwella ac mi ddechreuais deimlo'n
obeithiol unwaith eto y bydda Mam yn cymryd diddordeb

yn y sw. Petai hi'n gweld bod pawb yn gefnogol, hyd yn oed yr ysgol, pwy a ŵyr, ella bysa'r ymwelwyr yn cael blasu bwyd Mam wedi'r cwbwl. Ond yr hyn oedd yn gwneud i mi deimlo'n hapusach na dim oedd fod Dad yn falch ohona i. Am y tro cynta ers i mi ennill y wobr gynta am adrodd yn y Gylchwyl pan o'n i'n chwech oed, mi wyddwn i 'mod i wedi plesio. Ddaru o ddim *deud* ei fod o'n falch ohona i, ond ro'n i'n gwybod ei fod o. Mi oedd o'n siarad efo fi, yn gofyn fy marn, yn yr un ffordd ag y bydda fo'n arfer siarad efo fy mrawd mawr a gofyn ei farn o. Am y tro cynta erioed mi o'n i'n teimlo fy mod i a'r Josgin yn gyfartal. Oedd, roedd y gwanwyn wedi cyrraedd ac, fel ar fynydd y Waltons, roedd pob dim yn iawn unwaith yn rhagor. Yn ddiarwybod i mi, roedd y ddrama ar fin cychwyn go iawn.

Roeddwn i a'r Josgin yn y landrofer efo Dad, ar y ffordd i nôl mwy o lwch lli o'r iard goed i'w roi yng ngwaelod y cewyll, pan welson ni Mrs Tremayne. Roedd hi'n sefyll yng nghanol y lôn efo'i het wedi'i throi am dywydd mawr a'i breichiau wedi'u plethu'n dynn.

'Be ddiawl ma' hon yn neud?' sgyrnygodd Dad wrth stopio'r landrofer. 'Dos allan i weld be sy, Dewi,' gorchmynnodd.

'Na 'naf! Ma'r ddynas yn nyts – geith Tudur fynd, mae o'n 'i nabod hi,' atebodd y Josgin.

Roedd Mrs Tremayne yn sefyll yn hollol lonydd ac yn syllu ar Dad. Cyn i mi gael y cyfle i ddringo allan o'r landrofer mi gerddodd yn araf at ochor y dreifar heb dynnu ei llygaid oddi arno. Agorodd Dad ryw fymryn ar ei ffenest, jyst digon i glywed be oedd ganddi i'w ddeud, ac i ni gael chwa ysgafn o o ddrewdod pi-pi cath.

'Ydi hi'n wir?' gofynnodd Mrs Tremayne.

'Ydi pwy yn wir?' holodd Dad.

'Ydi'r stori mae pawb yn dweud yn gwir. Dach chi'n agor

safari park yn y ffarm? Mae hyn yn *illegal*, does ganddoch chi dim hawl ...'

'Dewadd annwyl, pwy ddeudodd hynny wrthach chi, Mrs Tremayne? 'Dan ni ddim yn gneud y ffasiwn beth,' medda Dad, cyn iddi fedru codi stêm.

'Wel, wnes i clywed fod chi'n cael anifeiliaid i'r ffarm ac bod chi'n gwneud *safari park* – dydi hyn ddim yn wir felly?' gofynnodd.

''Dan ni ddim yn agor saffari parc, Mrs Tremayne,' gwenodd Dad.

'Wel, beth ydych chi'n gwneud 'ta?' gofynnodd, a'r gwynt yn prysur ddiflannu o'i hwyliau.

''Dan ni'n agor *sw*,' atebodd Dad cyn rhoi ei droed i lawr a gyrru i ffwrdd. Edrychais drwy'r ffenest gefn a gweld Mrs Tremayne yn camu'n ôl i ganol y lôn gan chwifio'i ffon yn yr awyr. Wrth i Dad chwerthin a churo'r llyw yn fuddugoliaethus, mi oeddwn i'n gwybod nad oeddan ni wedi clywed y cwbwl oedd gan y Saesnes wallgo o Dŷ Lan y Môr i'w ddeud ar y mater.

Pan gyrhaeddon ni adra yn ddiweddarach roedd yn amlwg fod Mrs Tremayne wedi bod yn y tŷ. Roedd Mam yn eistedd wrth y bwrdd yn edrych yn flin ac mi oedd 'na ddrewdod cyfarwydd yn y gegin.

'Ddeudis i mai fel hyn fysa petha, yn do?' medda Mam, ei gwefusau'n fain a blin. Mae'n debyg fod Mrs Tremayne wedi cerdded yn ei blaen i lawr i Ben Parc, wedi crwydro o gwmpas yr iard stablau ac wedi tynnu lluniau'r anifeiliaid yn y cewyll. Roedd Mam wedi clywed sŵn gweiddi mawr yn dod o'r iard ac wedi rhuthro allan gan feddwl bod Joey wedi dengid ac yn ymosod ar Dog eto, ond be welodd hi oedd Mrs Tremayne yn rhuthro o gwmpas yn tynnu lluniau ac yn gweryru: 'Nooo! Nooooo! Nooo!' Roedd Mam wedi gorfod dod â hi i mewn i'r tŷ i gael diod o ddŵr gan ei bod wedi cynhyrfu cymaint, ac mi fu'n rhaid iddi wrando ar bregeth gan Mrs Tremayne am hanner awr gyfa am hawliau anifeiliaid, creulondeb a rwbath o'r enw Carma.

Wrth wrando ar Mam yn ailadrodd hanes ymweliad dramatig Mrs Tremayne, ro'n i'n gwybod yn iawn ei bod wedi cael llond bol ar y fenter newydd unwaith ac am byth. Felly, efo llai nag wythnos i fynd cyn y diwrnod agoriadol, roedd fy nghyfle ola i argyhoeddi Mam wedi'i chwalu'n deilchion gan rhyw hen Saesnes wallgo.

Chwerthin ddaru Brendan pan glywodd hanes Mrs Tremayne, gan ddeud bod rhywun wastad yn siŵr o gwyno am rwbath.

'If she comes here again, ask her this,' medda Brendan wrtha i. 'Where would these poor creatures be if you hadn't opened your gates and given them a home here on your wonderful farm?'

Dadl Brendan oedd fod yr anifeiliaid yma wedi'u geni mewn cewyll, a doeddan nhw ddim yn ymwybodol o unrhyw fywyd gwahanol. Mi fysa'n greulon, medda fo, eu rhyddhau nhw achos nad oedd ganddyn nhw ddim syniad sut i edrych ar ôl eu hunain. Mi atgoffodd fi eu bod nhw i gyd bellach yn dibynnu arna i. Fi oedd yr un oedd wedi darllen a dysgu amdanyn nhw, a fi felly oedd wedi fy mhenodi, yn answyddogol o leia, i fod yn brif ofalwr y sw.

'You, young man, are now a Zookeeper. And probably the youngest Zookeeper in the country. What do you think of that? You might even get your picture in the newspapers!' cyhoeddodd Brendan. Ac mi oedd o yn llygad ei le. O ystyried fy ngwybodaeth i am yr anifeiliaid doedd 'na ddim dewis, fi oedd yr unig Gipar. Doedd o ddim yn bell o'i le efo'i broffwydoliaeth am y papurau newydd chwaith, erbyn gweld. Roedd Brendan wedi dallt yn gynnar iawn mai fi oedd yr un y gallai ymddiried ynddo, yn hytrach na'r Josgin. Welais i erioed Brendan a'r Josgin yn cynnal sgwrs, ac mi wyddwn i fod y Josgin yn ddrwgdybus o Brendan (ac yn amau bod y Gwyddel yn teimlo 'run fath am fy mrawd mawr). Fi, o ganlyniad, fyddai'n derbyn unrhyw wybodaeth ymarferol ar sut i drin yr anifeiliaid. Er enghraifft, mi ddangosodd i mi sut oedd dal Madagascar lovebirds heb eu brifo, sut i adnabod meerkat feichiog a hefyd sut i dynnu trogod oddi ar Dog. Mi driodd ddangos i mi sut i roi penffyst ar Matholwch, ond doedd hwnnw ddim am adael i Brendan fynd yn agos ato am ryw reswm.

Roedd pob dim yn barod ar gyfer y diwrnod mawr, felly. Er nad oedd Dad yn ddyn crefyddol iawn, mi benderfynwyd peidio agor ar ddydd Gwener y Groglith rhag ofn i ni dynnu rhywun dipyn mwy pwerus na Mrs Tremayne i'n pennau. Yn hytrach, trefnwyd i agor y drysau, neu, a bod yn fanwl gywir, giât y lôn, ddydd Sadwrn, y pumed o Ebrill. Mi fu Dad a Brendan yn trafod pwy ddylia gael y fraint o agor y sw yn swyddogol. Penderfynwyd yn y diwedd y dylid cynnig yr anrhydedd i Mr Ernest Lloyd o Langefni, oedd ar y rhestr aros am galon newydd yn ysbyty Papworth. Roedd Mr Lloyd yn eitha adnabyddus ar yr ynys gan ei fod wedi bod yn werthwr ceir mewn garej British Leyland am flynyddoedd, ond cododd ei enwogrwydd i'r uwch-gynghrair, fel petai, ar ôl iddo fod yn ddigon ffodus i gael pum trawiad yn olynol ar ei galon a chael lle ar y rhestr aros. Roedd y dechneg o roi calon ail-law i glaf yn newydd iawn ar y pryd, ac roedd cael lle ar y rhestr aros yn sicrhau y byddech yn cael eich llun ar dudalen flaen y *Daily Post*, a mwy na thebyg sylw'r teledu ar *Wales Today*. Yng ngeiriau Anti Ceinwen, diawl lwcus fu Ernest Lloyd erioed.

Roedd y dyfalu be oedd yn digwydd ym Mhen Parc yn ormod i rai, ac mi welwyd nifer o geir yn mentro i lawr ein lôn yn ddyddiol. Mi barciodd Dad yr hen dractor David Brown yng ngheg yr iard i atal pobol rhag mynd ymhellach a sbwylio'r syrpréis.

Ar y dydd Mercher cyn i ni agor daeth Brendan i'r ffarm,

a chan fod Mam wedi mynd i dŷ Anti Ceinwen eto, mi gafodd o ddod i mewn i'r tŷ am banad.

'Well now, are we all set for the big day, folks?' gofynnodd wrth edrych ar y tri ohonon ni yn ein tro efo'r wên honno nad oedd yn dangos unrhyw arwydd o gilio. Esboniodd Dad fod pob dim yn ei le, a bod y ffaith ein bod wedi troi degau o geir yn eu holau i fyny'r lôn yn argoeli'n dda ar gyfer y dydd Sadwrn.

'Excellent!' ebychodd Brendan. 'Now I have something I want to tell you.' Plygodd yn ei flaen ac amneidio ar i ninnau wneud yr un fath. Wn i ddim pwy oedd o'n meddwl oedd yn mynd i glywed, ond mi ddechreuodd Brendan siarad yn ddistaw iawn.

'I haven't told you before because I wanted to make sure it was going to happen.'

Edrychodd y Josgin a finna ar Dad heb ddallt be oedd Brendan yn ei feddwl.

'You wanted to make sure *what* was going to happen?' gofynnodd Dad.

'I've organised a little surprise,' medda Brendan. Ar ôl lot mwy o holi gan Dad, mi esboniodd na allai o ddatgelu'n union be roedd o wedi'i drefnu, dim ond ei fod yn mynd i fod 'beyond belief'. Ac fel consuriwr yn cadw'i gynulleidfa ar flaenau eu seti, mi adawodd efo'r addewid y bysan ni'n cael gweld ei dric diweddara yn fuan iawn.

Mi gadwodd Brendan at ei air, a doedd dim angen i ni ddisgwyl yn hir cyn darganfod be oedd ei syrpréis ar gyfer Pen Parc. Y tro yma ches i mo fy siomi gan lwyth yn cyrraedd yng nghanol y nos. Y tro yma, mi ges i fy neffro gan ei sŵn. Y peth cynta ro'n i'n ymwybodol ohono oedd y peunod yn gweiddi yn yr iard stablau. Mae paun yn well nag unrhyw gi am rybuddio bod ymwelwyr yn cyrraedd, ac mae eu clochdar yn siŵr o ddeffro pawb o fewn clyw. Y peth nesa wnes i sylwi arno oedd fod y modelau Airfix ar fy silff wedi dechra crynu, a bod tonnau mân wedi ymddangos ar wyneb y cawl yn nhanc Jôs. Neidiais allan o 'ngwely pan fflachiodd goleuadau ar draws fy ffenest wrth i beth bynnag oedd yn dod i lawr ein lôn wneud ei ffordd rownd y tro ola. Tynnais drowsus a jympyr amdanaf yn gyflym cyn rhuthro i lawr y grisiau. Pan gyrhaeddais y drws ffrynt sylwais ei fod ar agor led y pen, a bod Dad a'r Josgin allan ar yr iard yn barod. Roedd y sŵn yn fyddarol. Rhwng y côr o anifeiliaid yn yr iard stablau'n clochdar yn gynhyrfus, a rhu'r bwystfil o lorri oedd yn gyrru i lawr ein lôn, roedd tawelwch y nos wedi'i chwalu am filltiroedd o'n cwmpas.

Fel rhyw ddraig fawr yn hisian, mi lithrodd y lorri fawr i stop ar yr iard. Roedd y degau o lampau llachar ar ei blaen wedi llwyddo i droi'r nos yn ddydd, ac ar ôl un poeriad swnllyd wrth frecio, diffoddwyd yr injan a dychwelodd y tywyllwch. Safodd y Josgin a finna un bob ochor i Dad, ac wrth i'n llygaid gynefino â'r nos unwaith eto, mi welson ni rywun yn neidio allan drwy ddrws y pasenjyr a cherdded tuag aton ni. Y peth cynta ddaru ni ei nabod oedd y wên.

'Well, didn't I tell you I had a surprise?' Dringodd dyn blin yr olwg, efo sigarét yn ei geg, i lawr o sêt y dreifar, ac aeth at ochor y lorri gan dynnu menig mawr du am ei ddwylo wrth iddo fynd. Dilynodd y gweddill ohonon ni'r dreifar a'i wylio'n datod nifer o strapiau a throi handlan fawr. Roedd tarpowlin coch, sgleiniog, yn gorchuddio ochor y lorri, ac efo'i holl nerth tynnodd y dreifar arno a'i agor fel cyrtan theatr. Wrth i'r llenni coch ddiflannu ymddangosodd golygfa wireiddol anhygoel ar y llwyfan symudol. Doeddwn i ddim yn rhy saff be oeddwn i'n ei weld i ddechra, ac wrth i fy llygaid drio gwneud synnwyr o'r siapiau mi sylwais ar bâr o lygaid. A phâr arall o lygaid, a phâr arall. Roedd degau ar ddegau o lygaid yn blincio a syllu arnon ni o gefn y lorri, ac yn raddol mi ddechreuais adnabod siapiau. Mwnci? Na – dau fwnci. Cangarŵ? Draenog anferth, ella?

Sgwarnogod oedd y rheina? Oedd hyn yn digwydd go iawn? Edrychais ar Dad a'r Josgin ac mi welais eu bod nhw hefyd wedi'u syfrdanu'n lân wrth edrych ar yr olygfa swreal. Yna, daeth sŵn o ganol y cewyll yng nghefn y lorri a wnaeth i'r tri ohonon ni gymryd cam yn ein holau. Nid clywed y sŵn wnes i gynta, ond ei deimlo yn fy stumog: cryniad isel oedd yn codi ofn greddfol arna i. Edrychais i mewn i'r tywyllwch yng nghrombil y mynydd o gewyll, ac mi welais o, yn syllu arna i o'r cysgodion, ei ben anferth yn hongian yn isel rhwng dwy ysgwydd gyhyrog. Ar ôl i'r rhuo isel stopio, gorffwysodd y bwystfil ei ben ar ddwy bawen fawr. Adroddodd y Josgin a finnau fel côr adrodd: 'Llew'.

Daeth y wawr â chadarnhad nad breuddwyd oedd hon. Roedd y dyn blin wedi gadael yn ei lorri, a'i lwyth wedi'i wasgaru ar hyd ein iard. Petai arch Noa ei hun wedi'i dryllio ym Mhen Parc, golygfa fel hon fysa 'na. Roedd cyfanswm o chwech ar hugian o anifeiliaid newydd wedi cyrraedd mewn un llwyth annisgwyl, ac roedd y cewyll o wahanol feintiau wedi'u gosod mewn hanner cylch blêr. Dim ond chwech o'r creaduriaid ro'n i'n medru eu hadnabod yn iawn, a chan fy mod wedi dychwelyd y llyfr Hamlyn i'r ysgol, mi fyddwn i'n llwyr ddibynnol ar Brendan i 'nghyflwyno i'r gweddill.

Walabis oedd y ddau gangarŵ erbyn dallt, a phorciwpein oedd y draenog anferth. Nid sgwarnogod oeddwn i wedi'u gweld, ond pâr o maras y paith, o Batagonia yn wreiddiol, a mwncïod heglog, neu spider monkeys, oedd y ddau fwnci bach bywiog, mae'n debyg. Ro'n i'n gwybod yn iawn be oedd yn y cawell mwya, a doeddwn i ddim angen unrhyw lyfr i ddeud wrtha i be roedd o'n licio i'w fwyta. Troy oedd enw'r llew, yn ôl Brendan, ac mi oedd o'n bump oed. Roedd y Josgin wedi bod yn sefyll o flaen ei gawell, yn syllu arno, ers iddo gael ei ddadlwytho oddi ar y lorri efo'r tractor David Brown. Roedd ei fwng yn symud yn y gwynt fel cae gwair, ond roedd Troy yn gorwedd yn llonydd yng nghanol ei gawell, yn cymryd fawr ddim sylw ohonon ni na'i gynefin newydd. Daeth Dad a Brendan i sefyll efo fi a'r Josgin.

'Well, gentlemen,' medda'r Gwyddel, 'what do we think?'

'We think, Brendan,' atebodd Dad gan drio dod o hyd i eiriau addas ond yn methu, 'it's absolutely bloody fucking amazing!'

Wrth i Dad a Brendan ysgwyd dwylo'i gilydd yn fuddugoliaethus, edrychais tu hwnt i'r tomenni cewyll at y tŷ. Yno, yn edrych ar yr olygfa o ffenest y gegin, roedd Mam, ei hwyneb yn deud y cwbwl. Digon yw digon.

PENNOD 5

'Na i'r Sw!'

Wnes i ddim crio, doedd dim angen. Dim ond am ychydig ddyddiau roedd Mam wedi mynd, medda Dad. Petawn i'n gwybod y gwir mi fysa petha wedi bod yn wahanol. Mi faswn i wedi beichio crio am oriau maith, cicio drysau a malu cypyrddau. Dyna oeddwn i'n arfer ei wneud mewn sefyllfaoedd eithafol, neu o leia dyna wnes i pan farwodd Nain. Ond roedd hi'n ddydd Gwener y Groglith ac mi oedd y sw yn agor mewn llai na phedair awr ar hugain. Doedd dim amser i ofyn cwestiynau. Ymhen amser mi fyddwn i'n difaru peidio â gofyn y rhai amlwg. Pam fod Mam wedi gadael mewn gwirionedd? Pam na ddeudodd hi wrtha i ei bod hi'n mynd? Lle roedd hi wedi rhoi fy nghrys streips glas a gwyn?

Roedd Dad wedi gorfod gwneud dîl efo rheolwr yr iard goed er mwyn iddo fo agor ar Ŵyl y Banc er mwyn i ni gael y deunydd pwrpasol i adeiladu ac addasu ar gyfer y mewnlifiad newydd, annisgwyl. Cafodd Troy y llew ei gartrefu dros dro mewn hen gonteinyr lorri roeddan ni'n ei ddefnyddio i gadw ffid defaid. Mi weldiodd Dad ddarn mawr o mesh atgyfnerthu concrit ar ei flaen, oedd yn creu ffenest i bawb ei weld. Hefyd, mi roddodd glo mawr ar y drws bach yn ochor y conteinyr – achos fel y deudodd y Josgin yn graff, 'Fedri di byth fod yn rhy ofalus efo llew.'

Daeth Brendan ag un llond lorri o ffrwythau a chywion ar gyfer y penwythnos mawr, ac mi wnaeth Dad ddîl arall – efo Wil Bwtshar y tro yma – y bysa fo a'i deulu yn cael dod i mewn heb dalu am flwyddyn, os bysa fo'n cadw Troy mewn cig. Roedd hon yn andros o ddîl o ystyried bod gwraig Wil wedi rhedeg i ffwrdd efo manijar y Building Society drws nesa, ac mai dim ond unwaith bob pythefnos roedd o'n cael gweld ei blant.

Erbyn iddi dywyllu ar y nos Wener, roedd pob dim yn ei le a phob anifail wedi cael llety, er bod sawl un yn gorfod rhannu. Doedd honno ddim yn sefyllfa ddelfrydol, ac roedd

hi'n gambl rhoi ambell greadur efo'i gilydd, achos yn amlach
na pheidio doeddan nhw ddim hyd yn oed yn dod o'r un
cyfandir, heb sôn am yr un cynefin. Treuliodd y meerkats a'r
walabis drwy'r pnawn yn syllu ar ei gilydd yn amheus, ac mi
ffeindion ni fod rhoi'r limyrs i mewn efo'r mwncïod heglog
yn gamgymeriad mawr.

Gwnaeth Dad yr hyn roedd o'n arfer ei wneud pan na
fyddai Mam adra, sef mynd â ni i'r siop chips yn Niwbwrch i
gael swpar. Ar y ffordd adra, mi welson ni fod Brendan wedi
bod yn brysur yn gosod posteri:

Zoo, Pen Parc Farm, Open Easter Weekend

'Mae Mam yn deud y dylia bob dim fod yn Gymraeg
hefyd,' medda fi. Ddeudodd Dad ddim byd, ond roedd o'n
amlwg yn flin achos mi ddechreuodd daflu chips i mewn i'w
geg yn gyflymach.

'Ddaru Mr Williams Welsh fynd i'r jêl am falu seins
Saesneg, medda fo,' ychwanegodd y Josgin.

'Wel, pam na ofynnwch chi i'ch blydi mam a Mr Blydi
Williams Welsh neud rhai yn Gymraeg 'ta!' ffrwydrodd Dad.
Ddeudodd neb air wedyn tan i ni gyrraedd adra, lle roedd
Brendan wedi parcio'i garafán yng ngheg ein iard stablau ac
wedi rhoi arwydd wrth ochor y drws:

Adults £2.00, Children £1.00, No Dogs

Stopiodd Dad y landrofer ar ganol yr iard a diffodd yr
injan. Eisteddodd y tri ohonon ni heb ddeud gair am sawl
munud, dim ond syllu ar yr olygfa a bwyta ein ffish a chips.
Roeddan ni adra, ond doedd o ddim yn teimlo felly. Roedd
'na lew yn ein iard stablau, roedd na bynting coch, glas a
gwyn uwchben ein giât lôn, a doedd Mam ddim yn sefyll yn
ffenest y gegin. Daeth Brendan allan o'r garafán ac aeth Dad

ato. Arhosodd y Josgin a finna yn y landrofer i orffen ein swpar.

'Ti'n 'i drystio fo?' gofynnodd Dewi.

'Pwy, Brendan? Yndw, wrth gwrs 'mod i. Ti ddim?'

'Dwi'm yn gwbod,' medda'r Josgin yn ddistaw.

'Wel, mae o'n ein trystio ni, tydi?' atebais. 'Neu fysa fo ddim 'di dŵad â'i anifeiliaid i Ben Parc, na fysa?'

'Gawn ni weld,' atebodd. 'Ella dy fod ti'n iawn. Ddaw Mam ddim yn ei hol rŵan, eniwe.' Taflodd ei bapur chips i 'nghôl a neidio allan o'r landrofer. Arhosais yno am sbel tra oedd Dad a'r Josgin yn siarad efo Brendan. Doeddwn i ddim cweit wedi dallt be oedd y Josgin yn ei feddwl i ddechra, ond wedyn mi drawodd ei neges fel mellten ac mi roddodd y chips dro yn fy stumog. Doedd bosib fod Mam yn meddwl peidio dod adra? Oedd hyn yn golygu bod fy rhieni wedi gwahanu?

Dringais allan o'r landrofer a cherdded yn araf am yr iard stablau. Gwenais yn gwrtais ar Brendan pan waeddodd yn bryfoclyd, 'Hey, that's a pound please!' Crwydrais o gwmpas y cewyll yn meddwl am eiriau'r Josgin. Mam ddim yn dod yn ei hôl? Cyn i mi fedru hel gormod o feddyliau, sylwais fod 'na stŵr yn un o'r cewyll. Oherwydd y mewnlifiad annisgwyl roedd y limyrs wedi gorfod derbyn pâr o fwncïod i'w cawell fel lojars, a doedd petha ddim i'w gweld yn mynd yn rhy dda.

Gadewch i mi gyflwyno'r ddau greadur yma i chi. Mae'r black-and-white ruffed lemur (*varecia variegata*) yn dod o Madagascar. Does 'na'm llawer ohonyn nhw ar ôl bellach, ond wrth gwrs doeddwn i ddim yn gwybod hynny ar y pryd. Maen nhw'n perthyn yn agos i fwncïod (ac i chi a fi hefyd, felly) ac mae ganddyn nhw goesau, breichiau a chynffon arbennig o hir er mwyn dringo a ballu. Mae gan y limyr drwyn tebyg i un ci, llygaid oren tryloyw fel maen nhw'n eu rhoi ar dedi bêrs, a blew gwyn, trwchus bob ochr i'w wyneb. Roeddan nhw yn f'atgoffa o lun ar wal ein dosbarth hanes o'r

Prif Weinidog Fictoraidd William Gladstone, a dyna sut y cafodd y pâr eu henwau.

Roedd y Gladstones wedi cael eu gorfodi i groesawu rhywogaeth arall i'w cartref, ac i ddechra, roedd petha'n edrych yn dda, fel tasan nhw am allu cyd-fyw yn ddidrafferth. Ond roedd hynny cyn i'r mwncïod ddechra ar eu hantics.

Mae Geoffroy's spider monkey (*ateles geoffroyi*) yn dod o goedwigoedd canolbarth America, ac fel mae'r enw'n awgrymu, maen nhw'n ddringwyr arbennig o dda. Ond mae'n ymddangos bod yn rhaid bod dipyn yn fwy chwim yng nghoedwigoedd canolbarth America nag yng nghartref y Gladstones ym Madagascar, achos mae'r mwncïod bach yma'n gwneud pob dim ar frys. Roedd gwylio'r pâr yn f'atgoffa o hen ffilmiau Charlie Chaplin fyddai'n cael eu hailddangos ar brynhawniau Sadwrn. Efo'u dwylo main, hir a'u hwynebau hen bobol doeddan nhw ddim munud yn llonydd – ac mae iddyn nhw un nodwedd hynod unigryw, sef yr olwg ar eu hwynebau. Mae'n anodd ei disgrifio'n iawn ond maen nhw'n edrych fel tasan nhw newydd gael eu cyhuddo ar gam, efo'u cegau bach yn gwneud siâp 'O' a'u llygaid ar agor led y pen. Roeddan nhw'n fy atgoffa o gwpwl oedd yn byw yn y pentre, Joyce a Cyril 'Ofnadwy'. Mi fyddai Joyce 'Ofnadwy' i'w gweld tu allan i'r siop yn hel clecs byth a beunydd, ac roedd ganddi arferiad od o orffen pob brawddeg drwy ddweud, 'W, ofnadwy 'te!' Doedd Cyril byth yn rhy bell y tu ôl iddi, yntau hefyd wedi datblygu rhyw edrychiad o sioc barhaol ar ei wyneb i gyd-fynd ag ebychiadau ei wraig. Felly, bedyddiwyd ein mwncïod heglog, yn answyddogol beth bynnag, yn Cyril a Joyce.

Daeth yn amlwg, yn gynnar iawn wedi i'r ddau gyrraedd Pen Parc, fod Cyril yn secs mêniac. Mi fydda fo'n achub ar unrhyw gyfle i fynd i'r afael â Joyce ac yn ei hympio'n ddidrugaredd. Doedd o ddim i'w weld yn poeni pwy oedd yn edrych arnyn nhw na be oedd Joyce yn ei wneud ar y pryd. Un tro, mi oedd hi'n estyn am ddarn o afal gen i drwy weiran ei chawell pan ruthrodd Cyril i fyny y tu ôl iddi a dwyn yr afal oddi arni, cyn dechra ar ei arfer o atgenhedlu'n swnllyd. Roedd yr edrychiad o ddychryn ar wyneb Joyce yn gwneud yr holl brofiad yn un annymunol iawn, i bawb heblaw Cyril.

Ta waeth, y diwrnod hwnnw roedd y limyrs wedi'u cythruddo gan ymddygiad Cyril – neu ella fod Cyril wedi trio'i lwc efo Mrs Gladstone – ac roedd stŵr difrifol yn dod o'u cawell. Roedd Cyril yn rhuthro o gwmpas yn sgrechian a'r Gladstones yn ei fygwth gan ddangos eu dannedd miniog. Gan fod Joyce yn hongian wyneb i waered o'r to, yn edrych fel petai wedi dychryn mwy nag arfer, roedd yn rhaid i mi weithredu. Rhedais i ddeud wrth Dad a Brendan am y sefyllfa, a chyn hir addaswyd cawell y limyrs a'r mwncïod, efo darn o mesh a thipyn o goed, i fod yn *semi-detached*. Doedd gan y ddau bâr ddim cymaint o le i neidio o gwmpas, ond o leia roeddan nhw ar wahân, ac mi allai Mrs Gladstone gael noson iawn o gwsg, yn wahanol i Joyce druan.

Llwyddodd y ddrama fach yma, yn ogystal â'r rhestr hir o dasgau munud ola gan Brendan, i dynnu fy meddwl oddi ar y ffaith fod Mam wedi mynd – am y tro beth bynnag. Mi es i 'ngwely ar noswyl y diwrnod agoriadol yn poeni am bethau fel arwyddion oedd angen eu gosod, cryfder y clo ar ddrws Troy a be fyddai ymateb yr ymwelwyr i antics amheus Cyril a Joyce. Cefais y freuddwyd arferol eto'r noson honno, ond efo un newid brawychus. Fedrwn i ddim dod o hyd i Mam yn y dŵr. Doedd hi ddim yn nofio efo ni. Mi alwais allan amdani mewn braw, a chlywais ei llais yn ateb. Roedd hi'n eistedd ar gangen y goeden Sgots pein yn barod, yn disgwyl i weddill ei theulu ddringo o'r llifogydd, efo gwên fawr, gariadus ar ei hwyneb. Mi ddeffrais efo teimlad braf o ryddhad, ond ddaru o ddim para'n hir iawn achos mi oedd Dad yn gweiddi arna i o'r gegin.

'Tudur! Coda, wir dduw, ma' nhw'n dechra cyrraedd!'

Edrychais ar fy nghloc larwm a gweld ei bod hi'n ddeng munud i saith. Pobol yn dechra cyrraedd? Doedd bosib. Rhuthrais i newid a rhedeg allan, a gweld Dad yn cyfarwyddo ceir oedd yn cyrraedd i mewn i'r iard.

'Na! Chewch chi'm parcio yn fanna, mae'n rhaid i ni gadw lle i'r *Daily Post* ... lle ma'r blydi Brendan 'na?'

Clywais glec gwm cnoi'r Josgin y tu ôl i mi.

'Does 'na'm golwg o Brendan. Ddudis i, do?' medda fo.

'Mae Dad isio help.' Anwybyddais y Josgin a cherdded draw at Dad, oedd yn chwifio'i freichiau'n wyllt ac yn troi yn ei unfan.

''Dan ni'm yn agor tan naw o'r gloch, Dad,' mentrais ddeud.

'Dwi'n gwbod hynny, siŵr dduw. Tria di ddeud hynny wrth y rhain. Na! Ddim yn fanna neu fydd neb arall yn gallu dŵad i mewn!' gwaeddodd ar yrrwr car oedd wedi parcio yng ngheg yr iard.

'Ma' gin i syniad, Dad. Os a' i i fyny at giât y lôn a deud wrth bawb am barcio yn Cae Mawr, mi gân nhw gerdded o fanno.'

'Ia! 'Na fo, Tudur. Na! Paid ti â mynd. Arhosa di efo fi yn fama. Dewi − dos i giât y lôn a deud wrth bawb am barcio yn Cae Mawr,' gorchmynnodd Dad.

'Ond ... ' protestiodd y Josgin.

'Dos, rŵan!' gwaeddodd Dad.

Wrth i'r Josgin stampio'i ffordd yn flin am y giât mi gychwynnais i am yr iard stablau, neu fel y bysa fo'n cael ei adnabod yn swyddogol o hyn allan, Y Sw. Cerddais o amgylch y cewyll a gweld bod y Josgin wedi bod yn brysur yn bwydo. Roedd pob dim i'w weld yn barod: pob cawell efo'i arwydd a phob arwydd efo'i anifail, map o'r byd a brawddeg yn Gymraeg a Saesneg. Wrth gwrs, doedd gan drigolion y sw ddim syniad fod torf yn ymgasglu tu allan. Roedd Troy yn gorwedd yn ddiog, Cyril a Joyce yn cadw eu rhythm cyson a Joey y dylluan eryraidd yn eu gwylio'n fanwl fel gweinidog beirniadol. Teimlais wefr gyffrous a dechreuais chwerthin yn nerfus wrth feddwl ein bod, o'r diwedd, yn barod i agor y sw.

Diflannodd fy ngwên wrth i mi ddychwelyd at Dad a gweld Mrs Tremayne yn gorymdeithio i lawr y lôn, ei thrwyn yn yr awyr a'i het ar sgiw. Roedd hi'n cario'i ffon, oedd ag arwydd wedi'i osod ar ei phen. Wrth iddi ddod yn nes llwyddais i ddarllen y sgrifen:

Stop Animal Cruelty

'O blydi hel, dim rŵan,' ochneidiodd Dad yn uchel.

Anwybyddodd Mrs Tremayne fi a Dad yn llwyr a dringo i ben ein stand lefrith yng ngheg yr iard cyn codi'r arwydd uwch ei phen a dechra ar ei chri ddwyieithog.

'Cages are cruel, na i'r sw! Cages are cruel, na i'r sw! ...'

'Be 'dan ni'n mynd i neud, Dad?' gofynnais. 'Ma' hi'n mynd i sbwylio bob dim!'

Aeth Dad ati a thrio rhesymu. 'Mrs Tremayne, wnewch chi ddŵad i lawr o fanna, plis?' Ond yr unig beth lwyddodd o i'w wneud oedd newid geiriau ei chri.

'Shame on you, na i'r sw!' gwaeddodd hyd yn oed yn uwch, gan bwyntio at Dad.

'O'r nefoedd! Siarada di efo hi wir dduw, Tudur – 'di hi'm yn gall,' ymbiliodd Dad, wedi'i drechu'n llwyr.

Roedd y Josgin yn amlwg yn gwneud ei waith yn effeithiol ym mhen y lôn achos roedd llif araf o bobol wedi dechra cerdded o'r Cae Mawr. Mi welodd Mrs Tremayne nhw'n dod a rhoi hyd yn oed mwy o egni i mewn i'w phrotest.

'Shame on you, na i'r sw!' sgrechiodd wrth brocio'r awyr efo'i ffon. Sefais ar waelod y stand lefrith yn edrych i fyny arni heb wybod yn iawn be i ddeud.

'Mrs Tremayne,' plediais. 'Mrs Tremayne, plis peidiwch, mae hyn yn annheg.'

Stopiodd yn stond ar ganol brawddeg ac edrych i lawr arna i. 'Annheg? What do you mean, "annheg"?'

'It's unfair,' cyfieithais.

'Ia, dwi'n gwybod beth mae annheg yn feddwl. Ti sy'n annheg efo'r anifeiliaid sydd yn fan hyn. How dare you, boy?' poerodd, cyn ailddechra a phwyntio'i bys esgyrnog ata i y tro yma. 'Shame on you, na i'r sw!' Camodd yn ei blaen yn fygythiol, ac mi o'n i'n meddwl am eiliad ei bod am drio fy mhrocio efo gwaelod ei ffon. Teimlais ddiferion bach o'i phoer yn glanio ar fy wyneb a chamais yn ôl wrth iddi ddod yn nes. Roedd ei llygaid yn culhau wrth i'w thempar gynyddu, ond yn sydyn newidiodd ei gwedd i un o syndod, a dechreuodd chwifio'i harwydd i bob cyfeiriad. Roedd hi wedi cymryd un cam yn rhy bell, ac wrth i'w welinton ddu drio ailddarganfod top y stand lefrith, agorodd ei llygaid led y pen. Mewn corwynt o felfed du, plu paun a theits coch, plymiodd Mrs Tremayne i'r llawr. 'Shame on yoooooo ...' oedd ei geiriau ola cyn iddi lanio ar goncrit yr iard o 'mlaen. Rhuthrodd Dad draw jyst mewn pryd i glywed sŵn griddfan o berfedd y domen ddillad ar waelod y stand lefrith.

'Ma' hi 'di disgyn,' esboniais.

'Dwi'n medru blydi gweld hynny, tydw. Be ddiawl ddudist ti wrthi?' Cyn i mi fedru ateb cwestiwn Dad trodd y griddfan yn sŵn crio, a dechreuodd y domen ddillad symud.

'Mrs Tremayne, dach chi'n iawn?' gofynnodd Dad wrth blygu i lawr ati.

'Nac ydwyf, dwi ddim yn iawn,' cwynodd. Daeth dwy fraich denau allan o'r melfed du a chododd Mrs Tremayne ar ei heistedd. Roedd ei het wedi disgyn a gwelais fod ei gwallt llwyd wedi glynu at ei phen fel cae gwair ar ôl cawod drom o law.

'Wel, helpwch fi codi, siŵr!' gwaeddodd yn flin, a chamodd y ddau ohonon ni ymlaen ati cyn stopio. Roedd yn anodd gwybod lle i afael ynddo, achos doedd dim siâp cyfarwydd i'r dillad. Estynnodd ei dwy law atom a gafaelodd Dad a finna yn un bob un a'i thynnu i fyny'n ofalus. Daeth chwa o ogla pi-pi cath i'n ffroenau, wnaeth i ni'n dau droi ein pennau oddi wrthi ar yr un pryd yn union. Wrth drio sefyll, rhoddodd floedd uchel arall a baglodd yn ôl at y stand lefrith.

'Dwi wedi torri fy ffair!' gwaeddodd.

Ar ôl i ni ei rhoi i eistedd yn sêt flaen y landrofer a'i helpu i dynnu ei welinton chwith daeth yn amlwg fod Mrs Tremayne wedi bod yn trio deud ei bod wedi torri ei ffêr, gan fod honno wedi chwyddo fel pêl. Mi ddeudodd Dad y bysa fo'n mynd â hi i'r ysbyty cyn gynted ag y gallai o, ond ei bod hi braidd yn anodd ar hyn o bryd gan ei fod mor brysur. Es i nôl diod o ddŵr iddi o'r tŷ, ac achub ei harwydd o'r gwrych y tu ôl i'r stand lefrith. Mi driodd hi barhau â'i phrotest, ond, er mawr ryddhad i Dad, doedd hynny ddim hanner mor effeithiol o'r tu mewn i'r landrofer efo'r ffenestri wedi cau.

Erbyn i Brendan gyrraedd yn ei lorri am hanner awr wedi wyth, roedd haul y bore'n cael ei adlewyrchu oddi ar y fyddin enfawr o geir oedd wedi ymgynnull yn Cae Mawr. Roedd y Josgin wedi cael tipyn o ffwdan wrth y giât, yn enwedig pan fethodd o nabod y gŵr gwadd, Ernest Lloyd, a'i ferch, a mynnu eu bod nhw'n parcio yn y cae a cherdded. Roedd yn rhaid i ferch Mr Lloyd ddangos y gadair olwyn a'r tanc ocsigen iddo i'w berswadio i adael iddyn nhw yrru yn eu blaenau. Trodd y llif o bobol oedd yn cerdded i lawr y lôn yn afon fawr. Roedd hyd yn oed gwên enwog Brendan wedi diflannu wrth iddo wylio'r dorf yn cyrraedd.

'Holy Mary Mother of God, I've never seen anything like this in all my life,' medda fo wrth godi ei law at ei geg mewn syndod. Doedd gan Dad ddim amser i werthfawrogi'r olygfa anhygoel gan ei fod yn rhuthro o gwmpas yn trio dod o hyd i ffotograffydd y *Daily Post* ac Ernest Lloyd o Langefni, er mwyn iddyn nhw gael agor y sw yn swyddogol. Doedd ganddo ddim amser chwaith i ateb holl gwestiynau pawb wrth iddo wasgu ei ffordd drwy'r dorf. 'Faint o'r gloch ma'r lle 'ma'n agor gen ti, Dic?' 'Oes 'na banad i gael?' 'Mae 'na ddisgownt i bensiwnîars, gobeithio?'

Erbyn naw o'r gloch roedd pobol yn cael eu gwthio yn erbyn carafán Brendan, oedd yn atal llwybr yr ymwelwyr i'r iard stablau a'r rhyfeddodau oedd yn disgwyl amdanyn nhw yno. Safai'r Gwyddel yn nrws y garafán yn sicrhau pawb na fysan nhw'n gorfod disgwyl fawr hirach. Cariodd Dad danc ocsigen Ernest Lloyd wrth i'r ddau ddringo grisiau llechi'r llofft stablau. Gwelais wyneb Dad yn mynd mor welw ag un Ernest ar ôl iddo fo gyrraedd y landing a gweld maint y dorf o'i flaen. Daeth tawelwch llethol dros yr iard – heblaw am sŵn Mrs Tremayne oedd yn dal i hefru o'r landrofer a chamera dyn y *Daily Post* oedd yn clicio fel siswrn siop barbar ar ddiwrnod sêl.

'Wel, ym, ia, ym ...' Llyncodd Dad ei boer prin. Gafaelodd yn y rêl o'i flaen er mwyn setlo'i hun. 'Diolch yn fawr iawn i chi i gyd am ddŵad yma. Mae hi'n ddiwrnod mawr iawn i ni yma ym Mhen Parc heddiw, ac mae hi hefyd yn ddiwrnod mawr i sir Fôn.' Dechreuodd godi stêm. Nid Dad oedd hwn yn pregethu o dop grisiau'r llofft stablau, doedd bosib? Roedd o'n edrych fel Dad, ond doeddwn i rioed wedi'i glywed o'n siarad fel hyn o'r blaen. Edrychodd y Josgin a finna ar ein gilydd mewn syndod wrth wylio'n tad yn annerch y dorf.

'Ma' hi'n fraint ac yn anrhydedd i mi gael cyflwyno rhywun i chi rŵan, dyn sy'n gyfarwydd iawn i ni i gyd yma ar yr ynys, a rhywun, dwi'n siŵr y gwnewch chi gytuno efo fi, rydan ni'n falch iawn ei fod o'n dal efo ni.' Clywyd mymryn o chwerthin yn llifo drwy'r dorf. 'Ym ... hynny ydi, yn falch iawn ei fod o yma efo ni heddiw, dwi'n feddwl. A ga i ddymuno pob hwyl i chi yn Ysbyty Papworth, a gobeithio na fydd yn rhaid i chi aros yn rhy hir, yndê. Felly, i agor y sw yn swyddogol, rhowch groeso i Mr Ernest Lloyd o Langefni.'

Cymeradwyodd y dorf a chamodd Mr Lloyd yn ei flaen yn sigledig. Yn anffodus, roedd y cyfuniad o'r ymdrech i ddringo'r grisiau a'r diffyg meicroffon yn golygu na chlywodd neb air ddeudodd Ernest Lloyd druan, ac roedd yn rhaid dibynnu ar Dad yn dechra clapio i ddynodi bod atyniad teuluol mwyaf sir Fôn, a'r unig sw yr ochor yma i Fae Colwyn, bellach ar agor. Rhuthrodd y dorf yn ei blaen gan siglo'r garafán.

'Hold your horses, folks, there's plenty of room for everyone!' gwaeddodd Brendan. Fflachiodd ei wên lachar wrth gymryd papurau punt ac ambell ffeifar gan bawb oedd yn gwasgu rhwng y garafán a giât y sw. Roedd y diwrnod agoriadol yn llwyddiant rhyfeddol, efo pobol a phres yn llifo i mewn yn ddi-baid tan o leia amser cinio. Roedd teuluoedd cyfan wedi dod i'r sw – neiniau a theidiau, babis mewn pramiau a nifer o wynebau cyfarwydd o'r ysgol hyd yn oed. 'Su'mai, Tudur' a 'Iawn, Tud?' meddan nhw wrth godi bawd, er nad o'n i'n nabod y rhan fwya ohonyn nhw, ac yn sicr ddim wedi cael fy ngalw'n 'Tud' ganddyn nhw o'r blaen.

Roedd hyn yn dda. Roedd hyn yn well na da – roedd hyn yn anhygoel. Crwydrais o gwmpas y sw yn ysgwyd llaw a sgwrsio efo pobol fel oedolyn. Mi welais Dad yn edrych arna i o'r giât, ac am eiliad fedrwn i ddim darllen ei wyneb, ond mi wenodd arna i, a rhoi winc wybodus cyn troi i siarad efo Brendan yn nrws y garafán. Ro'n i'n teimlo fel rhedeg a gweiddi mewn hapusrwydd, ond wnes i ddim, achos ro'n i'n oedolyn rŵan, felly mi ysgydwais fwy o ddwylo a sgwrsio efo mwy o bobol a gwên ar fy wyneb, yn grediniol na allai'r diwrnod fod yn fwy perffaith. Ond roedd petha ar fin gwella eto, am ychydig beth bynnag. Wedyn mi fydda petha'n gwaethygu'n gyflym iawn.

Ro'n i'n sgwrsio efo teulu o Gaergybi ac yn esbonio fod y mara, er ei fod yn eitha tebyg i'r walabi, yn perthyn yn agosach i deulu'r llygoden fawr, pan ddaeth y Josgin ata i a deud bod rhywun isio fy ngweld wrth y giât. Edrychais draw a gweld Siân yr Odyn yn sefyll yr ochor arall i'r giât, yn gwylio'r dorf chwilfrydig oedd wedi ymgynnull o flaen cawell Cyril a Joyce. Roedd golwg boenus iawn ar Siân, felly mi redais draw ati, i dawelu ei meddwl.

'Haia, Siân! Paid â phoeni, dydyn nhw'm yn brifo'i gilydd. Wel, dwi'm yn meddwl 'u bod nhw ... dwi'm yn gwbod yn iawn, ond maen nhw'n gneud hynna drwy'r dydd,' eglurais. Trodd Siân i edrych arna i'n flin.

'Be?' medda hi'n bigog.

'Y mwncis. Dwi'n meddwl 'u bod nhw 'di ecseitio wrth weld yr holl bobol 'ma. Mae pawb yn meddwl 'u bod nhw'n ffyni. Ma'r plant wrth eu boddau, ond dwi'm yn meddwl 'u bod nhw'n dallt ...'

'Ffyni?' gofynnodd, fel tasa hi erioed wedi clywed y gair o'r blaen. 'Ti'n meddwl bod hyn yn ffyni, Tudur?' poerodd. Fedrwn i ddim dallt pam ei bod hi mor flin.

'Be am gau hen ddynas sydd wedi torri'i choes mewn landrofer am oria? Ti'n meddwl bod hynny'n *ffyni* hefyd?' Teimlais y gwrid yn ffrwydro dros fy wyneb fel cawod o genllysg.

'Mrs Tremayne! Nes i'm cofio!'

Mae'n debyg fod chwilfrydedd Siân wedi cael y gora arni pan welodd Cae Mawr yn llawn ceir, ac roedd hi wedi cerdded draw o'r Odyn. Ond cyn iddi weld y dorf nac unrhyw greadur yn y sw, roedd hi wedi sylwi ar Mrs Tremayne yn udo yn sêt pasenjyr y landrofer. Roedd pawb wedi llwyr anghofio amdani. Roedd hi wedi bod yn eistedd yno am bron i chwe awr, ac erbyn i Siân ddod o hyd iddi roedd y greaduras wedi dechra ffwndro.

Mentrodd Dad esgus tila wrth ddal drws pasenjyr y landrofer ar agor. 'Ro'n i am fynd â hi adra, ond mi aeth petha'n wyllt yma braidd,' medda fo cyn troi ata i am gefnogaeth. 'Yndê, Tudur?'

'Ym, ia, sori, Mrs Tremayne, nathon ni anghofio ...' medda fi'n obeithiol.

Chymerodd Siân ddim sylw o'n hymddiheuriadau wrth iddi fwydo darnau o ffrwyth a dal gwydraid o ddŵr i Mrs Tremayne. Roedd honno'n gwneud synau bach fel anifail ac yn stwffio'r bwyd yn grynedig i'w cheg. Meddyliais pa mor debyg oedd ei dwylo i rai Joyce wrth i'w bysedd main gau am y darnau ffrwyth. Er 'mod i'n gwybod na chawn i faddeuant ganddi, mi ymddiheurais eto.

'Dwi mor sori, Mrs Tremayne, neith o'm digwydd eto.' Clywais y Josgin yn chwerthin. Roedd o'n sefyll yr ochor arall, wrth ddrws y dreifar, yn gwylio'r cwbwl drwy'r ffenest.

'How dare you, boy!' gwaeddodd Mrs Tremayne arno, a diflannu i lawr o'r golwg. Trodd ata i a'i llygaid yn glwyfus o goch. 'And you. How could you? You left me here to die,' medda hi'n llipa. Chwarddodd y Josgin yn uwch o'i guddfan tu ôl i ddrws y dreifar.

'Taw, Dewi,' gwaeddodd Dad arno, ond roedd hi'n rhy hwyr. Roedd Siân wedi gweld a chlywed digon.

'Rhag eich cywilydd chi i gyd. Fedrwch chi ddim gweld bod y ddynas druan mewn poen? Mae hi angen mynd i'r ysbyty, rŵan. Mi a' i â chi Mrs Tremayne. Ydi'r goriad yn hwn?'

'Yndi,' medda Dad. 'Ia, syniad da, 'ngenath i, dos di â hi i gael tshecio'r goes 'na,' ychwanegodd wrth gerdded rownd at ddrws y dreifar.

'Ond, Dad, 'dan ni isio mynd i nôl bwyd i'r ...'

'Taw, Dewi!' gwaeddodd Dad wrth agor y drws er mwyn i Siân ddringo i mewn i'r cerbyd. 'Mae 'na ddigon o ddisyl ... gei di ddŵad â fo'n ôl wedyn, yli.' Caeodd y drws.

Safodd y tri ohonon ni ar yr iard yn gwylio Siân a Mrs Tremayne yn gadael yn y landrofer. Ddaru Siân ddim sylwi ei bod wedi gyrru dros ffon gerdded a baner brotest Mrs Tremayne, ac mi blygais i lawr i'w codi.

'I thought the silly old bat would never leave,' medda Brendan wrth gamu allan o'r garafán.

Chwarddodd y Josgin eto, a'r tro yma mi chwarddodd Dad hefyd. Ymunodd y ddau efo Brendan i longyfarch ei gilydd ar ddiwrnod agoriadol oedd, mae'n deg deud, y tu hwnt i unrhyw ddisgwyliad. Wnes i ddim chwerthin. Mi sefais ar waelod ein lôn, yn gafael mewn arwydd oedd bellach ddim ond yn deud **'Stop'**, yn dal i wylio Siân yr Odyn a Mrs Tremayne yn gadael Pen Parc. Wyddwn i ddim ar y pryd na faswn i'n gweld Siân eto am dros chwarter canrif. Yn anffodus, ro'n i'n mynd i weld Mrs Tremayne yn llawer cynt na hynny.

Gadawodd yr ymwelwyr olaf tua hanner awr wedi pump, a heblaw un criw o hogia o'r pentre ddaeth i mewn i'r iard mewn Ford Escort a gwneud handbrec tyrn cyn gadael, roedd Pen Parc yn ffarm ddiarffordd unwaith yn rhagor, ffarm oedd yn digwydd bod yn gartref i'r casgliad mwya anhygoel o anifeiliaid a welwyd yn y rhan yma o Gymru erioed. Wedi i Brendan adael yn ei lorri, llwyddodd Dad i wneud rhyw fath o swpar i'r tri ohonon ni gan ddefnyddio'r unig duniau oedd ar ôl yn y cwpwrdd. Wrth i ni fwyta ein sardîns, ein cidni bîns a'n segments tanjarîn, gwnaeth Dad gyhoeddiad.

'Mi fydd yn rhaid i ni nôl y landrofer cyn y bora, hogia, 'dan ni angen llwyth arall o ffrwytha o Gaergybi, a 'sa'n well i ninna gael bwyd i'r tŷ 'ma hefyd.' Wedi iddo lyncu ei ddarn ola o danjarîn, cododd Dad ar ei draed. 'Diwrnod da, yndê?' medda fo, efo gwên ffug.

Edrychais draw at y Josgin i weld be oedd ei ymateb o cyn i mi gytuno. Roedd hwnnw a'i ben i lawr yn gwthio sardîn o gwmpas pwll o sudd tanjarîns yn ei bowlen.

'Oedd, Dad, diwrnod da. Faint dach chi'n meddwl oedd yma?' gofynnais yn frwdfrydig.

'Wel, roedd Brendan yn deud bod 'na ddau gant wedi talu, ond faswn i'n taeru bod yma fwy na hynny,' atebodd Dad.

'Pum cant a deg,' medda'r Josgin wrth wthio'i bowlen i ganol y bwrdd. 'Pum cant ac un ar ddeg os dach chi'n cyfri'r hulpan wirion 'na. Mi wnes i 'u cyfri nhw i gyd,' ychwanegodd heb godi ei ben.

'Ia wel, ga i air efo Brendan fory,' medda Dad wrth fynd. Cyn cyrraedd y drws, trodd i edrych ar ei feibion. 'Mi ddeith hi'n haws, wyddoch chi, bois. Mi gawn ni drefn ar betha mewn dim, gewch chi weld,' medda fo cyn cerdded yn flinedig am y parlwr.

Roedd ein landrofer yn eistedd ar ganol iard yr Odyn pan gyrhaeddodd y Josgin a finna yno ar ôl swpar. Doedd dim angen stand lefrith ar y Josgin i stopio'r Suzuki a rhoddodd ei goes i lawr yn feistrolgar i ddal pwysau'r beic. Doedd neb i'w weld o gwmpas ar yr iard a ddaeth neb i'r drws chwaith. Drwy lwc, roedd y goriad yn y landrofer, felly doedd dim rhaid i mi siarad efo neb. Ond wrth i'r Josgin a'r Suzuki swnllyd deithio am adra, clywais lais Eddie'n gweiddi yn y sied fawr.

'Dos i mewn i fanna'r bastyn diawl!'

Cerddais tuag at y sied a gweld Eddie yn trio cael bustach du i mewn i'r crysh gwartheg, heb fawr o lwyddiant. Fel rheol mae angen dau i wneud y job honno – un i ddenu a gwthio'r anifail i mewn i'r ffrâm haearn a'r llall yn y pen blaen yn barod i gloi pen y bwystfil yn ei le drwy dynnu lifer mawr ar y foment dyngedfennol. Roedd hi'n amlwg fod y bustach du wedi penderfynu nad oedd o am fynd i mewn i'r crysh ac roedd Eddie'n hercian ar ei ôl mewn cylch rownd y sied.

'Ty'd i roi help i mi, Tudur, ma' hwn yn un pengalad ar f'enaid i,' galwodd Eddie, oedd yn amlwg allan o wynt. Cerddais draw at flaen y crysh ac agor y drws yn dawel. Tawelodd y bustach wrth iddo sylwi ar yr agoriad newydd, a cherddodd yn bwyllog tuag at y trap. Un cam ar y tro, a chydag ambell ochenaid ffyrnig, mentrodd y bwystfil nerfus yn ei flaen. Daeth Eddie yn araf y tu ôl iddo ac wrth i'r bustach benderfynu rhuthro yn ei flaen am ryddid, gwthiais y drws yn glep yn ei wyneb, a thynnu ar y lifer mawr. Saethodd dau hanner y goler fawr haearn un bob ochor i wddw'r bustach a'i gofleidio'n dynn. Tra o'n i'n caethiwo pen y creadur, roedd Eddie wedi rhuthro i wasgu bar haearn yn erbyn ei ben-ôl i sicrhau ei fod yn hollol sownd. Brefodd a chiciodd y bustach yn wyllt am ychydig cyn sylwi ei fod wedi'i goncro, ac ymlonyddu.

'Da iawn rŵan, Tudur. Mi wnei di ffarmwr, beth bynnag ma'r Dic Pen Parc 'na'n ddeud. Estyn un o'r tags clust 'na i mi.' Teimlais y gwrid yn ymledu wrth i mi sylweddoli bod Dad, mwy na thebyg, wedi bod yn siarad am fy sgiliau gwneud *fairy cakes*. Ond efo holl sensitifrwydd amaethwr, ddaru Eddie ddim sylwi.

'Dwi 'di dŵad i nôl y landrofer. Aeth Siân â Mrs Tremayne ynddo fo bora 'ma,' eglurais wrth roi'r tag plastig melyn i Eddie.

'Doedd 'na'm tempar rhy dda ar 'nacw gynna. Be oeddat ti 'di neud i'r hen ddynas 'na, dŵad?' gofynnodd Eddie cyn rhoi ei dafod allan er mwyn canolbwyntio ar osod y tag yng nghlust y bustach.

'Nes i'm byd iddi,' protestiais. 'Roedd hi'n sefyll ar ben y stand lefrith yn gweiddi rhyw betha am y sw, wedyn dyma hi'n disgyn.'

Wrth i Eddie wasgu'r efail dagio, mi ffrwydrodd y bustach yn y crysh gan ei ysgwyd yn wyllt.

'Gad iddo fo fynd rŵan!' gwaeddodd Eddie dros y sŵn. Agorais y drws a gwthio ar y lifer. Baglodd y bwystfil allan o'r carchar haearn a mynd i sefyll yn styfnig yng nghanol y sied fawr ac edrych yn flin ar Eddie a finna.

'Y sw, ia,' medda Eddie gan ysgwyd ei ben. 'Uffar o foi 'di Dic Pen Parc. W'st ti be, mae dy dad 'di bod yn tynnu pobol i'w ben ers i mi ei nabod o, a dwi'm yn ama'i fod o wrth ei fodd yn gwneud hynny.' Cerddais efo Eddie o'r sied at y landrofer wrth wrando arno'n siarad am fy nhad. 'Glywist ti ei hanes o efo wyau'r person rioed?' gofynnodd Eddie. Ysgydwais fy mhen, ac mi chwarddodd Eddie wrth ddechra deud y stori.

'Doedd o'm mwy na rhyw ddeg oed, ma' raid, achos roedd o'n dal yn 'rysgol bach, a finna wedi mynd i'r Cownti Sgŵl yn Llangefni. Roedd dy dad yn gwerthu wyau rownd y pentra; dwi'n 'i gofio fo'n mynd ar ei feic a basgiad fawr ar y cefn. Roedd o'n 'u gwerthu nhw'n rhatach na'r siop, felly mi oedd o 'di tynnu'r rheini i'w ben yn barod, ond mi lwyddodd Dic Pen Parc i ypsetio rhywun llawer pwysicach. Mi oedd gwraig y person, Mrs Lovatt, wedi gofyn iddo fo ddanfon wyau iddi, felly mi aeth ar ei feic i fyny at y Rectori.' Dechreuodd Eddie chwerthin wrth feddwl am weddill y stori, ac ymhen dim roedd o'n sychu dagrau o'i lygaid a finna'n cael trafferth dallt pob gair wrth iddo golli rheolaeth arno'i hun.

'Doedd 'na'm ateb yn y tŷ, felly mi adawodd Dic hanner dwsin o wyau yn y cwt glo a sgwennu neges ar lechan, a'i gadael ar stepan y drws. Wel, doedd Dic druan ddim yn medru sgwennu yn Saesneg yn dda iawn, a doedd Mrs Lovatt y person yn siarad affliw o ddim Cymraeg, felly ddaru hi'm dallt y neges ar y llechan.'

Roeddan ni wedi cyrraedd y landrofer erbyn hyn, ac mi ddechreuodd Eddie sgwennu efo'i fys ar ochor y drws mwdlyd. 'Sbia, dyma be sgwennodd dy dad,' medda Eddie cyn rhoi ei dafod allan i sgwennu. Chwarddodd eto wrth i'r ddau ohonon ni ddarllen y neges ar ochor y landrofer gwyrdd: 'SICS ECS UN CWT GLO'. Mi gymerodd eiliad i mi ddadansoddi be oedd o'n ddeud, ond wedyn chwerthin wnes inna, wrth sylweddoli mai ymgais ar Saesneg oedd nodyn fy nhad.

'Doedd gan Mrs Lovatt y person ddim clem be oedd o'n feddwl, felly chym'rodd hi ddim sylw o'r nodyn na'r llechan,' medda Eddie.

'A chafodd hi mo'r wyau yn y diwedd?' gofynnais.

'Mi ffeindiodd y person nhw yn y cwt glo ryw wsnos wedyn, ond doedd y wyau'n da i ddim i neb erbyn hynny, felly chafodd Dic druan ddim ceiniog ...' eglurodd Eddie cyn i'w eiriau fynd ar goll yng nghanol ei chwerthin. ' ... O mam bach.' Tawelodd Eddie a pharhau efo'i stori. 'Wyddost ti be nath o wedyn?' gofynnodd. Ysgydwais fy mhen unwaith eto. 'Mi aeth o ar gefn ei feic i'r eglwys y dydd Sul wedyn ac eistedd yn y ffrynt. Doedd neb yn medru dallt pam fod Dic Pen Parc yn yr eglwys, achos pobol capal fawr oedd dy daid a dy nain, ti'n gweld. Ta waeth, mi ddaeth amser y casgliad, a phan ddaeth y plât at Dic Pen Parc ...' dechreuodd Eddie chwerthin eto ond mi lwyddodd rywsut i gael y diweddglo allan ' ... mi gyfrodd chwe cheiniog, eu codi nhw odd' ar y plât a'u stwffio nhw i mewn i'w bocad, a deud mewn llais mawr 'i fod o'n cymryd am yr wyau! Mi oedd 'na uffar o le, dwi'n cofio.'

Sychodd Eddie fwy o ddagrau o'i lygaid wrth iddo siglo'n ôl ac ymlaen, yn meddwl am yr hanes. Wn i ddim faint o wirionedd oedd i'r stori, a doeddwn i'n sicr ddim wedi'i chlywed hi o'r blaen, ond ro'n i wrth fy modd yn gwrando ar Eddie yn siarad am anturiaethau Dad. Ro'n i wedi gobeithio y bysa Siân wedi dod allan o'r tŷ a gweld

Eddie a finna'n cael hwyl – ella bysa hi'n anghofio wedyn am ddigwyddiadau'r diwrnod. Ond mae'n debyg ei bod hi a'i mam wedi mynd â Mrs Tremayne i'r adran ddamweiniau yn ysbyty'r C&A ym Mangor.

'Mi wyt ti 'run ffunud â dy dad, cofia,' medda Eddie wrth fy ngwylio'n dringo i mewn i sêt dreifar y landrofer. 'Ond doedd o ddim mor lwcus â chdi, ti'n gweld.'

'Lwcus?' gofynnais.

'Ma' gin ti dy frawd mawr, 'toes. Doedd gan dy daid neb arall i helpu, felly roedd raid i Dic druan aros adra, doedd. Doedd o'm mymryn o isio ffarmio, siŵr dduw,' medda Eddie cyn taro'r to efo'i law a ffarwelio.

Wrth yrru am adra yn y landrofer y pnawn hwnnw mi ddychmygais Dad yn gweithio fel athro, neu bostman hyd yn oed, a phenderfynais fod Eddie'r Odyn yn siarad trwy'i din.

Erbyn i mi gyrraedd giât Pen Parc roedd yr haul yn isel dros y môr ac yn mynnu sylw'r tir efo'i sioe euraid diwedd dydd. Cerddais heibio i garafán Brendan ac i mewn i'r sw. Roedd synau fel cerddorfa'n tiwnio cyn cyngerdd yn dod o'r cewyll, ond er gwaetha'r sŵn, doedd fawr ddim i'w weld gan fod y rhan fwya o'r creaduriaid yn y cysgodion yn clwydo. Doedd dim golwg o Cyril a Joyce hyd yn oed, a theimlais ryw ryddhad ar ran Joyce am eiliad. Wrth i mi droi yn ôl am y giât, teimlais gryndod cyfarwydd yng ngwaelod fy mol. Roedd Troy y llew yn sefyll yng ngheg ei gonteinyr yn rhuo'n isel. Roedd y machlud wedi tanio'i gôt aur ac roedd ei lygaid yn sgleinio wrth iddo wynebu'r haul. Cododd ei drwyn i anadlu awyr lonydd y pnawn cyn troi ei ben mawr yn araf i edrych arna i. Syllodd arna i efo'i lygaid doeth, ac am eiliad cefais ei sylw i gyd. Roedd y llew yn gwybod. Wn i ddim *be* oedd o'n wybod, ond ro'n i wedi gweld yn ei lygaid ei fod o'n gwybod rwbath na wyddwn i mohono. Trodd i ffwrdd yn ddirmygus a cherdded yn ddiog am ben draw ei gwt haearn. Dros y dyddiau a'r wythnosau canlynol, mi fyddai holl anifeiliaid y sw yn dod i edrych arna i yn yr un ffordd – rhyw edrychiad cyhuddgar, anesmwyth fyddai'n gwneud i mi drio osgoi eu llygaid.

Erbyn diwedd gwyliau'r Pasg roeddan ni wedi llithro i ryw drefn ddyddiol. Mi fyddai Dad a'r Josgin yn mynd i Gaergybi bob bore i nôl ffrwythau a llysiau oedd ar fin pydru, yn ogystal â llond sach o gywion oedd wedi cael digon ar fyw ar ffarm Chuckie Chickens. Mi fyddai Brendan yn cyrraedd i groesawu'r llif parhaus o ymwelwyr oedd yn dal i grwydro a rhyfeddu ac mi fyddwn inna'n gwneud pob dim arall: bwydo, dyfrio, carthu, codi sbwriel ac yn amlach na pheidio tynnu lluniau o deuluoedd a chyplau o flaen cawell Troy.

Un diwrnod roedd yn rhaid i mi fynd i nôl bag plastig oedd wedi chwythu i mewn i gartref y porciwpein. Doedd hon ddim yn dasg hawdd achos dydi porciwpeins ddim yn greaduriaid hapus hyd yn oed pan nad oes dim o'i le. Ond pan fydd 'na fag plastig wedi bachu ar un o'u saethau pigog nhw ac yn eu dilyn yn swnllyd i bob man, mae hynny'n eu rhoi nhw mewn tempar ddrwg ofnadwy. Mi lwyddais i adfer y sefyllfa drwy ddefnyddio tomen o domatos fel abwyd, a pholyn bambŵ. Mi ges i gymeradwyaeth, hyd yn oed, gan y dorf fechan oedd wedi ymgasglu i wylio'r weithred.

Roeddan ni wedi datblygu rwtîn yn rhyfeddol o sydyn ar ôl i'r sw agor i'r cyhoedd. Roedd o'n teimlo fel tasan ni wedi bod yn wedi gwneud hyn ers blynyddoedd – pawb yn gwybod be oedd i'w wneud a phwy oedd i fod i'w wneud o. Oni bai am ambell argyfwng, fel y porciwpein yn mynd yn sownd mewn twnnel roedd o wedi'i dyllu iddo'i hun, roedd pob dim yn gweithio fel watsh.

Daeth diwedd gwyliau'r Pasg, ac roedd yn amser dychwelyd i'r ysgol ar gyfer tymor yr haf. Er i'r Josgin a finna brotestio nad oedd pwrpas bellach i ni ailafael yn ein gyrfaoedd academig, ac er fy mod yn ffyddiog fod Dad yn cytuno, doedd dim osgoi'r anochel. Bu un digwyddiad hapus ar ddiwedd y gwyliau – daeth Mam adra, am awr. Mae'n amlwg ei bod wedi galw heibio ryw dro yn ystod y gwyliau, ond ein bod ni wedi bod yn rhy brysur i sylwi, achos mi ddaeth adra efo llond bag o ddillad ysgol glân, gan gynnwys pâr o sgidia newydd bob un i mi a'r Josgin.

Roedd siop chips y pentre ar gau ar nos Sul, felly pan gyrhaeddodd Mam roeddan ni'n bwyta'r unig bryd roedd Dad yn medru ei baratoi ar ei liwt ei hun, sef bîns ar dost. Doedd yr un ohonon ni'n gwybod yn iawn be i'w wneud pan gerddodd hi drwy'r drws, ac yn reddfol mi godon ni ar ein traed.

'Rargian, pwy dach chi'n feddwl ydw i, y Cwîn?' medda Mam wrth gerdded draw at yr Aga efo'r bwriad o roi'r dillad ar y silff sychu uwchben. Ond ar ôl gweld y llanast oedd o gwmpas yr Aga mi benderfynodd roi'r bag ar lawr. Roedd y tri ohonon ni'n disgwyl i un o'r lleill ddeud rwbath gynta, a'r canlyniad oedd ein bod ni'n sefyll yno yn sbio ar ein gilydd heb ddeud dim. Ro'n i'n gwybod nad oedd pwrpas sôn am y sw, ac yn sicr fysa hi ddim yn falch o glywed am helynt Mrs Tremayne, felly mi ddeudis i'r unig beth arall fedrwn i feddwl amdano fysa o ddiddordeb iddi.

'Dwi'n meddwl 'mod i'n cael blew o dan 'y ngheseilia, Mam!' cyhoeddais efo gwên lydan. Edrychodd Mam arna i'n syn am eiliad cyn dechra chwerthin. O fewn dim roedd hi yn ei dyblau, yn chwerthin yn uchel wrth afael yn rêl yr Aga efo un llaw, ac yn ei bol efo'r llaw arall.

'O, Tudur bach,' medda Mam, yn ymladd am ei gwynt, 'mi wyt ti'n donic weithia.'

Erbyn hyn roedd Dad wedi ymuno yn y chwerthin ond mi lwyddodd y Josgin i darfu ar yr hwyl efo'i gwestiwn trwsgl.

'Dach chi'n aros, Mam?'

'Reit, dach chi 'di gorffan eich swpar? Cliriwch y bwrdd
'ma, hogia, er mwyn i mi gael sortio'r dillad ysgol 'ma i chi,'
medda Mam gan osgoi'r cwestiwn. Synhwyrodd ein bod
ni'n disgwyl am ateb ac ychwanegodd, 'Mae 'na ddigon o
dronsys glân a ballu, felly mi ddylian nhw wneud am
wythnos i chi.'

'Mae'r hogia 'ma wedi gweithio'n dda 'rwsnos yma,
Morfudd,' mentrodd Dad. Gwenodd Mam arno'n boléit
wrth osod ein dillad ar y bwrdd.

'Dach chi isio panad, Mam?' gofynnais yn obeithiol.

'Fysa panad yn fendigedig, Tudur bach.'

Y nos Sul honno, ar ôl i Mam adael am yr eildro, mi oedd ein
byd ni ben ucha'n isa. Mi glywais y Josgin yn crio yn ei wely'r
noson honno, er na fysa fo byth wedi cyfadda, a dwi'n siŵr i
mi glywed oglau mwg sigaréts yn dod o'r ardd, er na fysa
Dad byth yn cyfadda i hynny chwaith.

Cadarnhaodd y diwrnod cynta yn ôl yn yr ysgol
drannoeth fod petha wirioneddol wedi newid. Roedd pobol
nad o'n i erioed wedi'u cyfarfod o'r blaen yn fy nghyfarch efo
'Iawn, Tud?' ac ar ôl i mi gerdded heibio, ro'n i'n clywed
petha fel 'Hwnna di'r boi efo llew' ac 'O'n i'n meddwl mai
hogan oedd o ers talwm'. Wrth i mi gerdded i'r bloc
gwyddoniaeth rhwng gwersi, mi ddois wyneb yn wyneb â
Stuart McVicar a Mandy Lloyd yn cerdded law yn llaw.
Doedd dim ffordd o osgoi'r ddau, ac ro'n i'n gwybod y bysa
unrhyw ymgais i gyfarch un ai Mandy neu fynta yn
debygol o gael ei gamddehongli, efo canlyniad yr un mor
erchyll â'r diwrnod hwnnw yn y ffreutur. Felly rhoddais fy
mhen i lawr a'u hanwybyddu nhw'n llwyr ... yn
aflwyddiannus.

'He's the one I was telling you about, Stuart!' clywais
Mandy Lloyd yn sibrwd. O wel, o leia doedd 'na ddim
cynulleidfa i 'ngweld i'n hedfan drwy'r awyr y tro yma.

'Oi!' medda McVicar. 'Are you the kid with the zoo?'
Doedd dim pwynt gwadu – roedd pawb yn yr ysgol yn
gwybod fy hanes bellach.

'Yes,' cyfaddefais yn syth.

'Can you get us a couple of tickets, mate?' gofynnodd
McVicar.

'Yes,' medda fi eto. Fedrwn i ddim meddwl am fwy o
eiriau ar y pryd. Wedyn mi siaradodd Mandy Lloyd efo fi am
yr eildro erioed.

'O diolch, Tudur. Mae pawb yn sôn am y sw. Ydi o'n wir
bod gynnoch chi fwncis?' Doeddwn i ddim isio deud 'yes'
eto, felly gwenais, a nodio arni.

'Bring them to school tomorrow,' gorchmynnodd
McVicar.

Ro'n i ar fin esbonio y bydda'n amhosib dod â Cyril a
Joyce i'r ysgol – am nifer o resymau, ond yn bennaf achos eu
bod nhw'n llawer iawn rhy brysur, cyn i mi sylweddoli mewn
pryd ei fod o'n siarad am y tocynnau.

'Oh! Yes,' medda fi am y tro ola cyn i'r ddau gerdded i
ffwrdd yn fodlon.

Roedd Mandy Lloyd yn gwybod fy enw, ac mi wnaeth
Stuart McVicar fy ngalw i'n 'mate'. Erbyn diwedd y pnawn
roedd gen i restr o ffrindia newydd oedd isio tocynnau i fynd
i'r sw, ac mi fues i tan wedi hanner nos yn torri wad o
bapurau bach hirsgwar efo siswrn igam-ogam o focs gwnïo
Mam, ac yn sgwennu arnyn nhw efo beiro goch:

Sw Ynys Môn – Mynediad × 1

Er nad oedd y sw ddim hanner mor brysur yn ystod tymor yr
ysgol, roedd Brendan a Dad i'w gweld yn fodlon iawn efo'r
niferoedd, yn enwedig ar benwythnosau. Bob dydd Sadwrn
a dydd Sul mi fyddai'r Josgin yn mynd i sefyll yn giât y lôn er
mwyn cyfeirio pobol i barcio yn Cae Mawr ac, yn ddi-ffael,

erbyn amser cinio mi fyddai'r cae yn llawn dop. Roedd y sw yn fwrlwm o bobol drwy'r dydd, a'r rheini'n rhyfeddu at y casgliad o greaduriaid oedd wedi cyrraedd sir Fôn o bob rhan o'r byd. Wrth reswm, roedd rhai anifeiliaid yn cael mwy o sylw nag eraill, yn gymaint felly fel 'mod i wedi creu siart deg uchaf y creaduriaid mwyaf poblogaidd a'i roi ar y wal yn y gegin. Er mwyn creu'r rhestr yma ro'n i wedi ystyried sawl elfen bwysig: y nifer o bobol oedd yn ymgynnull o flaen eu cewyll, sawl llun oedd yn cael ei dynnu o'r anifail dan sylw, ac, yn ola, faint o weithia roedd yn rhaid rhybuddio pobol i beidio taflu bwyd atyn nhw. Dyma sut roedd petha'n sefyll erbyn dechra mis Mai:

10. Y moch bach hyll o Vietnam (*sus scrofa scrofa domesticus*)
9. Y maras o Batagonia (*dolichotis*)
8. Y walabis (*petrogale*) – er bod pawb yn meddwl mai cangarŵs oeddan nhw
7. Y kinkajou neu'r honey bear (*potos flavus*)
6. Y porciwpein (*hystrix africaeaustralis*)
5. Joey, y dylluan eryraidd Ewropeaidd (*bubo bubo*)
4. Y Gladstones, neu'r black-and-white ruffed lemur (*varecia varigeata varigeata*)
3. Y teulu mawr o meerkats (*suricata suricatta*)
2. Troy y llew (*panthera leo*) – oedd yn hoff iawn o Toffee Bon-bons erbyn dallt.

Yn hawlio safle rhif un, efo'r dorf fwya o bell ffordd, roedd Cyril a Joyce y mwncïod heglog a'u sioe syfrdanol.

'Ma' raid i ti stopio rhoi ticedi i dy ffrindia yn 'rysgol 'na, Tudur,' medda Dad wrth i ni deithio i Gaergybi un pnawn.

'Iawn,' atebais, ond wedyn mi ddechreuais feddwl am y peth. 'Pam?'

'Achos bod Brendan 'di gofyn i mi ddeud,' atebodd Dad.

'Ia, ond pam?' gofynnodd y Josgin, er mawr syndod i mi.

'Ein sw ni ydi o yndê?' ychwanegodd, gan edrych yn heriol ar Dad am ymateb.

'Wel ... ia,' cyfaddefodd hwnnw. 'Ond mae o'n poeni ein bod ni'n colli pres,' esboniodd Dad.

'Yndi, mwn,' medda'r Josgin yn flin wrth blethu ei freichiau a throi i edrych allan ar y gwrych yn gwibio heibio cyn ychwanegu dan ei wynt, 'Ni'n colli pres, ia. Blydi jipo.'

'Dyna ddigon, Dewi!' gwaeddodd Dad yn flin.

Penderfynais beidio â gofyn mwy o gwestiynau am y tro, ac eisteddais yn ddistaw rhwng y ddau yn ffrynt y landrofer nes i ni gyrraedd Caergybi.

'Pam wnest ti alw Brendan yn jipo o flaen Dad?' gofynnais pan oedd Dad wedi mynd i mewn i'r ffarm gywion ieir i nôl bwyd i Joey.

'Achos dyna be ydi o, blydi jipo,' atebodd y Josgin heb sbio arna i.

'Be mae o 'di neud?' gofynnais yn ddiniwed.

'Be dydi o *dim* wedi'i neud, ti'n feddwl?'

'Ocê 'ta, Be dydi o ddim wedi'i neud?' Gwelais Dad yn cerdded yn ei ôl tuag at y landrofer efo llond bag o gywion meirw yn ei law.

'Be 'di o ddim wedi'i wneud?' gofynnais i'r Josgin eto.

''Di o'm ots,' medda'r diawl styfnig yn swta. Taflodd Dad y bag cywion i'r cefn, neidio i mewn i sêt y dreifar a gyrru am adra. Fedrwn i ddim cadw'n ddistaw bellach ac mi drois at Dad.

'Dad, ma' hwn yn deud bod Brendan ddim 'di gneud rwbath. Be dydi o ddim 'di neud, Dad?' gofynnais. Gwelais fysedd fy nhad yn gwasgu'r llyw yn dynn a'i wefusau yn mynd yn fain, ond ches i ddim ateb yn syth, felly prociais unwaith eto.

'Mae'n iawn i mi gael gwbod, Dad,' mynnais.

'O, blydi hel!' Ffrwydrodd Dad wrth daro'r llyw.

''Di o'm 'di talu, hogyn. Hapus rŵan? Dydi o ddim wedi talu i mi eto.' Eisteddodd y tri ohonon ni mewn distawrwydd am dipyn cyn i Dad wneud ymgais i dawelu ein meddyliau.

'Ma' bob dim yn iawn, neu mi *fydd* bob dim yn iawn. Dan ni angen sortio petha allan efo'r banc, dyna'r cwbwl.' Doedd o'n amlwg ddim wedi'i argyhoeddi ei hun, achos ddywedwyd yr un gair arall am weddill y siwrne, nag yn ystod ein swpar o'r siop chips chwaith. Roedd y Josgin yn amlwg yn meddwl y gwaetha am Brendan ond fedrwn i ddim cytuno – doeddwn i ddim *isio* cytuno efo fo, a doeddwn i ddim *am* wneud, ddim eto beth bynnag.

Y bore wedyn cyrhaeddodd Brendan a gwneud i mi feddwl ei fod o'n gwybod ein bod wedi bod yn siarad amdano, ac yn ymwybodol o amheuon y Josgin. Wrth dynnu drws cefn ei lorri i lawr mi ddeudodd, 'Give me a hand here, I've got a present for you, young man.' Tynnodd y tarpowlin yn ôl i ddatgelu bocs mawr brown. 'Well, it's more than one present, actually,' medda fo.

'More animals?' gofynnais.

'Hundreds of them!' chwarddodd Brendan. 'But these won't need as much looking after. Go on, open it.'

Dringais i fyny i gefn y lorri a thynnu ar dop y bocs yn ofalus. Wedi i mi sylweddoli na fysa unrhyw greadur ofnus yn neidio allan o'r düwch mi roddais fy mhen i mewn ynddo. Roedd y bocs yn llawn o deganau bach o bob math: nadroedd bach gwyrdd, plastig, oedd yn siglo o ochr i ochr wrth i chi afael yn eu cynffonnau, pryfed cop wedi'u gwneud o rwber, modelau o eliffantod a theigrod, a phob math o focsys jig-sos efo lluniau anifeiliaid arnyn nhw.

'They're souvenirs. Just what the little kiddies want to remember their day out at the zoo,' medda Brendan yn falch. 'I've been thinking, you see.' Daeth yn agosach a siarad mymryn yn ddistawach. 'What the zoo needs now is a little shop, in one of the stables. We could sell all sorts of stuff – sweets, fizzy pop and toys. Kiddies love toys don't they?' Nodiais fy mhen i gytuno wrth edrych ar y teganau yn y bocs.

'And I know just the young man to run it. You,' medda Brendan. Edrychais i fyny o'r bocs a gweld Brendan yn gwenu a'r Josgin yn sefyll tu ôl iddo'n sbio'n flin. Sylwodd Brendan fod rhywun arall yno a throdd ar ei sawdl. 'Ah, it's the young farmer. Now I'll do you two brothers a deal,' medda Brendan wrth edrych ar y Josgin a finna am yn ail. 'I'll split everything down the middle with you. Fifty-fifty. You sell it, and you pay me fifty per cent. Now you can't say fairer than that, lads.'

'We pay you?' medda'r Josgin yn uchel. 'You pay us, you mean,' ychwanegodd.

'Ah, now then, I see who's the businessman here. Well now, let me see, I pay you? Hmm ... that could be another way to do it. Well, I suppose it might work. All right then lads, what about this? I'll pay you fifty per cent commission on all the stock I supply for you to sell in the shop.'

Roedd y Josgin yn edrych yn ddryslyd. 'So rather than you pay me fifty per cent on everything you sell, you get to keep fifty per cent of everything you sell. I'll tell you what, you drive a hard bargain, lads!' medda Brendan wrth gamu at y Josgin efo'i law allan.

'Let's shake on it before I change my mind.' Ysgydwodd Brendan law'r Josgin ac yna f'un i. 'Well, I'll let you get on with it then, boys, and I'll open up,' medda Brendan wrth gerdded draw at y garafán.

Rhoddodd y Josgin wên fach fuddugoliaethus cyn deud, 'Fel'na ti'n trin jipos, yli, dangos iddyn nhw pwy 'di'r bòs.'

Nodiais fy mhen mewn ffug edmygedd a disgwyl iddo gerdded i ffwrdd cyn sibrwd 'Twat'.

Felly, dyna sefydlu Adran Mân-werthu'r Sw yn y stabl fach wrth ymyl cawell y Gladstones a'r mwncïod. O fewn dim roeddan ni'n cynnig pob math o drugareddau, o anifeiliaid plastig i greision a photeli pop cynnes, i gyd yn cyrraedd yn achlysurol yng nghefn lorri Brendan Fitzgibbon. Erbyn diwedd y gwanwyn, felly, roedd y sw ar ei draed. Y pobol, a'r pres, yn tyrru i mewn, a gwyliau'r haf bron â chyrraedd. Pan oedd y dydd yn ymestyn a'r haul yn gyndyn o ddiflannu dros y gorwel tawel, trawodd storm annisgwyl iawn. Nid storm arferol o gyfeiriad y môr oedd hon, ond llond mini-fan fach las o drafferth o gyfeiriad y tir mawr a ddaeth i'r iard fel corwynt dieflig.

PENNOD 6

RSPCA

Ymhen dim, roedd ein hwythnosau wedi datblygu patrwm rheolaidd. Mi fyddwn i a'r Josgin yn bwydo a charthu yn y bore cyn mynd i'r ysgol, ac mi fyddai Dad, yn ogystal â chyflawni ei waith arferol ar y ffarm, yn rhuthro o gwmpas drwy'r dydd yn trin a thrwsio yn y sw yn ôl yr angen. Roedd Brendan, ar y llaw arall, wedi trosglwyddo'r rhan fwya o'i ddyletswyddau i Glyn Mabel o'r pentre. Roedd Glyn yn cael ei gyflogi bellach fel gweithiwr cyffredinol yn y sw, yn croesawu ymwelwyr, derbyn tâl mynediad ac agor y stabl fach os oedd rhywun isio prynu jig-so rhad neu ddiod o lemonêd cynnes. Ar ôl i ni gyrraedd adra o'r ysgol, mi fydden ni'n cael te cyflym o gorn fflêcs a bechdan jam cyn neidio i mewn i'r landrofer a mynd i Gaergybi i nôl ffrwythau a chywion ieir. Ar ein ffordd adra mi fydden ni'n casglu ein bwyd ein hunain o'r siop chips.

Uchafbwynt pob wythnos oedd nosweithiau Sul pan fyddai Mam yn dod adra efo llond basgiad o ddillad glân a phlatiad o ginio Sul bob un i ni. Roedd y Josgin a finna o'r farn y dylian ni arbed unrhyw boen meddwl i Mam drwy ddangos iddi ein bod yn medru edrych ar ôl ein hunain yn ddidrafferth – ond roedd tactegau Dad yn gwbwl wahanol.

Wrth weld Mam yn cyrraedd yr iard yn ei char, mi fyddai'n rhuthro allan drwy'r drws cefn i'r ardd, disgwyl iddi ddod i mewn i'r tŷ, rhedeg rownd i'r drws ffrynt a llusgo'i hun yn flinedig i mewn efo llygaid llo bach, cyn disgyn i'w gadair yn ddramatig.

'Helô Morfudd, sori am y llanast ...' fyddai o'n ddeud bob tro, wrth or-actio braidd. 'Dowch rŵan, hogia, tacluswch rywfaint ar y lle 'ma neu mi fydd 'ych mam yn meddwl na fedran ni watshad ar ôl ein hunain.'

Roedd Mam yn ei nabod yn ddigon da i wybod mai trio gwneud iddi deimlo'n euog oedd Dad, a gwrthodai gymryd yr abwyd. Mi fyddai diwedd ei hymweliad yn cael ei nodi efo fi a'r Josgin yn cael ein gyrru o'r gegin er mwyn i Mam a

Dad gael Siarad. O fewn dim, byddai sŵn gweiddi cyfarwydd i'w glywed yn y gegin; wedyn byddai Mam yn rhoi ei phen rownd drws y parlwr i ffarwelio efo'i hogia am wythnos arall.

Roedd fy hiraeth am Mam yn dyblu bob tro y byddwn i'n mynd i 'ngwely a hitha ddim adra. Arna i oedd y bai nad oedd hi am ddod yn ei hôl. Ma' siŵr nad oedd hi'n disgwyl fawr o gydymdeimlad gan Dad a'r Josgin pan aeth hi, ond mi oedd y ffaith fy mod i wedi'i hanwybyddu yn anfaddeuol. 'Hogyn Mam 'di hwn bob tamad' – dyna fyddai hi'n arfer 'i ddeud wrth fy nghofleidio'n dynn cyn i mi fynd i 'ngwely. A fi *oedd* ei hogyn hi, bob tamad, fi oedd ei ffrind gora yn y byd. Ond mi wnes i droi fy nghefn arni a gadael iddi fynd heb unhyw ffýs na ffwdan, oherwydd Dad a'i blydi syniadau gwirion. Mi fyddai ymweliadau Mam bob nos Sul yn gwneud petha'n waeth rywsut. Roedd ei gweld hi'n gadael y tŷ yn f'atgoffa o achlysur trawmatig yn yr ysgol fach, pan welis i Mam yn cerdded i mewn i'r dosbarth i ddod â phres cinio i mi. Mae'n siŵr 'mod i tua phump neu chwech oed ar y pryd, ond roedd y cyffro o weld y person pwysica yn fy mywyd yn cerdded i mewn yn ddirybudd i fy nosbarth yn ddigon i wneud i mi redeg ati a'i chofleidio. Ar ôl i mi ddallt nad oedd hi yno i fynd â fi adra, ond yn hytrach ei bod yn mynd i 'ngadael i yno am oriau wedyn, mi gollais bob rheolaeth arnaf fy hun. Mae gen i gof o'r prifathro'n ceisio 'nhynnu fi oddi wrthi, a finna'n ei gwasgu'n dynn, fy wyneb wedi'i gladdu yn ei chôt. Llwyddwyd i'n gwahanu ni yn y diwedd, ac mi eisteddais yn y ffenest yn ei gwylio'n cerdded at y car. Roedd gweddill yr ysgol yn sbio mewn syndod ar yr hogyn bach 'ma'n cicio waliau a brefu fel mul. Does gen i'm cof o'r ffaith fach difyr nesa, ond mi ddeudodd Mam 'mod i wedi ypsetio cymaint nes i mi faeddu fy nhrowsus a thaflu i fyny ar y bwrdd natur.

'Mae'r blydi ddynas 'na'n ôl!' medda Dad un bore wrth i mi

a'r Josgin baratoi i fynd i'r ysgol.

'Pa ddynas?' gofynnodd y Josgin.

'Ffrind hwn, y blydi hipidŵ ddrewllyd 'na.'

Oedd, roedd Mrs Tremayne yn ôl ar ei thraed, ac yn amlwg yn fwy penderfynol nag erioed. Wrth i mi a'r Josgin gerdded am giât y lôn, mi fedrwn ei gweld hi'n stryffaglu efo darn o ddefnydd gwyn oedd yn chwifio'n wyllt yn y gwynt. Ac wrth i ni agosáu, mi welson ni ei bod hi'n trio gosod darn o gynfas efo sgrifen goch arno ar y polyn teliffon. Roedd ganddi fwrthwl yn ei llaw a llond ceg o hoelion, ac roedd hi'n sefyll ar ben y wal yn ymladd efo'r faner wyllt yn trio cael trefn arni. Fedrwn i ddim gweld yn iawn be oedd wedi'i sgwennu ar y defnydd, ond roedd y paent yn amlwg yn dal yn wlyb achos roedd y faner yn gadael streipen goch ar ei hwyneb bob tro roedd y gwynt yn ei chwythu yn ei herbyn. Gwelodd Mrs Tremayne ni'n cyrraedd a throdd, gan ollwng ei gafael ar y faner a chydio'n dynn yn y polyn.

'Dyna chi, y chythrauls!' gwaeddodd wrth boeri sawl hoelen o'i cheg ac ymbalfalu am ei chamera Kodak. Gafaelodd y gwynt yn ei baner a'i harddangos yn ei holl ogoniant. Roedd arni lun penglog ac esgyrn fel sydd i'w weld ar faner môr-ladron, a sgwennu coch dieflig oddi tano:

Welcome to Hell

Safodd y Josgin a finna yno'n gegrwth wrth i Mrs Tremayne weiddi arnon ni a thynnu'n lluniau o ben y wal.

Roedd Mrs Tremayne wedi symud i fyw i'r ardal efo'i gŵr tua diwedd y chwe degau. Roedd hi'n adnabyddus iawn i bawb ar yr ynys fel ymgyrchwraig dros hawliau anifeiliaid, ac mi fyddai hi i'w gweld yn aml yn crwydro'r wlad efo'i chamera Kodak enwog. Weithia, mi fydda'i lluniau o ddefaid wedi marw a threlars gwartheg gorlawn yn cyrraedd tudalennau'r *Holyhead & Anglesey Mail* ond doedd neb yn cymryd gormod o sylw ohoni achos fel deudodd Eddie'r Odyn, 'Mae'r graduras 'di cael gormod o haul yn rwla.' Roedd 'na bob math o straeon am Mrs Tremayne, achos yn fuan wedi iddyn nhw brynu Tŷ Lan y Môr cafodd ei gŵr ei daro'n wael a bu farw. Roedd rhai'n deud ei bod hi wedi'i wenwyno fo'n ddamweiniol drwy roi madarch marwol mewn cawl. Roedd eraill yn deud ei bod wedi casglu'r madarch gwenwynig yn fwriadol, ac wedi bwriadu i rywun arall fwyta'r cawl, ond heb yn wybod i Mrs Tremayne fod ei gŵr wedi blasu llwyaid o gynnwys y crochan oedd yn ffrwtian ar y tân ac wedi marw yn y fan a'r lle. Roedd sôn mai hogan ifanc o'r pentre oedd i fod i fwyta'r cawl achos bod Mrs Tremayne wedi darganfod bod ei gŵr wedi syrthio mewn cariad efo hi. Wyddai neb pwy oedd y ferch nac ychwaith a oedd y storis yn wir ai peidio, ond roeddan nhw'n rhybudd effeithiol iawn i beidio ypsetio'r ddynas wallgo o Dŷ Lan y Môr.

'Na i'r sw, shame on you!' gwaeddai drosodd a throsodd o ben y wal. Roedd hi'n dal i weiddi pan gyrhaeddodd y bỳs.

'Be uffar ma' honna'n neud?' gofynnodd Tecs y dreifar wrth i ni ddringo'r grisiau.

'Protestio,' medda fi.

'Ro'n i'n meddwl bod un o'r mwncis wedi dengid o'r sw 'na sgynnoch chi,' medda fo wrth syllu ar Mrs Tremayne. 'Pam ma' hi'n protestio beth bynnag?'

'Dydi hi'm yn licio'r sw,' atebais cyn mynd i eistedd.

'Be ddiawl sy'n bod ar bobol, dŵad?' myfyriodd Tecs, ac wrth ddreifio heibio mi agorodd ei ffenest a gweiddi ar Mrs Tremayne, 'Taw, y jolpan wirion!' Mi waeddodd honno'n uwch, a chodi dwrn ar Tecs efo'i llaw rydd. Gan ei bod yn sefyll ar ben y wal, roedd ei hwyneb ar yr un lefel â f'un i wrth i ni yrru heibio. Mi stopiodd weiddi a syllu arna i gan ysgwyd ei phen yn araf. Mi fethais gael y ddelwedd honno o'm meddwl weddill y dydd – ei hwyneb yn goch fel gwaed a'i llygaid yn rhythu arna i'n gyhuddgar.

O leia doedd fy statws yn yr ysgol ddim wedi dirywio, achos mi roddodd Stuart McVicar ddwrn chwareus i mi ar fy ysgwydd wrth fynd heibio yn y coridor, ac yna galwodd Depiwti Dog fi i mewn i'w swyddfa unwaith eto i drafod manylion trip Blynyddoedd Un a Dau. I goroni'r cwbwl, mi ddeudodd ffrind Meirwen Gors wrtha i fod honno'n fy ffansïo, a gofyn fyswn i'n ystyried mynd allan efo hi. Gwrthod wnes i, achos y gwir amdani oedd fod Meirwen Gors, yn ôl pob sôn, yn ferch brofiadol iawn ac roedd meddwl am fod ar fy mhen fy hun efo hi yn codi ofn arna i braidd – ond ro'n i'n falch iawn o'r gwahoddiad beth bynnag.

Doedd Mrs Tremayne ddim wrth giât y lôn ar y ffordd adra o'r ysgol, diolch byth. Mi ges i wybod wedyn fod 'na ddyn o'r GPO wedi clywed am ei hantics ac wedi'i gorfodi hi i dynnu ei baner oddi ar ei bolyn teliffon. Ond bob bore o hynny ymlaen, mewn glaw, hindda a phob dim yn y canol, roedd hi i'w gweld yn sefyll wrth ein giât efo casgliad o faneri ac arwyddion, yn gweiddi ei phrotestiadau i bawb oedd yn mentro pasio heibio. Gydag amser roedd hi'n mynd yn fwy a mwy dyfeisgar efo'i phrotestiadau, efo geiriau a rhigymau bach newydd i'w clywed bob dydd. Y ffefryn oedd 'Monkey see, monkey do – Richard Owen, shame on you!' Heb yn wybod i ni ar y pryd, mi fyddai'r llinell fach honno'n datblygu i fod yn jôc deuluol am flynyddoedd i ddod. Penderfynodd Dad mai anwybyddu Mrs Tremayne oedd y peth gorau i wneud. A ph'run bynnag, doedd ei phrotestiadau ddim i'w gweld yn gweithio gan fod y sw yn brysurach nag erioed. I rai, roedd gweld y ddynas wyllt 'ma yn y lôn yn ychwanegu at y profiad, a nifer yn canu corn a chwifio dwylo arni wrth fynd heibio. Roedd pobol yr ynys yn hen gyfarwydd â Mrs Tremayne erbyn hyn, gan ei bod i'w gweld byth a beunydd yn yr *Holyhead & Anglesey Mail* yn cwyno am rwbath. Roedd yna luniau ohoni'n sefyll tu allan i ladd-dai a ffermydd ieir, ac unwaith roedd stori ar y dudalen flaen lle roedd hi'n cyhuddo Berwyn Lorri o ddreifio dros ei throed hi'n fwriadol wrth iddi brotestio tu allan i gae sêl Llangefni. Doedd neb yn cymryd Mrs Tremayne o ddifri, ac felly wnes i erioed gyfadda 'mod i ei hofn hi. Yn union fel ro'n i'n methu edrych i lygaid rhai o'r anifeiliaid yn y sw, mi fyddwn i'n osgoi edrych i fyw llygaid Mrs Tremayne. Roedd hitha'n gwybod, fel Troy y llew, 'mod i'n euog, ac er nad oeddwn i'n sylweddoli hynny ar y pryd, roedd hi'n gwybod bod gen i ofn dychrynllyd.

Daeth dynas o'r *Holyhead & Anglesey Mail* i'r sw er mwyn sgwennu erthygl un dydd Mawrth pan o'n i yn yr ysgol. Mi wrthododd Brendan siarad efo hi am ryw reswm, felly aeth Dad â hi o gwmpas a gwneud panad iddi. Yr wythnos ganlynol, ar y dudalen 'What to do on Anglesey' roedd hanner tudalen ar y sw efo llun Dad a'i freichiau ar led yn sefyll o flaen y meerkats, o dan y pennawd 'A DAY AT THE ZOO'.

'Mae hwn yn werth cannoedd!' medda Dad wrth dorri'r erthygl allan efo'r siswrn igam-ogam o focs gwnïo Mam. 'Dwi'n mynd i'w fframio fo ... does 'na'm siswrn gwell na hwn yn y tŷ 'ma, dŵad?'

'Pam doedd Brendan ddim isio cael tynnu'i lun?' gofynnodd y Josgin.

'Dwn i'm,' atebodd Dad. 'Un rhyfadd ydi o fel'na, 'di o'm yn licio sylw bob tro.'

Roedd Dad yn iawn – roedd hi'n anodd dallt Brendan weithia. Fel rheol, mi oedd o wrth ei fodd yn cyfarch pobol wrth y garafán efo'i wên Tommy Steele yn fflachio, ond weithia, heb rybudd, mi fydda fo'n diflannu gan ddeud bod raid iddo fynd i wneud 'a bit of business'. Roedd hyn yn digwydd yn amlach wrth i amser fynd heibio, ac erbyn diwedd tymor yr ysgol, a finna a'r Josgin yn medru bod yn y sw drwy'r dydd, fyddai Brendan ddim yn cyrraedd tan ddiwedd y pnawn i nôl y pres o'r garafán.

Ddydd Mawrth ola'r tymor, cyn i'r ysgol dorri am yr haf, daeth Depiwti Dog â dau lond bỳs o blant i'r sw. Mi ges i sefyll efo fo ym mhen blaen y bỳs wrth iddo rybuddio'r disgyblion y bysan nhw'n gorfod eistedd yn y bỳs am weddill y dydd os bysa 'na unrhyw gambihafio. Roedd o'n brofiad rhyfedd iawn gwrando ar y dyn oedd wedi codi cymaint o ofn arna i a'm ffrindia dros y blynyddoedd yn deud wrth y plant fod yn rhaid iddyn nhw wrando arna i, achos mai fi oedd rheolwr y sw. Mi nath un hogyn o'r ffrwd Saesneg hyd yn oed fy ngalw fi'n Syr. Roedd hwnnw'n ddiwrnod da, tan i'r dyn yn y fan las gyrraedd.

Roedd hi tua dau o'r gloch, ac roedd Depiwti Dog wedi cyhoeddi bod ganddyn nhw bum munud cyn y byddai raid i'r disgyblion fynd yn ôl i'r bỳs. Roedd pres poced y plant yn llosgi yn eu pocedi ac ro'n i a Glyn Mabel yn y stabl fach yn gwneud yn saff fod pawb yn talu am eu nadroedd plastig a'u poteli pop fflat. Fel roedd y criw ola'n prynu eu teganau, daeth dyn i mewn i'r stabl efo cap â phig ar ei ben. Roedd o tua'r un oed a'r un taldra â Dad, ac roedd ganddo fwstásh anferth nad oedd fel petai'n perthyn i'w wyneb, ac a oedd yn cuddio'i geg yn gyfan gwbwl. Ar flaen y cap pig roedd pum llythyren: RSPCA. Wyddwn i ddim, wrth edrych ar y dyn heb geg yn y stabl fach, y bysa'r pum llythyren rheini yn chwarae rhan bwysig iawn yn ein bywydau i gyd o hynny ymlaen.

Wrth gwrs, ro'n i'n gwybod yn iawn be oedd ystyr RSPCA, ac wrth gyfarch y dyn efo 'helô' petrusgar, pendronais a ddylwn i sôn am y pris mynediad, gan nad oedd yn amlwg wedi talu.

'Helô,' daeth llais o'r mwstásh. 'Pwy sydd *in charge* yma?' Edrychodd ar Glyn Mabel gan mai fo oedd yr unig oedolyn yn y lle.

'Dim fi,' atebodd Glyn. 'Ma' Mam yn deud na faswn i'm yn cael bod *in charge* o ferfa,' ychwanegodd cyn dechrau chwerthin yn annaturiol o uchel ar ei jôc ei hun. Wedi iddo sylwi nad oedd y dyn am ymuno yn yr hwyl, tawelodd Glyn cyn deud 'Fo' a phwyntio at Depiwti Dog, oedd wedi dod i'r drws i weld a oedd unrhyw ddisgyblion ar ôl yn y siop.

'Faswn i'n licio gair, os gwelwch yn dda,' medda'r dyn yn y cap pig wrth Depiwti Dog, gan dynnu llyfr bach nodiadau a beiro o'i boced.

'Gair efo fi?' gofynnodd Depiwti Dog.

'Ia – chi sy'n gyfrifol am yr anifeiliaid?' gofynnodd y dyn. Edrychodd Depiwti Dog mewn syndod arna i a Glyn, wedyn draw at y dyn cyn cau ei lygaid a dechrau siarad.

'Esgusodwch fi? Os ydach chi'n cyfeirio at y disgyblion, fi sy'n gyfrifol amdanyn nhw. Oes 'na broblem?'

'Taw, Glyn,' medda fi'n sydyn, cyn esbonio bod camddealltwriaeth wedi digwydd, ac nad oedd gan Depiwti Dog ddim i'w wneud â'r sw. Gadawodd y Dirprwy Brifathro gan ddiolch yn fawr iawn i mi am fy help cyn rhoi un o'i edrychiadau ditenshyn i gyfeiriad y dyn yn y cap pig a chychwyn tuag at y bỳs.

'Ydi'ch tad yma, 'ta?' gofynnodd y dyn yn swta wedi i mi esbonio pwy oeddwn i.

'Yndi, dwi'n meddwl. Dach chi isio i mi ei nôl o?'

'Os gwelwch yn dda,' atebodd, wrth droi ar ei sawdl a martshio allan o'r stabl.

Plygodd Glyn Mabel i lawr ata i a sibrwd yn fy nghlust, 'Dwi'n meddwl 'na boi o'r RSPCA ydi hwnna. Ti'n gwbod be mae hynna'n feddwl?'

'Ydw,' atebais, a cherdded yn gyflym allan o'r stabl. Ro'n

i'n ddrwgdybus o'r dyn yn y cap pig yn syth. Mi gerddodd draw a sefyll o flaen cawell y Gladstones a dechra sgwennu yn ei lyfr nodiadau. Roedd y limyrs barfog yn ei astudio'n ofalus, a'u dwylo bach yn estyn allan drwy'r weiran fel tasan nhw'n erfyn am gael darllen ei sylwadau.

'Ydi'r anifeiliaid yma wedi arfer derbyn bwyd gan ymwelwyr?' gofynnodd y dyn heb godi ei ben, wrth i mi drio sleifio heibio. Ro'n i'n gwybod y bysa'n well i mi beidio sôn fod y Gladstones a nifer fawr o'r anifeiliaid eraill wedi cael blas ar y fferins oedd ar werth yn y siop, a'u bod bellach yn feistri ar agor pacedi creision, felly mi wnes i osgoi ateb.

'A' i i nôl Dad.'

Roedd Brendan wedi'n rhybuddio i beidio gadael i'r cwsmeriaid fwydo'r anifeiliaid ond roedd yn haws deud na gwneud, yn enwedig pan oedd dau lond bỳs o blant ysgol ar wasgar ar hyd y lle. Ar ôl i mi gyrraedd y garafán, allan o olwg y dyn efo'r cap pig, mi welais ei fan las wedi'i pharcio ar ein iard a dechreuais redeg at y tŷ. Er 'mod i'n gwbod bod Dad a'r Josgin allan yn y caeau yn troi gwair, mi ruthrais drwy'r drws, i mewn i'r gegin ac yn reddfol mi es i sefyll wrth yr Aga, lle fysa Mam fel arfer. Be oeddwn i i fod i'w wneud? Fysa Brendan ddim yn cyrraedd am o leia awr arall.

Rhedais i fyny'r grisiau at y ffenest oedd ar ben y landing cefn. Mi fedrwn weld Glyn yn edrych allan drwy ddrws y stabl, ond doedd dim golwg o'r dyn yn y cap pig. Doedd bosib ei fod o wedi gadael yn barod? Yn sydyn, rhoddodd Glyn Mabel salíwt, ac mi welais y dyn yn cerdded o'r tu ôl i gwt haearn Troy. Be oedd o'n da yn fanno? Mi ddeudodd rwbath wrth Glyn ddaru wneud i hwnnw stopio saliwtio a bagio yn ei ôl i mewn i'r stabl. Be oeddwn i i fod i'w wneud? Penderfynais wneud y peth synhwyrol, sef cuddio yn y tŷ nes bydda'r dyn yn y cap pig wedi colli mynadd a mynd. Mi edrychais arno am ychydig funudau, yn crwydro o gwmpas y sw ac yn sbio'n fanwl ar y cewyll a'u trigolion. Weithia, mi fyddai'n mynd i lawr ar ei gwrcwd i edrych ar y rhai lleia, ac wrth i'r meerkats ymddangos o'u twneli a sefyll o'i flaen fel côr adrodd, mi welwn y dyn yn gwenu. Pam 'mod i'n poeni? Ella'i fod o'n mwynhau ei hun. Ella'i fod o yma i helpu, i'n llongyfarch hyd yn oed. Wrth i mi gerdded i lawr y grisiau, clywais sŵn tractor yn cyrraedd yr iard. Es allan drwy'r drws a gweld Dad a'r Josgin yn cyrraedd yn ôl o'r cae efo'r peiriant troi gwair yn bownsio tu ôl i'r tractor. Roedd Dad yn gyrru a'r Josgin wedi clwydo yn y cab wrth ei ochor. Y Josgin welodd y fan fach las gynta, ac mi welais o'n pwyntio i dynnu sylw Dad jyst cyn iddo hedfan ymlaen i mewn i'r ffenest wrth i hwnnw slamio'i droed ar y brêc. Llithrodd y tractor i stop mewn cwmwl o lwch a disgynnodd y Josgin allan o'r cab wrth i Dad agor y drws. Fel arfer, mi faswn i wedi mwynhau gweld fy mrawd yn cael y fath anffawd, ond nid heddiw. Rhuthrodd Dad i lawr o'r tractor ac ata i.

'Lle ma' nhw?' sibrydodd yn wyllt.

'Dim ond un sy 'na. Mae o yn y sw,' atebais yr un mor ddramatig, ond heb wybod yn iawn pam.

'Be oedd ar dy ben di'n ei adael o i mewn?' medda Dad. 'Lle mae Brendan?'

''Di o'm yma.'

'Nac'di, mwn! Be ti 'di ddeud wrtho fo?'

'Dim byd,' protestiais.

Cymerodd Dad anadl ddofn a deud, 'Reit', cyn cerdded tuag at y sw. Daeth y Josgin ata i, yn dal i rwbio'i ben lle roedd o wedi taro'r gwydr. Wnaethon ni ddim dilyn Dad.

Safodd y Josgin a finna yn ffenest y landing am hanner awr yn gwylio Dad yn dilyn y dyn yn y cap pig o gawell i gawell, tra oedd Glyn Mabel yn sefyll fel milwr yn nrws y stabl fach. Yn y diwedd, mi roddodd y dyn ddarn o bapur i Dad a cherdded at ei fan fach las cyn dreifio i fyny'r lôn. Roedd Matholwch y ceffyl yn sefyll yn giât Cae Ffynnon a'i ben yn sticio allan drosti, ac wrth i ni wylio o'r ffenest edrychai'r ceffyl fel petai wedi galw ar y dyn yn y cap pig achos mi stopiodd y fan wrth y giât cyn gyrru yn ei blaen i gyfeiriad y pentre.

Rhuthrodd y Josgin a finna i lawr y grisiau pan glywson ni Dad yn dod i mewn i'r tŷ. Roedd ei wyneb yn fflamgoch ac roedd o'n ymbalfalu am ei sigaréts coll yn ei boced.

'Blydi Brendan, dydi o byth o gwmpas pan mae 'i angen o,' mylliodd Dad.

'Be ddeudodd o?' gofynnodd y Josgin.

'Gwna banad i mi, wir dduw,' gorchmynnodd Dad, cyn esbonio be oedd gan y dyn yn y cap pig i'w ddeud. Mae'n debyg fod rhywun wedi cysylltu â swyddfa'r RSPCA yn Llandudno. Roedd y dyn yn gwrthod deud pwy, na chwaith be roeddan nhw wedi'i ddeud, ond mi ddeudodd ei fod o'n falch iawn ei fod o wedi dod i Ben Parc, achos ar ôl gweld y sw roedd ganddo nifer fawr o gwestiynau i'w gofyn i berchennog yr anifeiliaid. Esboniodd Dad nad fo oedd bia'r anifeiliaid, ond Mr Brendan Fitzgibbon o Clonmel yn Iwerddon.

'Y blydi ddynas 'na ffoniodd, garantîd!' medda Dad yn flin. Dychmygais Mrs Tremayne yn ffonio'r RSPCA o'r ffôn yn y pentre. Rhoddodd fy nghalon dro wrth feddwl amdani'n deud ei bod hi wedi disgyn oddi ar ein stand lefrith, ac mai arna i oedd y bai.

'Nath o sôn amdani'n disgyn?' gofynnais yn nerfus.

'Naddo. Holi am ryw waith papur a trwyddedau a ballu oedd o fwya. Mae o am alw eto cyn diwedd yr wythnos, medda fo. Y blydi Gwyddal 'na!' ffrwydrodd Dad wrth waldio'r bwrdd efo'i ddwrn. Dyna'r tro cynta i ni glywed Dad yn cyfeirio at Brendan fel'na, ond o hynny ymlaen, mi fydda fo'n cael ei adnabod bob amser fel 'Y Blydi Gwyddal 'Na'.

Doedd Brendan yn gwybod dim am ein hymwelydd

arbennig achos mi gyrhaeddodd, fel arfer, ar ddiwedd y pnawn yn wên o glust i glust. Roedd y Josgin a finna'n gwylio Dad yn trio tynnu pen un o'r walabis allan o ffens ei gawell, ar ôl iddo drio stwffio drwodd a mynd yn sownd am yr ail dro mewn pythefnos. Cerddodd Brendan draw a rhoi winc arna i a'r Josgin tra oedd Dad a'i gefn ato.

'I thought I told you boys not to let the monkeys in with the wallabies, eh?' Chwarddodd Brendan ar ei jôc ei hun cyn sylwi nad oedd neb arall am ymuno. Llwyddodd Dad i ryddhau'r walabi a chamodd allan o'r cawell.

'Tried to make a break for it, did he?' gofynnodd Brendan, ond anwybyddodd Dad y Gwyddel.

'We had a visitor today,' medda Dad wrth gau'r giât.

'Just the one? Won't be much in the cash box then!' Rhoddodd Brendan gynnig arall ar jôc, efo'r un canlyniad.

'There isn't any cash in the box, Brendan,' medda Dad, a chyn i Brendan gael cyfle i ateb, aeth yn ei flaen. 'I've got today's takings, and I'm keeping them. We had a visit from the RSPCA this afternoon, Brendan.'

Diflannodd y wên oddi ar wyneb Brendan wrth i Dad egluro be oedd wedi digwydd ac, yn bwysicach, be fyddai'n digwydd o hyn allan. Ddaru Brendan ddim ymateb ar ôl i Dad esbonio'i fod o am gadw'r arian o hyn ymlaen ac y bysa fo'n talu Brendan ar ddiwedd pob wythnos. Ond pan ddaru Dad ddeud bod raid i Brendan gysylltu â'r RSPCA i ateb eu cwestiynau, aeth y Gwyddel yn fflamgoch, a sicrhau Dad fod y cwbwl 'above board' ac yn 'one hundred and ten percent legal, Richard.'

Newidiodd pob dim ym Mhen Parc ar ôl ymweliad y dyn yn y cap pig.

PENNOD 7

Y Blydi Gwyddal 'Na

Trodd y tywydd, ac er nad oedd y rhagolygon wedi'n rhybuddio ni am hynny, daeth ton enfawr o gymylau mawr, blin, o gyfeiriad y môr, a bu'n tywallt y glaw yn ddidrugaredd. Mi fethodd Dad â chael y gwair i gyd i mewn, ond fel y bysa fo'n darganfod yn go handi, dyna oedd y lleiaf o'i ofidiau. Ymddangosodd y fan fach las ar ein iard sawl gwaith dros yr wythnosau canlynol. Bob tro, mi fyddai Brendan yn llwyddo i beidio bod yno – a phob tro, mi fyddai'r dyn yn y cap pig yn mynd yn fwy a mwy rhwystredig.

Roedd haf 1980 yn un creulon mewn sawl ffordd. Mi fyddai Dad yn ochneidio bob nos wrth wylio rhagolygon y tywydd ar y teledu, pan ddangosai'r dyn ffrynt ar ôl ffrynt yn hwylio i mewn dros yr Iwerydd, pob un yn disgwyl ei dro i socian y tir a phob dim arno. Roedd mwng aur Troy wedi glynu at ei gilydd i greu blanced garpiog, lwyd. Roedd Cyril a Joyce yn edrych hyd yn oed yn debycach i sgerbydau wrth i'w blew tamp sticio at eu croen, a'r unig adeg fyddai Joey'r dylluan yn symud oedd pan fyddai'n blincio wrth i'r glaw ddiferu drwy'r to i mewn i'w lygaid blin.

Hyd yn oed pan oedd y glaw yn peidio am sbel roedd yr awyr yn llaith, ac o fewn dim mi bydrodd yr arwyddion efo manylion yr anifeiliaid arnyn nhw, a'r mapiau roeddwn i wedi'u creu. Ac er 'mod i wedi gorchuddio fy nghampweithiau efo'r plastig clir fyddai Mam yn ei ddefnyddio ar gloriau fy llyfrau ysgol, treiddiodd y dŵr i mewn i bob un, dileu manylion yr anifeiliaid a golchi'r lliw oddi ar y mapiau nes bod y byd yn staens glas a gwyrdd hyll.

Roedd y glaw yn creu trafferthion i'r ymwelwyr hefyd wrth i'r iard stablau droi'n feddal o dan draed, a doedd dim lle i gysgodi rhag y tywydd heblaw ein 'siop' yn y stabl fach. Dechreuodd pobol gwyno, ac er ein bod wedi gwasgaru sawl belen o'n gwair prin ar y llawr, roeddan nhw'n cael trafferth cerdded drwy'r dŵr oedd wedi cronni'n byllau mawr. Roedd rhai, hyd yn oed, yn gofyn am eu pres mynediad yn ôl. Rhwng hyn a'r ffaith fod yr anifeiliaid i gyd wedi diflannu i ben draw eu cytiau, doedd gynnon ni ddim dewis ond ymddiheuro a rhoi ad-daliad i'r rhai oedd yn mynnu. Yr unig anifeiliaid oedd i'w gweld bellach oedd y meerkats – roedd y rheini allan, wedi'u gwasgu at ei gilydd yn y glaw gan fod eu twneli'n llawn dŵr. Roedd hyd yn oed Cyril a Joyce wedi mynd i mewn, ond mi wyddwn eu bod nhw'n dal 'wrthi', achos roedd eu sŵn i'w glywed, ac roedd y cwt yn ysgwyd.

Aeth y sw i ddrewi. Roedd arogl arbennig wedi bod i'r lle ers i'r anifeiliaid cyntaf gyrraedd – doedd o ddim yn oglau drwg ar y dechra; roedd o'n felys ac yn unigryw, ac mi fyddwn i'n sylwi arno'n syth wrth i mi ddod adra o'r ysgol. Ond wrth i'r glaw ddisgyn yn drymach, datblygodd yr oglau i fod yn ddrewdod trwchus. Roedd o'n gorwedd ar Ben Parc fel niwl anweledig, yn mygu a llygru pob dim. Roedd o ar fy nillad ac yn y tŷ, yn fy nhrwyn ac ar fy nhafod. Roedd o'n afiach, a doedd dim posib dianc oddi wrtho. Roedd o'n gyfuniad o faw adar, blew gwlyb a ffrwythau wedi pydru. Daeth arogl arall i'r sw hefyd – arogl mae pob amaethwr yn ei gasáu.

Un bore, rhedodd y Josgin i mewn i'r gegin gan ddeud fod un o'r walabis yn gorwedd yn nrws ei gwt, a bod y llall yn eistedd allan yn y glaw yn crynu. Rhuthrodd Dad a finna allan i weld. Yno yn y mwd, yng nghanol ei sgwaryn o awyr agored, roedd un o'r walabis yn eistedd, yn union fel disgrifiodd y Josgin. Roedd ei gefn at y cwt ac roedd o'n crynu wrth i'r glaw wneud afonydd bach yn ei flew. Roedd y walabi arall – yr un lleiaf o'r ddau, felly mi oeddwn i'n cymryd mai hi oedd y ferch – yn gorwedd ar ei hochor yn nrws eu lloches pren. Roedd ei phen y tu mewn ond roedd gweddill ei chorff allan yn y glaw. Roedd hi'n amlwg wedi bod yn symud ei choesau yn y mwd achos roedd siâp hanner cylch llyfn yn y budreddi o'i chwmpas. Roedd o'n f'atgoffa o'r siapiau yn yr eira fyddwn i a'r Josgin yn eu gwneud yn yr ardd ers talwm. Mi fyddan ni'n gorwedd mewn trwch o eira a symud ein breichiau a'n coesau gan adael ein hoel yn y powdwr gwyn, tra bydda Mam a Dad yn chwerthin yn ffenest y parlwr.

Roedd y walabi wedi hen roi'r gorau i wneud siapiau yn y mwd. Mi aeth Dad i mewn i'r cawell a thynnu'r walabi at y giât. Roedd hi'n stiff, fel y defaid rheini fyddai'n marw bob mis Ionawr. Rhoddodd Dad hi yng nghefn y landrofer fel y bydda fo'n ei wneud efo'i golledion i gyd, ond mi sylwais ei fod o'n llawer iawn mwy gofalus o gorff y walabi nag o unrhyw oen. Mi gymerodd Brendan y corff y noson honno a'i roi yng nghefn ei lorri. Mi ddeudodd ei fod o am fynd â'r walabi'n ôl i Clonmel er mwyn i'r milfeddyg yn fanno roi ei farn arno, ond roedd o yn ei ôl y bore wedyn, ac roedd y lorri'n wag. Er 'mod i wedi hen arfer gweld marwolaeth ar y ffarm, roedd edrych ar y walabi arall ar ei ben ei hun yn gwneud i 'ngwddw frifo. Doedd neb yn gwybod yn iawn be ddigwyddodd i'w bartner, ond roedd tristwch y walabi oedd ar ôl yn amlwg wrth iddo eistedd allan, ddydd a nos, yn edrych i'r pellter, fel hen ŵr yn syllu ar ei atgofion.

Doedd dim cymaint o bobol yn dod i'r sw bellach, ac roedd y cyfnod pan oedd y Josgin yn gorfod sefyll yn y giât yn cyfeirio pobol at lefydd i barcio'n teimlo fel oes yn ôl. Roedd Dad wedi gorfod gofyn i Glyn Mabel beidio dod acw, gan nad oedd fawr ddim iddo wneud. A bellach, gan fod rhai o'r jig-sos wedi dechra llwydo, ro'n i wedi symud y siop i mewn i garafán Brendan.

Un dydd Mawrth gwlyb ar ddechra Awst, ddaeth neb o gwbwl i'r sw, heblaw Mrs Tremayne a'i chasgliad o faneri. Roedd honno'n dod bob diwrnod yn ddi-ffael, ond fyddai hi byth yn mentro'n bellach na giât y lôn. Fel arfer mi fyddai Dad yn canu corn a chodi llaw wrth yrru heibio ar y ffordd i

Gaergybi ddiwedd pob pnawn, ond ddim heddiw. Roedd Dad wedi cael llond bol.

'Dad!' gwaeddais, wrth sylweddoli ei fod o'n mynd i stopio'r landrofer wrth ymyl Mrs Tremayne. 'Peidiwch, Dad, plis,' erfyniais arno, ond roedd hi'n rhy hwyr. Mi gamodd allan o'r landrofer a sgwario o'i blaen yn flin.

'Na i'r sw, shame on you!' dechreuodd Mrs Tremayne weiddi arno. Dwi'm yn cofio air am air sut aeth y ddadl, ond gwnaeth Dad y camgymeriad o ddechra ei araith drwy ofyn:

'Be yn union ydi'ch problem chi?' Atebodd Mrs Tremayne mewn Saesneg graenus a rhestru ei 'problems' efo fy nhad, y sw a'r cyfrifoldeb oedd gynnon ni fel 'this planet's dominant species' am holl greaduriaid eraill y byd. Roedd ei haraith yn drawiadol, a deud y lleia, ac mi driodd Dad ymateb yn aflwyddiannus sawl gwaith cyn colli'r ornest yn gyfan gwbwl efo'i frawddeg glo.

'Oh, just fuck off back to England, you smelly cow.'

Roedd y siwrne honno i Gaergybi yn un ddistaw iawn.

'Mae'ch mam isio'ch gweld chi amsar cinio 'ma,' medda Dad un bore. Edrychodd y Josgin a finna ar ein gilydd.

'Pam? Be sy matar?' gofynnodd y Josgin.

'Dwn i'm. Mi ffoniodd hi ddoe yn deud 'i bod hi isio gweld y ddau ohonach chi amsar cinio heddiw, ac mae'r clytsh 'di mynd ar ei char hi, felly mi fydd raid i mi fynd â chi,' eglurodd Dad.

'A chitha ... dach chi'n dŵad?' gofynnais yn obeithiol.

'Reit 'ta.' Anwybyddodd fy nghwestiwn, a chodi ar ei draed. 'Dwi'n mynd i neud dipyn o ffensio yn Cae Mawr ... ddo i'n ôl i fynd â chi wedyn,' medda fo, cyn gwisgo'i sgidia a gadael y tŷ.

'Mae Glenys Plisman 'di gadael hefyd,' medda'r Josgin ar ôl i Dad adael. Be oedd gan hynny i'w wneud efo petha? Ro'n i'n gwybod ei bod hi a Neil Plisman wedi gwahanu achos roedd 'na si ar led ei bod hi wedi mynd off efo Eifion Gwalchmai. Cafodd y stori ei chadarnhau pan gyrhaeddodd y plant, Paul a Karen Plisman, yr ysgol un diwrnod ar fŷs Gwalchmai.

'Ro'dd Glenys Plisman yn cael affêr,' medda'r Josgin.

'Dwi'n gwbod!' atebais. 'Ond tydi Mam ddim, nac'di.' Wnaeth y Josgin ddim ateb. 'Nac'di?' gwaeddais. Cododd y Josgin ei 'sgwydda'n swta ac mi gerddais allan rhag iddo weld y dagrau yn cronni yn fy llygaid.

Roeddan ni'n hwyr ac roedd Mam yn sefyll tu allan i Gaffi Gwalia. Stopiodd Dad wrth y pafin, a daeth Mam at ddrws y landrofer wrth i mi ei agor.

'Diolch, am ddŵad â nhw. Fydd y car yn barod erbyn pump, ddo i â nhw adra wedyn.'

Roedd Mam yn siarad efo Dad fel tasa fo'n ddieithryn. Eisteddodd y Josgin a finna yn y landrofer yn troi ein pennau o un ohonyn nhw i'r llall, yn trio chwilio am unrhyw wybodaeth ychwanegol ar wynebau'r ddau. Tro Dad oedd hi nesa.

'Iawn ... 'di hi'n job ddrud?' gofynnodd.

'Nac'di. Mae Gwynfor Garej yn deud y gwneith o edrach ar f'ôl i,' atebodd Mam. Edrychodd y Josgin a finna ar ein gilydd, a daeth cyfres o ddelweddau anghynnes i fy meddwl. Blydi Gwynfor Garej. Roedd hwnnw ar ei ail wraig fel roedd hi, a rŵan mi oedd o isio 'edrych ar ôl' Mam. Canodd rhywun ei gorn tu ôl i Dad.

'Reit, neidiwch allan 'ta, hogia,' medda Mam. Gyrrodd Dad i ffwrdd gan godi dau fys ar y sawl oedd wedi canu corn. Pam na fysa fo wedi dod am ginio efo ni a Mam?

'Be dach chi am 'i gael 'ta, trŵps?' gofynnodd Mam ar ôl i ni eistedd wrth y bwrdd yn y ffenest. Wnaeth Dewi ddim ateb a sylweddolais nad oeddan ni wedi deud gair wrthi eto.

'Dwi'n gwbod be wyt ti isio, Dewi – sosej, chips a pys, ia?' Rhoddodd winc i mi.

'A bîns ar dost i chditha ma' siŵr, Tudur.'

Dyna'r peth dwytha roeddan ni isio mewn gwirionedd, achos roeddan ni wedi bod yn byw ar chips a bîns ers y diwrnod ddaru hi adael.

'Ia,' medda fi.

'Wbath,' ebychodd y Josgin heb godi ei ben o'r fwydlen.

Triodd Mam ei gorau glas i gynnal sgwrs efo'i meibion drwy ofyn rhes o gwestiynau mân. Sut oedd petha yn yr ysgol? Oedd Dewi wedi bod yn chwarae pêl-droed yn ddiweddar? Oeddan ni isio cael torri ein gwalltiau tra oeddan ni yn Llangefni? Chafodd hi fawr o ymateb. Sut oeddan ni i fod i ymateb, a hitha'n ein holi am bob dim heblaw'r peth amlwg? Gwthiodd y Josgin y llifddorau ar agor efo'i gwestiwn cyntaf.

'Pryd ydach chi am ddŵad adra, Mam?' gofynnodd.

Disgynnodd ei hysgwyddau a diflannodd ei gwên frwdfrydig. Plygodd yn ei blaen a phwyso'i gên ar ei dwylo, fel athro cyn dechra esbonio rwbath cymhleth.

'Gwrandwch, hogia. Dyna pam ro'n i isio siarad efo chi heddiw, yn fama yn hytrach nag adra ... ddim ym Mhen Parc.'

Ma' raid 'mod i wedi synhwyro bod rwbath erchyll ar fin digwydd, bod Mam yn mynd i ddeud rwbath nad oeddan ni isio'i glywed, felly mewn ymgais i achub y blaen arni, dechreuais bledio.

''Dan ni'n eich colli chi yn ofnadwy, Mam,' dechreuais, ond wrth i mi glywed y geiriau teimlais y lwmp cyfarwydd yn fy ngwddw a chlywais fy llais yn dechra crynu wrth i mi gario mlaen.

'Ac mae Dad yn eich colli chi hefyd, dwi'n gwbod 'i fod o. Gawn ni wared â'r sw, 'dan ni byth yn gweld Brendan rŵan beth bynnag ...' Roedd y dagrau'n powlio erbyn hyn ac ro'n i'n ymwybodol fod wynebau yn y caffi wedi troi i'n cyfeiriad ni. Ma' raid bod Mam yn ymwybodol o hyn hefyd achos mi blygodd yn ei blaen a siarad yn ddistaw.

''Di o'm byd i wneud efo'r sw, na'r dyn 'na,' medda hi.

Taniodd Dewi gwestiwn ro'n i wedi meddwl amdano ynghynt, ond a oedd yn rhy erchyll i'w ofyn.

'Ydach chi'n cael affêr efo Gwynfor Garej?'

Roedd clywed y geiriau'n ddigon i mi, a chlywais fy hun yn gweryru crio wrth i mi roi fy mhen ar y bwrdd i guddio fy wyneb. Ymateb cyntaf Mam oedd chwerthin yn uchel.

'Gwynfor Garej?' ailadroddodd, cyn sylwi bod pawb yn y caffi bellach yn sbio ac yn gwrando.

Felly, yn ffenest Caffi Gwalia, efo un o'i meibion yn eistedd a'i freichiau wedi'u plethu'n flin o'i flaen, a'r llall yn crio'n uchel wrth guro'i ben ar y bwrdd, esboniodd Mam pam na fyddai ein bywyd byth yr un fath eto, a pham nad oedd hi am ddod yn ei hôl i Ben Parc. Doedd 'na ddim un digwyddiad penodol yn gyfrifol am ei phenderfyniad, dim cyfrinach ysgytwol, ac yn sicr dim affêr. Yn syml, doedd ein rhieni ddim yn caru ei gilydd bellach. Neu, yn hytrach, roedd Mam wedi sylweddoli nad oedd hi'n caru Dad. Roedd clywed y ffaith ddiflas honno'n gwneud petha'n anoddach o lawer. Mi fysa hi wedi bod yn gymaint haws dallt pam fod priodas ein rhieni wedi dod i ben tasa 'na rywun, neu rwbath, i roi'r bai arno, ond doedd 'na ddim. Doedd 'run person arall i'w feio (er y byddwn i'n amheus iawn o Gwynfor Garej am flynyddoedd i ddod), a heblaw ambell ffrae ddramatig, doedd dim un digwyddiad neilltuol yn dynodi'r diwedd.

'Mae'r petha 'ma'n digwydd,' esboniodd Mam, 'ond 'di o'm yn golygu 'mod i ddim yn eich caru chi, siŵr. Dyna pam mae'ch tad a finna wedi penderfynu gwneud hyn – er eich mwyn chi. 'Dan ni ddim isio i chi orfod ein gweld ni'n ffraeo drwy'r amser, felly dyma ydi'r peth calla i'w wneud.'

Doedd y Josgin na finna wedi cyffwrdd ein bwyd, ac ro'n i'n trio boddi geiriau Mam drwy wneud bybls yn fy milc-shêc mefus.

'Stopia neud hynna, Tudur!' dwrdiodd Mam, ac mi

wthiais y milc-shêc oddi wrtha i. 'Mi ddowch chi i ddallt ymhen amser ... mae'n anodd, dwi'n gwbod, ond fydd bob dim yn iawn, dwi'n addo,' medda Mam, gan estyn ei bag a'i roi ar y bwrdd cyn chwilota am ei phwrs. 'Lle dwi 'di rhoi'r pwrs 'na? Dwi isio mynd â chi i Siop Fosters i gael dillad ysgol newydd – buan ddaw mis Medi rŵan.'

'Dwi'm yn mynd i'r ysgol eto,' medda'r Josgin yn ddistaw. 'Dwi 'di gadael.'

'Ti rêl dy dad weithia, Dewi,' ochneidiodd Mam.

'Wel, mae'n dda'ch bod chi'n mynd felly, yn tydi!' ffrwydrodd y Josgin gan godi ar ei draed, 'achos dydach chi ddim yn licio fo chwaith.' Cerddodd y Josgin at y drws gan osgoi Mam wrth iddi drio gafael yn ei fraich.

'Dewi!' gwaeddodd, ond roedd hi'n rhy hwyr. Ar ôl i'r gloch fach uwchben y drws dawelu, sylwais fod y caffi'n hollol ddistaw. Gafaelais yn y milc-shêc a dechrau chwythu mwy o fybls. Eisteddodd Mam yn ôl yn ei chadair a'i llygaid yn llawn dagrau.

Pan o'n i'n saith oed mi es i aros i dŷ Anti Ceinwen am benwythnos. Dwi'm yn cofio'n iawn pam y bu'n rhaid i mi fynd yno, ond hwnnw oedd y tro cynta a'r tro ola i mi wneud hynny. Dwi *yn* cofio 'mod i wedi llwyddo i dorri un o'r cŵn tegan hyll roedd Anti Ceinwen yn eu cadw un bob ochor i'r silff ben tân. Ro'n i wedi bod yn trio laswio un o'r cŵn efo darn o linyn ar ôl gweld un o'r 'speciality acts' ar raglen *Opportunity Knocks* yn gwneud yr un peth i ferch mewn bicini. Ar ôl sawl cynnig mi lwyddais, ond wrth ddathlu fy nghamp ryfeddol mi dynnais y ci oddi ar y silff, a malodd yn bedwar darn ar y carped. Ddaru Anti Ceinwen byth fadda i mi'n iawn achos ches i erioed fynd i mewn i'w pharlwr ffrynt ar fy mhen fy hun wedyn, ac mi ddaru hi ddarganfod bod y cŵn yn gwbwl ddiwerth ar ôl iddi fynd â fo i gael ei drwsio. Mi roddodd hi o at ei gilydd ei hun yn y diwedd efo glud cryf ond wedyn roedd ei ben o'n gam, oedd yn gwneud iddo fo edrych fel tasa fo isio gofyn cwestiwn.

Ta waeth, roedd y penwythnos hwnnw yn un nodedig am reswm arall, achos mi wnes i ddarganfod bod gen i bwerau goruwchnaturiol anhygoel. Wedi'r gyflafan efo'r ci hyll, mae'n debyg 'mod i wedi gwrthod bwyta fy swpar ac wedi mynnu mynd i 'ngwely'n syth. Mae gen i gof o orwedd yn y gwely diarth a methu'n glir â dygymod â golau'r stryd tu allan, na'r sŵn traffic oedd yn mynd heibio. Dwi'n cofio cau fy llygaid yn dynn a gwneud dymuniad drosodd a throsodd, a phan agorais fy llygaid mi oedd fy nymuniad wedi dod yn wir. Ro'n i'n gorwedd yn fy ngwely fy hun efo Mam yn eistedd ar ei erchwyn a'i llaw ar fy nhalcen. Mi ges i wybod yn ddiweddarach nad gwyrth oedd hyn o gwbwl. Doedd gen i ddim pwerau arbennig, ond mi *oedd* gen i ddos reit ddrwg o glwy'r pennau ddaru achosi tymheredd uchel iawn. Mae'n debyg na wnes i gysgu winc yn nhŷ Anti Ceinwen y noson honno, a bod y gwres uchel wedi gwneud i mi golli arnaf fy hun. Roedd Anti Ceinwen wedi gorfod ffonio Mam a Dad i fynd â fi adra, achos, yn ôl Anti Ceinwen, 'Ma'r hogyn wedi mynd yn hollol byrsŷrc.' Ro'n i'n teimlo fel gwneud yr un math o ddymuniad wrth i mi fynd i 'ngwely y noson honno ar ôl gweld Mam yn Llangefni. Y tro yma, wrth gwrs, ddaru hynny ddim gweithio.

Roedd y walabi oedd ar ôl wedi trio'n gadael ni. Neu o leia dyna roeddan ni'n feddwl oedd ar ei feddwl o. Beth bynnag oedd ei fwriad, roedd o wedi bownsio fflat owt i mewn i wal gerrig, ac wedi gwneud hynny sawl gwaith nes bod gwaed a dŵr glaw yn diferu oddi ar ei drwyn. Mi benderfynon ni symud y walabi i gartref newydd yn yr hen gwt lloi. Roedd y cwt lloi yn fach iawn a doedd dim ffenest yno, ond o leia roedd o'n sych ac roedd Dad yn meddwl bysa cyfyngu ar faint o rediad oedd gan y walabi i drio difa ei hun yn beth synhwyrol. Hefyd, mi lwyddon ni i guddio'r ffaith mai dim ond un walabi oedd ar ôl, a bod hwnnw ddim yn hapus, oddi wrth y dyn yn y cap pig.

Roedd y dyn yn dal i gyrraedd yn ddirybudd ac, yn wahanol i Brendan, doedd Dad ddim cystal am ei osgoi. Mi oedd o'n trio, ond heb fawr o lwyddiant. Un bore mi fethodd Dad weld y fan fach las yn dod i lawr y lôn, ac erbyn i'r dyn yn y cap pig gyrraedd giât y sw doedd gan Dad unman i guddio heblaw cwt y porciwpein. Cyn i'r dyn hyd yn oed gael cyfle i ofyn i mi lle roedd Dad, roedd sŵn y porciwpein yn ysgwyd ei gynffon yn flin wedi tynnu ei sylw. Cerddodd y dyn draw at gwt y porciwpein jyst mewn pryd i glywed Dad yn gweiddi, cyn rhedeg allan nerth ei draed a phorciwpein blin ar ei ôl.

'Bore da, Mr Owen, dwi'n falch 'mod i wedi eich dal chi,' medda'r dyn yn fodlon, wrth i Dad neidio dros y ffens mewn panig.

'Ia wir, bore da, su'mai,' atebodd Dad gan fethu cuddio'i gynnwrf. 'Wrthi'n tshecio'r cytia 'ma, dach chi'n gwbod fel ma' hi, rhaid cadw llygaid ar bob dim, 'toes.'

'Dim golwg o Mr Fitzgibbon heddiw?' gofynnodd y dyn wrth edrych ar ei lyfr nodiadau.

'Na – dach chi newydd ei golli o. *Typical*, de.'

'Ro'n i'n meddwl mai dyna fysach chi'n ddeud. Mr Owen, ma' hi'n ddyletswydd arna i i'ch rhybuddio fy mod i wedi gyrru adroddiad llawn i'r Cyngor yn Llangefni ac i swyddfa'r Ministri yng Nghaernarfon.'

'Adroddiad?' holodd Dad.

'Mi fyddwch chi'n clywed ganddon ni yn y dyfodol agos, Mr Owen,' medda'r dyn wrth gerdded yn ei flaen i edrych ar yr anifeiliaid.

'Sawl gwaith sydd raid i mi ddeud? Y blydi Gwyddal 'na sy bia'r rhain. Y peth gwaetha wnes i oedd gadael iddo fo ddŵad â nhw yma!' bytheiriodd Dad wrth ruthro ar ei ôl.

'Ddudis i, do ...' sibrydodd y Josgin o ddrws y stabl fach.

'Jyst deud rwbath mae o, i gau ceg hwn,' atebais. Edrychais ar Dad yn dilyn y dyn yn y cap pig fel cyw chwadan isio sylw. Doedd bosib ei fod o'n difaru go iawn?

'Dwyt *ti*'m yn difaru?' gofynnodd y Josgin. Wnes i'm ateb. 'Achos do'n i'm isio agor y blydi sw 'ma yn y lle cynta.' Trodd y Josgin ar ei sawdl a cherdded i gyfeiriad y tŷ. Roedd o'n deud y gwir. Doedd o ddim wedi dangos unrhyw frwdfrydedd ynghylch y sw o'r cychwyn, ond roedd o wedi gweithio'n galetach na neb i'w gael ar ei draed. Os mai ar ei draed roedd o.

Roedd y mis Awst yn wlypach na Gorffennaf hyd yn oed, ac roedd niferoedd yr ymwelwyr wedi gostwng i tua ugain o bobol yn ddyddiol. Roedd mwy o lawer yn gyrru i mewn i'r iard, ond ar ôl iddyn nhw weld y garafán, oedd bellach wedi troi'n lliw gwyrdd seimllyd, a finna neu'r Josgin yn sefyll yn y drws wedi hen roi'r gora i drio gwenu, roedd y rhan fwya'n troi rownd yn syth. Doeddan ni ddim wedi gweld Mrs Tremayne a'i chamera wrth y giât ers rhai dyddiau chwaith. Clywodd Dad yn y siop ei bod hi yn ei gwely'n sâl ar ôl cymaint o amser yn sefyll allan yn y glaw. Mae'n debyg fod Siân yr Odyn wedi bod yn ffeind iawn efo hi tra oedd hi adra o'r coleg, yn nôl ei neges a'i phresgripshion o'r syrjeri. Mi fyddwn i'n gweld cip o Siân yn gyrru heibio giât y lôn weithia, ond wnaeth hi ddim unwaith droi mewn i Ben Parc. Erbyn hyn roedd pawb yn gytûn ar un peth. Y Blydi Gwyddal 'Na oedd ar fai am bob dim.

PENNOD 8

Ray Reardon a Tammy Jones

Un bore llwyd a llonydd daeth dyn a dynas i mewn i'r iard mewn Ford Granada du. Ro'n i'n eistedd ar stepen y garafán yn trwsio pynctiar ar olwyn ôl fy meic. Ro'n i'n disgwyl iddyn nhw droi rownd a mynd yn ôl i fyny'r lôn, ond pan welais nhw'n dod allan o'r car, mi sefais ar fy nhraed a mentro gwên. Roedd gan y ddynas lond pen o wallt cyrls du a chôt law blastig. Ar yr olwg gynta roedd hi'n debyg i Tammy Jones (ro'n i wedi'i gweld hi'n canu mewn cyngerdd yng Nghae'r Sioe yr haf cynt). Roedd y dyn yn hŷn na Tammy Jones ac yn eitha tebyg i Ray Reardon, y chwaraewr snwcer. Arhosodd Ray Reardon wrth y car a daeth Tammy Jones ata i. Doeddan nhw'm yn edrych fel cwpwl, na tad a merch chwaith. Ro'n i'n dal i drio penderfynu be oedd natur eu perthynas wrth iddi agosáu, a dyna pryd y gwnes i sylwi mai Tammy Jones oedd y ddynas fwya prydferth ro'n i erioed wedi'i gweld. Roedd hi'n ddelach hyd yn oed na'r merched Embassy oedd yn mynd rownd yn gwerthu sigaréts yn Sioe Sir Fôn a'r Royal Welsh, yn ddelach hyd yn oed na Siân yr Odyn. Roedd ganddi lipstic coch a cholur gwyrdd rownd ei llygaid mawr, glas. Doeddan nhw'n bendant ddim yn gwpwl priod.

'Hello! Is this the way into the zoo?' gofynnodd Tammy efo gwên a roddodd gipolwg i mi o res o ddannedd perffaith, oedd mor wyn nes bysach chi'n taeru bod lampau bach y tu ôl iddyn nhw.

'Yes,' sibrydais, gan fod fy llais wedi 'ngadael i am eiliad.

Gofynnodd Tammy Jones oeddwn i'n nabod perchnogion y sw, ac wedi i mi esbonio pwy o'n i, mi alwodd ar Ray Reardon i ddod draw. Jim oedd ei enw fo, erbyn dallt, a Paula oedd ei henw hi. Estynnodd Jim gamera o'r car cyn ymuno â ni, a rhoddodd y strap rownd ei wddw. Gofynnodd Paula i mi fyswn i'n fodlon mynd efo nhw o gwmpas y sw. Gan mai nhw oedd yr unig ymwelwyr, ac y bysa unrhyw gar arall a gyrhaeddai yn debygol iawn o droi rownd yn yr iard beth bynnag, mi gytunais.

'Are you on your holidays?' Mentrais ofyn yr un cwestiwn ro'n i'n ei ofyn i bawb nad oedd yn siarad Cymraeg.

'Yes,' atebodd Paula wrth droi ei phen i sbio ar Jim.

'Yes, that's right, love, we're on our holidays,' cytunodd Jim.

'Love'? Ddaru fo ei galw hi'n 'love'? Ma' raid eu bod nhw'n ŵr a gwraig wedi'r cwbwl. Ella'u bod nhw'n cael affêr. Dychmygais Mam a Gwynfor Garej yn mynd rownd y sw efo'i gilydd.

'How much is admission?' gofynnodd Paula gan fynd i'w phoced.

'Two pounds,' atebais. Ro'n i bron â deud nad oedd yn rhaid iddyn nhw dalu, achos ella na fysan nhw'n gweld llawer o anifeiliaid oherwydd y tywydd gwlyb. Ond yn hytrach na thynnu unrhyw bwrs o'i phoced, daeth llyfr bach allan, a dechreuodd Paula sgwennu ynddo.

'Do you mind if I take some pictures, love?' gofynnodd Jim. Ro'n i'n meddwl nad oedd Paula wedi'i glywed o i ddechra, achos ddaru hi ddim ateb, dim ond gwenu arna i. Wedyn mi ofynnodd eto, 'Do you mind, love?' Dychrynais wrth sylweddoli mai efo fi roedd Jim yn siarad. 'Love'?

'Yes,' atebais. 'No! It is all right.' Ro'n i wedi drysu'n llwyr.

Roedd gan y ddau ddiddordeb mawr yn y sw, ma' raid, achos wrth gerdded o gwmpas y cewyll roedd Jim yn tynnu llwyth o luniau. Roedd ei gamera'n gwneud sŵn fel y camerâu ro'n i wedi'u gweld ar raglenni teledu, a Paula'n gofyn pob math o gwestiynau. Roedd hi'n siarad ac yn sgwennu yr un pryd, a phob tro roedd hi'n codi ei phen o'r llyfr i edrych arna i roedd hi'n gwenu ei gwên ddisglair. Sylweddolais 'mod i wrth fy modd yn cael fy holi ganddi, ac o fewn munudau ro'n i'n teimlo fel taswn i a Paula yn nabod ein gilydd yn iawn. Roedd ganddi ddiddordeb mawr yn fy enw, achos mi ofynnodd i mi ei sillafu tra oedd hi'n sgwennu.

Ar ôl holi am Ben Parc a 'nheulu, trodd ei sylw at yr anifeiliaid.

'What's your favourite animal, then?' gofynnodd.

Roedd hynny'n hawdd, achos ers i mi ei weld o gynta ym mhen draw'r crât pren ro'n i wedi cael fy swyno gan ei lygaid tanllyd.

'Joey,' atebais. 'He's the eagle-owl over there,' esboniais wrth bwyntio at Joey, oedd yn syllu'n llonydd arnon ni.

'Get a picture of the owl, Jim,' gorchmynnodd Paula, a throediodd Jim yn ofalus rhwng y pyllau dŵr a thynnu ambell lun o Joey. Os oeddan nhw'n gwpwl, roedd yn hollol amlwg pwy oedd y bòs, achos mi oedd Jim druan yn cael ei yrru o gwmpas y lle i dynnu lluniau, tra oedd Paula a finna'n cerdded yn hamddenol o un cawell i'r llall.

'What are these adorable little things?' gofynnodd wrth gawell y meerkats. Roedd Paula'n amlwg wedi gwirioni efo nhw, ac ro'n i'n trio fy ngorau i beidio syllu arni hi'n gwenu wrth wylio'r meerkats yn sefyll ar eu traed ôl.

'What's your least favourite animal?' gofynnodd Paula. Ro'n i isio sôn am Cyril a Joyce ond penderfynais beidio, gan y bysa'n rhaid i mi esbonio i Paula beth oeddan nhw'n wneud i'w gilydd, a doeddwn i ddim yn meddwl bod ein perthynas wedi datblygu digon i mi fedru trafod petha fel'na efo hi.

'Well, I like him, but the one I'm most scared of is Troy,' medda fi wrth bwyntio at gartref haearn y llew. Cerddodd Paula yn araf tuag at y conteinyr wrth amneidio ar Jim i ymuno â ni. Daeth y sŵn isel cyfarwydd o'r düwch wrth i Troy synhwyro bod rhywun yn agosáu. Mae'n amlwg fod y sŵn yn cael yr un effaith ar yr ymwelwyr ag yr oedd o wedi'i gael arna i, achos mi stopiodd y ddau yn stond. Camodd Troy allan i'r awyr agored ac mi welais Paula yn gafael ym mraich Jim.

'Good God, it's a fucking lion!' ebychodd Jim wrth godi ei gamera at ei lygad a dechra tynnu lluniau, cyn sylwi be oedd o wedi'i ddeud ac ychwanegu, 'Oops, sorry, love.'

Trodd Paula i edrych arna i. Roedd y wên wedi diflannu ac yn ei lle roedd edrychiad o ddryswch pur. Awgrymodd Jim fy mod i'n sefyll o flaen Troy a chael tynnu fy llun. Am ryw reswm mi ofynnodd Paula i mi beidio gwenu. Mae hynny'n rwbath anodd iawn i'w wneud. Ar ôl yr holl flynyddoedd o gael tynnu fy llun yn yr ysgol ac mewn partis pen-blwydd, mae gwenu pan mae rhywun yn pwyntio camera atoch chi yn dod yn naturiol. Ond roedd Paula yn benderfynol ei bod hi isio llun ohona i ddim yn gwenu, felly mi driais fy ngorau glas. Daeth cwestiynau Paula yn gyflymach ar ôl iddi weld Troy: 'Have any animals been sick? What happens to them? Have any died? Who is Brendan?' Roedd o fel bod mewn cwis, ac ro'n i'n trio fy ngorau i ateb ei chwestiynau mor gyflym â phosib tan iddi ofyn un cwestiwn ddaru wneud i mi stopio'n stond.

'Do you think these animals are happy or sad?'

Ro'n i'n gwybod yn iawn be oedd yr ateb, achos roedd Troy, Joey, y Gladstones a phob anifail arall wedi deud wrtha i. Yn wahanol i anifeiliaid y ffarm ro'n i'n gyfarwydd â nhw, y defaid a'r gwartheg oedd yn perthyn i'r caeau o'n cwmpas, roedd gan y rhain orffennol, ac felly roedd ganddyn nhw atgofion. Er nad oedd 'run ohonyn nhw wedi gweld jyngl na phaith, mae'n debyg, roeddan nhw'n gwybod yn iawn nad oeddan nhw'n perthyn i'r lle yma. Doeddan nhw ddim i fod mewn cewyll ar ffarm fwdlyd yn sir Fôn, a phob tro roeddan nhw'n syllu arna i, mi oeddan nhw'n gadael i mi wybod sut roeddan nhw'n teimlo.

Edrychais o 'nghwmpas ar yr anifeiliaid oedd allan, ac roedd y rheini hefyd fel petaen nhw'n disgwyl am fy ateb. 'Wel, be wyt *ti*'n feddwl? Ydan ni'n hapus? Dyna wyt ti'n feddwl, Tudur? Atebodd Paula drosta i yn y diwedd.

'I'll tell you what *I* think. I think they're sad. Would you say they were sad?' Nodiais fy mhen a chyfadda 'mod i'n cytuno. '*Why* do you think they're sad?' gofynnodd Paula.

'I think they want to go home.' Dechreuodd fy llais grynu.

Gafaelodd Paula yn fy llaw a gofyn yn dyner, 'Are *you* happy, or are you sad?' Teimlais y llanw'n corddi fy mol a chododd y dagrau i'm llygaid cyn i mi fedru eu cuddio. Dechreuais grio heb reolaeth, a thrwy lif o ddagrau a snot mi lwyddais i ddeud wrth Paula fy mod inna, fel yr anifeiliaid, yn drist, yn drist ofnadwy. Ro'n i'n drist achos 'mod i'n hiraethu am Mam ac ro'n i isio iddi hitha ddod adra.

Wnes i ddim sôn wrth Dad a'r Josgin am ymweliad Paula a Jim. Roedd gen i ormod o gywilydd. Mi fysa fo wedi bod yn fêl ar fysedd y Josgin tasa fo'n gwybod 'mod i wedi crio fel babi o flaen pobol ddiarth. Wnes i ddim sôn chwaith 'mod i wedi cael tynnu fy llun o flaen yr anifeiliaid, ac yn sicr wnes i ddim sôn na wnaeth y ddau dalu am ddod i mewn.

'Neb? gofynnodd Dad. 'Dim un cwsmer heddiw?' Ysgydwais fy mhen ac mi edrychodd y Josgin arna i, yn amlwg yn synhwyro fy nghelwydd. Rhoddodd Dad ei ben yn ei ddwylo a syllu ar y bwrdd, ac am y tro cynta erioed mi welais i ei fod o wedi'i drechu.

'Be 'dan ni'n mynd i neud, Dad?' gofynnais. Cododd ei ben o'i ddwylo.

''Dan ni'n mynd i ffeindio'r Blydi Gwyddal 'Na, dyna be 'dan ni'n mynd i'w wneud.'

Ond roedd ffeindio'r 'Blydi Gwyddal 'Na' yn anoddach nag yr oedd Dad wedi'i ddychmygu. Doedd dim sôn amdano yn unman. Roedd Dad wedi bod yn holi hen ffrind ysgol iddo oedd yn gweithio yn y porthladd yng Nghaergybi, ond doedd hwnnw ddim yn cofio gweld neb tebyg i Brendan yn mynd a dod dros y misoedd diwetha. Lle ddiawl oedd o?

Dydd Sadwrn oedd hi pan ddaeth Brendan Fitzgibbon i Ben Parc am y tro ola. Ro'n i'n eistedd yn y stabl fach yn gwneud jig-so *African Savannah Scene* am y canfed tro.

'I hope you paid for that, young fella!' Ymddangosodd y Gwyddel yn y drws efo'i wên fawr. Cyn i mi gael cyfle i ateb, clywais lais Dad yn gweiddi o gyfeiriad y garafán.

'Fitzgibbon! Where the bloody hell have you been?' Gwelais Dad yn brasgamu tuag at y Gwyddel efo'r Josgin yn trotian y tu ôl iddo a golwg wedi dychryn ar ei wyneb. Ro'n i'n meddwl bod Dad am ymosod arno'n syth, ac mae'n amlwg fod Brendan wedi meddwl yr un peth achos mi fagiodd yn erbyn wal y stabl. Roedd hefyd yn amlwg fod Dad wedi treulio dyddiau'n paratoi ei araith achos mi lifodd y geiriau allan fel draen yn cael ei dad-flocio. Roedd o am i Brendan fynd â'r anifeiliaid o'r ffarm. Roedd o'n fodlon helpu i drefnu hynny a hyd yn oed talu am lorri, a hynny cyn gynted â phosib – roedd Dad isio'i iard stablau yn ôl ac roedd y dîl ar ben. Mi ddeudodd Brendan ei fod o'n dallt yn iawn ond ei fod o'n siomedig nad oedd Dad yn ddigon o foi busnes, a ddim yn ddigon o ddyn, i gadw at ei air. Esboniodd Dad: os na fysa Brendan yn cael gwared o bob dim o fewn y dyddiau nesa, mi fysa fo'n tynnu'r wên oddi ar ei wyneb – nes bysa'n rhaid iddo fo roi'r brwsh a'r past i fyny'i din er mwyn llnau ei ddannedd. Rhoddodd y Josgin ei law dros ei geg i drio stopio'i hun rhag chwerthin, ond mi oedd gen i ormod o ofn y bwystfil oedd yn edrych fel Dad.

'Do you understand, Brendan?' bloeddiodd Dad fodfeddi o wyneb y Gwyddel. Cytunodd hwnnw a cherdded yn gyflym at ei lorri. Wrth i Brendan yrru i fyny'r lôn, trodd Dad aton ni efo winc fuddugoliaethus. 'Panad, ia?' gofynnodd, fel tasan ni newydd orffen dadlwytho llwyth o ddefaid. Roeddwn i'n caru Dad.

PENNOD 9

THE WORST ZOO IN BRITAIN

Anti Ceinwen ffoniodd gynta y bore Sul hwnnw.

'Ydi dy dad yna?' gofynnodd.

'Nac'di, sori, Anti Ceinwen, mae o allan. Ydi Mam yn iawn?' gofynnais.

'Wel, ma' hi 'di dychryn, 'run fath â phawb arall, ond ma' hi'n iawn,' atebodd Anti Ceinwen.

''Di dychryn? Pam – be sy 'di digwydd?'

'O'r nefoedd!' medda Anti Ceinwen, cyn i mi glywed swn rhwbio wrth iddi roi ei llaw dros y ffôn. Clywais hi'n sibrwd drwy'r swn, 'Dydyn nhw'm yn gwbod.' Ac yna daeth Mam ar y ffôn.

'Tudur? Pan ddaw Dad adra, gofyn iddo fo fy ffonio i'n syth, plis. Mi ddo i draw nes ymlaen, iawn cariad?' Roedd yna daerineb yn ei llais wnaeth i 'nghalon i guro'n gyflymach.

'Mam! Be sy wedi digwydd?' crefais.

'Jyst gofyn iddo fo ffonio'n syth, cariad. Fydd pob dim yn iawn, tria beidio poeni, 'ngwas i.'

Roedd y Josgin hefyd wedi synhwyro bod rwbath o'i le ac yn syllu arna i efo llwyaid o Rice Krispies yn hofran wrth ei geg agored.

'Be sy?' gofynnodd.

'Mam oedd 'na. Nath hi roi'r ffôn i lawr. Mae 'na rwbath 'di digwydd.' Trodd y ddau ohonon ni i edrych ar y drws wrth i Dad ei agor. Roedd ganddo fag plastig yn un llaw, peint o lefrith yn y llaw arall, torth o dan un gesail a sigarét yn ei geg. Mi welodd o ni'n syllu arno, a rhoi'r bag ar y bwrdd.

'Ia, iawn, ro' i o off rwan,' medda fo wrth fynd draw at y sinc a gwlychu blaen y sigarét i'w diffodd. Daeth yn ôl at y bwrdd a sylwi 'mod i a'r Josgin yn dal i syllu arno. 'Dim ond smôc ydi o, a fedra i stopio pan dwi isio beth bynnag. Ma' 'na *choc ice* bob un i chi yn y bag.'

'Ma' Mam newydd ffonio,' medda'r Josgin. 'Ma' 'na rwbath wedi digwydd.'

'Be?' medda Dad, a'i lygaid yn fawr. 'Be sy 'di digwydd? Ydi hi'n iawn? Y blydi car 'na eto ma' siŵr, ia?' Roedd ei ddychymyg yn amlwg yn dechra neidio o un lle i'r llall.

'Ma' hi isio i chi ei ffonio hi yn tŷ Anti Ceinwen,' medda fi. Rhuthrodd Dad at y ffôn a throi olwyn y rhifau cyn gynted ag y medra fo.

'Morfudd!' gwaeddodd. 'Be sy matar? Ti'n iawn?' Gwrandawodd ar Mam yn siarad. Trodd i sbio arna i a'r Josgin. Roedd yn rhaid i ni ddyfalu be oedd oedd yn cael ei ddeud wrth edrych ar yr ymateb ar ei wyneb. Roedd ei edrychiad yn un dryslyd i ddechra, ond mi drodd yn un o ddychryn wrth iddo ateb.

'Do, mae o gen i yn fama,' medda Dad wrth ddal y ffôn efo'i ysgwydd ac estyn am y bag plastig oddi ar y bwrdd. Tynnodd gopi o'r *News of the World* allan o'r bag. Roedd y ddau *choc ice* wedi glynu'n wlyb yn y dudalen ôl yn ystod y daith o'r pentre, ac wrth iddo agor y papur disgynnodd y ddau ar y bwrdd. Edrychodd Dad ar y dudalen flaen a gollyngodd y ffôn. Rhoddodd y plastig gwyrdd glec ar y llawr cyn bownsio'n araf ar ei weiran, ac edrychodd y ddau ohonon ni ar Dad yn syllu ar y papur newydd. Cododd ei ben cyn gofyn, 'Oeddat ti'n gwbod am hyn, Tudur?'

Taflodd Dad y papur newydd ar y bwrdd o 'mlaen i a'r Josgin, a hyd yn oed ben ucha'n isa, ro'n i'n medru nabod yr wynebau cyfarwydd. Wrth edrych ar y lluniau ro'n i'n ymwybodol o lais Mam yn galw ar y ffôn, oedd yn dal i fownsio. Cododd y Josgin y ffôn i'w glust yn araf.

'Ma' Tudur yn y *News of the World*, Mam,' cyn rhoi'r ffôn i lawr ar y bwrdd a throi'r papur rownd er mwyn medru ei ddarllen yn uchel.

Roedd Troy yn edrych yn syth arna i o'r papur efo'i lygaid cyhuddgar. 'THE WORST ZOO IN BRITAIN' bloeddiai'r pennawd, ac i'r dde o Troy roedd Cyril yn edrych fel tasa fo'n gweiddi arna i, a Joyce i'w gweld yn y cefndir yn cael mymryn o seibiant. Ac wedyn, wrth gwrs, roedd fy llun i efo 'ngwefusau wedi'u gwasgu mor dynn at ei gilydd nes bod dau dwll wedi ymddangos yn fy mochau wrth i mi drio fy ngora glas i beidio gwenu. Darllenais y frawddeg o dan fy llun: 'A tearful Trudy, 13, was upset when questioned about the animals.'

'Be ti 'di neud?' sibrydodd y Josgin wrth ddarllen yr erthygl. Roedd Dad yn eistedd yr ochor arall i'r bwrdd yn tynnu ar sigarét o baced newydd sbon. 'Sbiwch be mae o'n ddeud, Dad,' medda fo wedyn. 'Some animals have died, their bodies whisked away and disposed of by owner Brendan Fitzgibbon.'

'Ddim dyna ddeudis i,' protestiais. 'Deud wnes i fod Brendan wedi mynd â'r walabi farwodd yn ôl at y milfeddyg yn Werddon.' Darllenodd y Josgin fwy o'r erthygl: 'The public has been disgusted by what they have witnessed at what is being called The Worst Zoo in the Country.'

'Ddeudis i fod 'na rai wedi gofyn am eu pres yn ôl am nad oes 'na'm llawer o betha i'w gweld pan ma' hi'n bwrw glaw ...' Crynai fy llais. Chymerodd y Josgin ddim sylw o 'mhrotestiadau.

'The animals are fed putrified fruit and veg, with the male lion occasionally given chewy sweets.'

'Be ddudis i oedd fod Troy yn edrych fel tasa fo'n gwenu pan mae o'n cnoi ar Toffee Bon-bon. Do'n i'm yn gwbod 'u bod nhw o'r papur newydd Dad, dwi'n gaddo.'

Cymerodd Dad lond ysgyfaint o'i smôc ac eistedd yn ôl yn ei gadair cyn gwneud y peth dwytha ro'n i'n ddisgwyl iddo fo'i wneud. Mi ddechreuodd chwerthin. Ro'n i'n meddwl mai tagu oedd o i ddechra achos roedd y mwg sigaréts yn dod o'i geg yn gymylau bach wrth iddo ysgwyd yn ei gadair. Ar ôl i'r mwg i gyd adael ei gorff, cymerodd lond ysgyfaint o wynt glân a chwerthin yn uchel. Edrychodd y Josgin a finna ar ein gilydd heb ddallt be oedd yn digwydd, cyn sbio ar Dad yn chwerthin yn afreolus ar y copi o'r *News of the World* ar y bwrdd oedd â llun o'i fab fenga ar y dudalen flaen.

Ddaru'r ffôn ddim stopio canu drwy'r dydd. Teulu a ffrindia Dad oedd yn galw i ddechra, y rhan fwya'n ffonio i ofyn oeddan ni wedi gweld y *News of the World*, a'r lleill yn tynnu coes gan wneud lleisiau gwirion a gofyn am lofnodion. Ond erbyn y pnawn doedd y galwadau ddim mor gyfeillgar – roedd o'n teimlo fel tasa gweddill y byd wedi dod o hyd i rif ffôn Pen Parc, ac roeddan nhw'n flin. Roedd rhai ohonyn nhw'n flin iawn.

'Rhag eich cywilydd chi,' gwaeddodd un ddynas pan atebais y ffôn. 'Dach chi'n rhoi enw drwg i ffarmwrs.'

'Dach chi isio siarad efo Dad?' gofynnais.

'Nag oes, dwi'm isio siarad efo'r sglyfath,' atebodd, cyn rhoi'r ffôn i lawr. Mi ddaru un dyn Saesneg alw'r Josgin yn 'Stupid Welsh Bastard'. Roedd Dad yn gwrthod siarad efo neb ac roedd y Josgin wedi dechra gweiddi 'Piss off' ar bawb oedd yn ffonio, felly mi benderfynais dynnu'r ffôn oddi ar y bachyn am weddill y diwrnod. Ddaeth Mam ddim i'n gweld ni y noson honno wedi'r cwbwl, achos mae'n debyg ei bod hi'n un o'r rhai ddaru ffonio a chlywed y cyfarwyddyd ffiaidd gan y Josgin.

Gofynnodd Dad i mi adrodd hanes ymweliad Paula a Jim i Ben Parc, ac er bod y Josgin yn ysgwyd ei ben yn ddirmygus drwy gydol fy stori, ddaru Dad ddim mynd yn flin o gwbwl.

'Ac wedyn mi wnaethon nhw adael heb dalu,' medda fi. 'Ro'n i'n meddwl y bysach chi'n flin, felly wnes i'm sôn. Sori, Dad, arna i ma'r bai am hyn i gyd, 'de?'

'Ia,' medda'r Josgin.

'Na, Tudur, ddim dy fai di ydi hyn. Dwi'n gwbod yn iawn pwy sy'n gyfrifol am hyn,' medda Dad wrth daro'i fys ar dudalen flaen y papur newydd.

'Y Blydi Gwyddal 'Na!' medda'r Josgin.

'Taw, Dewi,' atebodd Dad yn ddistaw. 'Fi sy ar fai, a neb arall. A dwi'n ymddiheuro i chi, hogia, mi ddyliwn i fod wedi gwrando ar 'ych Mam,' medda fo wrth godi ar ei draed a chychwyn am y parlwr.

Y noson honno mi ges i'r freuddwyd eto, ond y tro yma doedd dim llifogydd. Roedd y byd i gyd yn hollol sych. Roedd y tir yn llychlyd ac wedi llosgi'n felyn fel y bysa fo yn ystod haf poeth. Ro'n i'n cerdded ar fy mhen fy hun tuag at y goeden fawr, a heblaw ambell sgerbwd anifail yn gorwedd ar hyd y caeau, doedd dim arwydd o fywyd yn unman. Sefais wrth fonyn y goeden fawr oedd yn foel a difywyd, a theimlo rhyw unigrwydd brawychus ddaru wneud i mi weiddi mewn ofn. Mi oeddwn i'n gweiddi am Mam.

Galwodd Mam heibio ar y dydd Llun efo llond basged o ddillad glân a tun o deisenni Berffro melys. Am yr eildro, adroddais hanes Paula a Jim. Roedd Mam yn gwrando'n astud, ond pan wnes i sôn fod Jim wedi tynnu llwyth o luniau o Cyril a Joyce yn mynd drwy'u pethau, a bod Paula wedi gofyn iddo fo stopio, mi ddechreuodd Mam chwerthin. A chwerthin yn afreolus, yn union fel roedd Dad wedi gwneud.

'O, Tudur bach, dwi'm yn chwerthin ar dy ben di, 'ngwas i, ond pwy fysa'n meddwl bod fy hogyn bach i wedi cael ei lun ar ffrynt pêj y *News of the World*!' medda hi wrth sychu'r dagrau o'i llygaid. 'Doedd Dad ddim yn rhy flin pan welodd o fo, gobeithio?'

'Chwerthin nath *o* hefyd,' medda fi.

'Ia ma' siŵr, y diawl gwirion iddo fo.'

Daeth Dad i mewn i'r tŷ ac mi es i am y llofft, ond, am y tro cynta ers misoedd, doedd dim gweiddi, a wnaeth drws y parlwr ddim cau'n glep. Daeth Mam i fyny ata i a rhoi sws ar fy nhalcen cyn mynd yn ei hôl i dŷ Anti Ceinwen.

'Nos da, 'mabi gwyn i. Mi fydda i adra eto'n fuan.'

Adroddais y frawddeg honno drosodd a throsodd yn ystod y dyddiau nesa. Fydd Mam adra, fydd hi adra! Dyna ddeudodd hi, fydd Mam adra.

Bu hwn yn benwythnos i'w anghofio, ond er i mi weld fy llun ar dudalen flaen y News of the World, ac er i ni gael ein rhegi gan bobol gwbwl ddiarth ar ben arall y ffôn, ac er bod y sw gwaethaf ym Mhrydain yn ein iard stablau, ro'n i'n hapus. Hapus achos roedd Mam am ddod adra ac ella y bysa petha'n ddychwelyd i fel roeddan nhw'n arfer bod. Fel roeddan nhw cyn i Brendan Fitzgibbon gnocio ar ein drws, cyn i Joey gyrraedd mewn crât mawr pren, a chyn i mi ddarllen The Hamlyn Children's Animal World Encyclopedia in Colour. Ond, wrth gwrs, doedd petha byth mor syml â hynny i deulu bach Pen Parc.

Roedd y dyn yn y cap pig wedi gweld tudalen flaen y News of the World hefyd. Ac mi gyrhaeddodd fore trannoeth efo copi yn ei law. Ond ddaru Dad ddim trio cuddio'r tro yma – yn hytrach, mi welodd y fan fach las efo 'RSPCA' ar ei hochor yn cyrraedd, ac mi aeth o at waelod y lôn i'w chroesawu.

'Gymerwch chi banad a theisen Berffro?' gofynnodd Dad. Edrychodd y dyn yn y cap pig yn ddryslyd am eiliad cyn dod allan o'i fan.

'Wel ia, os dach chi'n cynnig ... diolch yn fawr iawn,' atebodd. Aeth Dad a'r dyn i mewn i'r gegin ac mi ddilynodd y Josgin a finna nhw.

'Mae gynnon ni broblem, yn does, Mr Owen,' medda'r dyn wrth i'r Josgin dywallt paned o de fel triog iddo.

'Wel, ma' gin i sawl un, ond be sy'n bod arnoch chi?' medda Dad, mewn ymgais aflwyddiannus ar jôc.

'Mae'r busnes papur newydd 'ma wedi denu lot o sylw, lot fawr o sylw. Mae Hed Offis 'di bod ar y ffôn neithiwr, ac mae gen i newyddion drwg i chi, Mr Owen.' Tynnodd y dyn ei gap pig a'i roi ar y bwrdd o'i flaen. Roedd top ei ben yn hollol foel ac yn sgleinio fel balŵn. Mi ryfeddais sut y gallai dyn dyfu mwstásh mor drwchus, ond eto'n methu cadw blewyn ar dop ei ben.

Roedd gan y dyn yn y cap pig lot fawr o newyddion drwg, ac er na chymerodd o ail banad o driog gan y Josgin, mi arhosodd yn ein cegin am dros awr. Erbyn iddo orffen roeddan ni'n gwybod tipyn mwy am ein cyfaill Brendan Fitzgibbon. Nid Brendan Fitzgibbon oedd ei enw go iawn – doedd neb yn rhy siŵr be oedd hwnnw. Roedd yr heddlu yn Iwerddon yn ei nabod fel Thomas Reilly, ac roedd yr heddlu ym Mhrydain yn ei alw'n Patrick Fitzgibbon neu Brendan Reilly, yn dibynnu pa drosedd roeddan nhw'n ymchwilio iddi. Dach chi'n gweld, roedd 'Y Blydi Gwyddel 'Na' (fel roeddan ni'n ei alw drwy'r amser bellach) yn ddyn drwg, ac roedd yr awdurdodau ar y ddwy ochr i Fôr Iwerddon yn awyddus iawn i gael sgwrs efo fo. Rhoddodd y dyn yn y cap pig grynodeb o'i droseddau i ni, neu o leia'r rheini oedd yn berthnasol i'r sw. Roedd dau gyhuddiad o greulondeb i anifeiliaid yn ei erbyn, tri chyhuddiad o gadw anifeiliaid gwyllt heb drwydded, tair gwarant o'r fainc am fethu ymddangos mewn cwrt ym Manceinion, Lerpwl a Preston, a gwarant i'w arestio ar gyhuddiad o dwyll gan yr heddlu yn Nulyn. Oedd, roedd Y Blydi Gwyddal 'Na yn ddyn drwg iawn.

'Welwn ni ddim lliw ei din o eto, felly,' medda Dad.

'Dwi'n siŵr eich bod chi'n sylweddoli, Mr Owen, fod y sefyllfa'n un ddifrifol iawn,' ychwanegodd y dyn.

'Wel yndi, dwi'n gwbod hynny'n well na neb, a'r cwbwl oherwydd un dyn. Fedrwch chi'm trystio uffar o neb 'di mynd.' Estynnodd Dad am y tebot. Rhoddodd y dyn ei gap pig yn ôl ar ei ben disglair a chodi ar ei draed.

'Dach chi'n mynd?' gofynnodd Dad. Pesychodd y dyn cyn sefyll fel adroddwr mewn steddfod.

'Ma' hi'n ofynnol i mi'ch rhybuddio'n swyddogol, yn

unol â'r Dangerous Wild Animals Act Nineteen Seventy Six. Mae gen i awdurdod i weithredu ar ran y Royal Society for the Prevention of Cruelty to Animals a'r llywodraeth,' medda'r dyn, gan edrych yn syth yn ei flaen.

'Rarglwydd, dach chi'n mynd i f'arestio fi?' gofynnodd Dad.

'Dwi'n mynd i orfod trefnu bod y rhywogaethau sydd ganddoch chi yma sydd ar restr y Dangerous Wild Animals Act 1976 yn cael eu cludo i leoliad addas er mwyn i ni eu gwarchod yn y tymor byr, ac er mwyn i ni asesu eu ...'

'Blydi hel, ddyn!' gwaeddodd Dad. 'Siaradwch Gymraeg, wir dduw!'

Edrychodd y dyn ar Dad, ac wedyn arna i a'r Josgin.

'Be dwi'n drio ddeud ydi, mi fydd yn rhaid i mi fynd â rhai o'r anifeiliaid 'ma i ffwrdd, ac mae'n ddrwg iawn gen i, ond mi fydd yn rhaid i chi gau'r sw,' cyhoeddodd, cyn ychwanegu, 'o heddiw ymlaen.'

Trodd Dad ei ben i edrych arna i a'r Josgin. Rhoddodd winc fach slei cyn claddu ei wyneb yn ei ddwylo'n ddramatig.

'Mae'n wir ddrwg gen i,' medda'r dyn yn y cap pig yn euog. Cododd Dad ei ben ac edrych i fyny ar y dyn yn llawn anobaith.

'Ma' raid i chi neud be ma'n rhaid i chi neud, am wn i. Pryd fyddwch chi'n mynd â nhw o 'ma? Mi helpwn ni, wrth gwrs, yn gwnawn hogia?' Mi nodiais i a'r Josgin.

'Wel, mi fedra i fynd â bob dim heblaw'r llew heddiw.'

'Oes 'na lorri ar ei ffordd yn barod, felly?' gofynnodd Dad.

'Na – mi fedra i 'u cael nhw i mewn i'r fan,' esboniodd y dyn wrth ddechra cerdded at y drws.

'I'r fan fach 'na? Hold ddy bôt ...' galwodd Dad ar ei ôl. 'Dach chi am fynd â'r anifeiliaid 'ma i *gyd*, yn dydach?'

'Wel, nac'dan,' medda'r dyn yn y cap pig cyn dod yn ôl i eistedd wrth y bwrdd. Esboniodd fod rhestr o anifeiliaid ar y Dangerous Wild Animals Act 1976, a'r unig anifeiliaid oedd ganddon ni yn y sw oedd ar y rhestr honno oedd Troy (*panthera leo*) a'r Gladstones (*varecia variegata variegata*). Edrychodd Dad ar y dyn mewn arswyd wrth iddo esbonio mai ni, felly, oedd yn gyfrifol am weddill yr anifeiliaid yn y sw.

'Ond dim fi sy pia nhw!' protestiodd Dad.

Esboniodd y dyn. Gan fod yr anifeiliaid ar ein tir ni, ac nad oedd posib dod o hyd i'r perchennog honedig, roeddan ni'n llwyr gyfrifol amdanyn nhw. A ni hefyd oedd yn gyfrifol am gael gwared ohonyn nhw.

Roedd wyneb Dad wedi troi'n welw a'i geg yn hongian fel sach wag. Ma' raid fod y dyn wedi gweld Dad yn edrych draw at y cabinet lle roedd o'n cadw'r twelf bôr, achos mi esboniodd be yn union roedd o'n ei olygu drwy ddeud 'cael gwared'. Mi fysa'n rhaid i ni ddod o hyd i gartrefi newydd i'r holl anifeiliaid yn y sw, cartrefi addas, trwyddedig, wedi'u cofrestru efo'r RSPCA. Ma' raid fod y dyn wedyn wedi gweld Dad yn edrych i fyny ar dop yr hen ddresal a'r poteli gwenwyn lladd tyrchod daear, achos mi esboniodd be fyddai'n digwydd hyd nes y bysan ni wedi cael gwared o'r anifeiliaid i gyd. Roedd y dyn yn y cap pig am alw draw ym Mhen Parc o leia unwaith yr wythnos i gadw llygad ac, yn bwysicach, i gyfri'r anifeiliaid. Rhybuddiodd y dyn fod dirwy o hyd at fil o bunnau i'w chael pe byddai unrhyw greadur yn diodda, yn marw neu, yn syml, ddim yna.

Rhoddodd Dad wich fach ar ôl iddo wneud y syms yn gyflym yn ei ben. Mi fysa'r meerkats yn unig yn gallu costio ugain mil i ni, ac roeddan ni wedi sylwi bod llygad un o'r rheini'n edrych yn glwyfus yn barod. Mi sicrhaodd y dyn y bysa fo'n ein helpu ni, o fewn rheswm, ond cyn iddo fo adael, pwysleisiodd eto gyfrifoldeb Dad i gadw pob un anifail yn fyw ac yn iach erbyn y tro nesa fysa fo'n galw.

'Be ddiawl 'dan ni'n mynd i neud rŵan, Dad?' gofynnodd y Josgin wrth i'r fan fach las ddiflannu i fyny'r lôn.

'Gweddïo ...'

Y bore trannoeth gwelodd pawb yn y pentre ddwy fan a lorri RSPCA yn gyrru am Ben Parc. Dilynwyd nhw gan Glyn Mabel ar gefn ei feic.

'Dwi'n gwbod pam bod y rhein yma. Dach chi 'di gweld hwn, Dic?' gofynnodd Glyn gan dynnu copi blêr o'r *News of the World* o'i gôt.

'Do, siŵr dduw,' medda Dad wrth gerdded ar draws yr iard i gyfarfod y dynion mewn capiau pig.

'Ma' pawb yn y pentra 'cw yn sôn amdanat ti, Tudur. Does 'na neb yn cofio rhywun rownd ffor' hyn yn cael ei lun yn y papur newydd o'r blaen, heblaw Rodney Tŷ Capal ddaru foddi, a dim ond yn y *Daily Post* oedd hwnnw. Be sy'n digwydd felly, ydi dy dad mewn trwbwl?' gofynnodd Glyn.

Roeddan ni'n gwybod yn iawn fod Glyn Mabel yn llawer iawn mwy effeithiol nag unrhyw bapur newydd, felly erbyn i swyddogion yr RSPCA ddenu Troy a'r Gladstones i mewn i gewyll aliwminiwm a'u rhoi nhw yng nghefn y fan a'r lorri, roedd y Josgin a finna wedi rhoi pob math o ecsgliwsifs iddo. O fewn oriau i Glyn Mabel a'r RSPCA adael ein iard roedd y stori ar led fod llew Pen Parc wedi byta'r Blydi Gwyddal 'Na, ac mai syniad nesa Dad oedd agor syrcas efo gweddill yr anifeiliaid, a'i fod o'n chwilio am glowns. Ar unrhyw ddiwrnod arall mi fyddai gwylio Glyn Mabel yn pedlo'i feic am y pentre mor gyflym wedi gwneud i mi chwerthin, ond yr unig beth ro'n i'n gallu meddwl amdano oedd Troy yn edrych arna i cyn iddyn nhw gau'r drws mawr ar gefn y lorri. Chafon ni erioed wybod ble'r aeth y llew, na'r ruffed tailed lemurs roeddan ni wedi'u bedyddio'n Gladstones, ond lle bynnag yr aethon nhw, mi oedd o'n well lle na'r 'Worst Zoo in Britain'.

Llwyddodd Dad i 'narbwyllo i i beidio ffonio Mam nes yr oedd pob anifail wedi mynd, achos ei fod o'n ffyddiog y bysan ni wedi cael gwared ohonyn nhw erbyn i mi a'r Josgin fynd yn ôl i'r ysgol ymhen yr wythnos. Ond, unwaith eto, doedd petha ddim mor syml â hynny.

Roedd y dyn yn y cap pig wedi gadael rhestr hir o rifau ffôn pob sw yn y wlad, yn ogystal â pharciau saffari, ambell gasglwr preifat a Syrcas Mary Chipperfield, ond ar ôl iddo wneud dwy neu dair o alwadau, roedd yr olwg ar wyneb Dad yn deud y cwbwl.

'No, I'm not selling them, I'm giving them away if you come to get them,' triodd Dad esbonio'n flinedig dro ar ôl tro. Roedd 'na ddiddordeb mewn ambell anifail, yn enwedig yr adar, ond roedd pawb arall yn deud nad oedd ganddyn nhw ddigon o le. Roedd y rhai prin oedd â mymryn o le yn mynnu ein bod ni'n eu talu nhw am gymryd y creaduriaid, a threfnu'r cludiant.

'Dwi'm am wario mwy o blydi bres ar y sw 'ma,' mynnodd Dad, ond ymhen amser mi fyddai'n rhaid iddo.

'You will?' Goleuodd wyneb Dad yn ystod un alwad. Roedd Knowsley Safari Park wedi cytuno i gymryd y maras o'r Wladfa a'r moch bach hyll o Fietnam. Roedd gobaith o'r diwedd.

Erbyn i dymor yr ysgol ddechra, drwy ddyfalbarhad Dad ar y ffôn ac wedi sawl siwrne efo'r trelar stoc i berfeddion Lloegr, roeddan ni wedi llwyddo i ddod o hyd i gartrefi i'r adar i gyd heblaw Joey, a rhai o'r anifeiliaid eraill, fel y meerkats a'r cwningod. Felly, ar ddechra blwyddyn ysgol newydd pan oeddwn i'n mynd i'r drydedd a'r Josgin i'r bumed flwyddyn, roedd ganddon ni gasgliad dethol o greaduriaid o bob rhan o'r byd yn dal i fod yn ein iard stablau:

6 × mochyn cwta
2 × mwnci heglog
1 × walabi
1 × ceffyl
2 × porciwpein
2 × kinkajou (honey bear)
... a Joey

Cadwodd y dyn yn y cap pig at ei air a dychwelyd yn rheolaidd i gadw llygad a chyfri'r anifeiliaid.

'Mae gen i newyddion da, Mr Owen,' medda fo un bore oer.

'Haleliwia! Dach chi 'di ffeindio'r Blydi Gwyddal 'Na yn gelain gobeithio?' gofynnodd Dad.

'Na, mae'r heddlu'n dal i chwilio am hwnnw. Dwi wedi bod yn gwneud ymholiadau ar eich rhan chi, a dwi'n meddwl 'mod i wedi dod o hyd i gartrefi i weddill yr anifeiliaid,' medda'r dyn yn falch.

'O ddifri?' gofynnodd Dad.

'Wel, mae petha'n edrych yn obeithiol beth bynnag, ond ...' Neidiodd Dad ar ei draed a dyrnu'r awyr fel pêl-droediwr oedd newydd rwydo.

'Ffan-blydi-tastic, ddyn! Heblaw bod gynnoch chi fwstásh mor fawr, mi faswn i'n rhoi sws chi!'

'Ia, ond yn anffodus, mae 'na un broblem fach,' eglurodd y dyn. Safodd Dad yn llonydd a syllu arno.

'Dach chi'n gweld, maen nhw'n fodlon cymryd yr anifeiliaid, ond ddim tan y gwanwyn,' datgelodd y dyn yn bryderus.

'Ydyn nhw isio pres, felly?' gofynnodd Dad.

'Na, dwi'm yn meddwl.'

'Wel, does 'na'm byd i boeni yn 'i gylch o felly, nag oes?

Mi fedran ni 'u cadw nhw tan y gwanwyn. 'Dan ni 'di medru eu cadw nhw am fisoedd yn barod – wneith dau neu dri mis arall mo'n lladd ni. Na, nhw sy bwysica,' medda Dad wrth edrych o gwmpas y bwrdd am gefnogaeth.

Oeddan, mi oeddan ni wedi llwyddo i gadw'r creaduriaid estron yn fyw ers misoedd bellach, a hynny heb affliw o ddim help gan eu perchennog, ac roedd y Josgin a finna'n rhannu brwdfrydedd Dad wrth ffarwelio unwaith eto â'r dyn yn y cap pig. Ond doeddan ni ddim wedi ystyried bod y gaeaf ar ei ffordd, ac os oedd haf 1980 yn un siomedig, roedd gaeaf y flwyddyn honno yn saith gwaith gwaeth.

Fel y gŵyr pawb mae Môn yn ynys, ac yn enwog am fod fymryn yn wahanol i weddill Cymru. Mae'r dirwedd yn wahanol, mae'r bobol yn wahanol – yn sicr, mae ffasiwn yr ynys yn unigryw. Ond mae gan ynys Môn hinsawdd wahanol i weddill Cymru hefyd. Yn aml mae hi'n medru bod yn gymylog a llwm ar y tir mawr, ond pan groeswch un o'r pontydd dros y Fenai, mi gyrhaeddwch awyr las a haul cynnes. Wrth gwrs, mae hyn yn medru gweithio i'r gwrthwyneb hefyd. Tra mae defaid mynydd yn pori mewn llonyddwch yng nghysgod Eryri, gall defaid Môn, ychydig filltiroedd i'r gorllewin, fod yn cuddio mewn cloddiau rhag cael eu chwythu ar hyd y caeau fel ewyn y môr.

Mae'r gaeaf ar yr ynys yn fwystfil dychrynllyd ac anwadal, ac mae Pen Parc yn gorwedd o flaen ei geg. Mae storm yn medru cyrraedd o'r môr mewn munudau, gan drawsnewid diwrnod tawel yn un brawychus a threisgar. Roedd Dad wastad yn deud bod pobol Môn wedi esblygu mewn ffordd wahanol i bobol gweddill Cymru, ac na fyddai Monwysion go iawn yn tyfu'n dalach na chwe troedfedd, oherwydd y tywydd.

Roeddan ni'n tri wedi anghofio bod y rhan fwya o'r anifeiliaid yn ein gofal yn hanu o ardaloedd trofannol ein planed, ac felly wedi addasu i fedru delio efo gwres eithafol, a hyd yn oed ambell gawod o law reit ddramatig. Doeddan nhw'n sicr ddim wedi esblygu i fedru byw drwy aeaf ar ynys Môn, lle roedd eirlaw yn peltio o'r ochor a'r gwynt yn medru rhewi snot cyn iddo gyrraedd eich gwefus ucha. O fewn pythefnos i mi ailddechra ar fy ngyrfa academaidd yn yr ysgol, roedd storm gynta'r hydref wedi galw, ac roedd hi'n un flin. Cododd y môr gan grafangu'n wyllt am y tir am dri diwrnod. Roedd yr ewyn yn cael ei chwythu fel eira ar draws y caeau, a'r heli'n sychu'n wyn ar bob dim o fewn ei gyrraedd. Mi sylweddolon ni, yn ystod y tri diwrnod rheini, fod y dasg o gadw'r creaduriaid yma'n fyw ac yn iach am fod yn un anoddach nag roeddan ni wedi meddwl.

Dysgodd Joey wers werthfawr iawn i ni yn ystod y storm gyntaf honno. Y bore ar ôl i'r gwyntoedd mawr dawelu, mi es i a'r Josgin i borthi'r anifeiliaid cyn mynd am y bỳs. Dim ond chwarter yr amser roedd y joban yma'n ei gymryd bellach, gan fod mwyafrif y gwesteion wedi'n gadael ni. Dechreuais efo'r moch cwta, oedd yn byw mewn hen gist fawr bren wedi'i throi ar ei phen efo dau dwll bach yn ei chefn i'r petha bach gael mynd a dod i'r awyr agored. Roedd ganddyn nhw ardd fawr wedi'i ffensio, ac er bod yr ardd bellach yn fwdlyd, o leia roedd y dewis ganddyn nhw i fentro allan os oedd y tywydd yn caniatáu.

Camais dros y ffens ac i mewn i'w gardd. Agorais gaead y gist yn ofalus, rhag i mi eu dychryn, a gweld eu bod nhw i gyd wedi pentyrru ar ben ei gilydd yn un gornel. Rhoddais fymryn o foron wedi'u torri'n fân yng nghanol y gist a'i chau'n ofalus. Wrth fynd yn ôl at y ffens, gwnaeth rwbath i mi droi rownd ac agor y gist unwaith eto. Dyna lle roeddan nhw, yn dal i guddio'n grynedig yn y gornel. Ro'n i wedi gweld y moch cwta'n ymddwyn fel hyn unwaith o'r blaen, sef y diwrnod y cyrhaeddon nhw yn y crât pren. Roedd ganddyn nhw ofn rwbath. Rhoddais fy llaw yn y gist a gafael yn ofalus yn y mochyn cwta oedd yn gorwedd ar ben y domen.

''Na fo, paid â bod ofn. Dim ond isio gweld ydi pawb yn iawn ydw i,' cysurais y creaduriaid yn dawel wrth eu codi a'u symud fesul un. Cyfrais nhw wrth i mi eu codi: un, dau, tri, pedwar, pump. Cyfrais eto. Pump. Edrychais o gwmpas y gist, o dan y gwair tamp ac yn y bowlen ddŵr. Pump. Roedd 'na chwe mochyn cwta i fod. Chwiliais o gwmpas eu gardd – dim golwg. Doedd 'na ddim twll yn y weiran a doedd 'na'm posib eu bod yn medru tyllu allan achos roeddan ni wedi claddu shîtiau asbestos o dan y cwbwl fel na allen nhw greu twneli. Roedd un mochyn cwta ar goll – neu fel y bysa Dad yn debygol o ddeud, roedd 'na werth mil o bunnoedd o fochyn cwta wedi diflannu. Ond i ble? Doedd o ddim wedi mynd o dan y ffens na thrwyddi, a doedd moch cwta ddim yn gallu fflio. Rhedodd ias i lawr fy ngwar wrth i mi gael y teimlad fod rhywun yn fy ngwylio. Edrychais draw at gawell Joey, a gweld bod y drws yn gil agored. Yno, ar ei frigyn, roedd y bwystfil llonydd yn dal i eistedd. Roedd o'n syllu arna i'n oeraidd ac ro'n i bron yn ei glywed o'n deud, 'Dwi newydd gael un o dy foch cwta di i frecwast.'

Fedrwn i ddim bod yn hollol sicr mai ar Joey roedd y bai am y diflaniad, ond fo oedd yr unig un dan amheuaeth. Ma' raid fod y storm wedi ysgwyd ei gawell cymaint nes bod ei ddrws wedi agor, ond pam nad oedd o wedi dengid? Yr unig esboniad allwn i feddwl amdano oedd fod y tywydd garw wedi'i gadw yn ei gynefin, a hwyrach ei fod o wedi sylwi nad oedd angen iddo fo fynd lawer pellach. Roedd pob dim roedd o ei angen ar stepan ei ddrws – neu o leia roedd ganddo bum brecwast blasus arall o fewn ei afael. Beth bynnag ddigwyddodd, roedd yn rhaid i ni weithio'n gyflym i adfer y sefyllfa. Felly, aeth Dad a finna i'r siop anifeiliaid anwes ym Mangor ac mi brynon ni fochyn cwta am saith bunt. Doedd o'm cweit yr un lliw â'r un colledig ond roeddan ni'n reit ffyddiog na fydda'r dyn y cap pig yn sylwi.

'Ma' raid i ni fod yn uffernol o ofalus o'r rhain rŵan,' siarsiodd Dad ni ar ôl rhoi'r mochyn cwta newydd i mewn yn y gist.

'Pam fedran ni jyst ddeud bod yr anifeiliaid i gyd wedi dengid yn ystod y storm, a gadael iddyn nhw fynd?' gofynnodd y Josgin. Edrychodd Dad a finna ar ein gilydd am eiliad wrth i ni ystyried ei syniad.

'Na. Dwi'm isio'r blydi bwji mawr 'ma o gwmpas yn hambygio'n ŵyn ni ddechra'r flwyddyn, a ph'run bynnag, ma' siŵr na fysa'r gweddill yn mynd yn bell iawn. Na, does 'na ddim ond un peth amdani, hogia.' Y noson honno, daeth yr anifeiliaid i mewn i'r tŷ.

PENNOD 10

Eleanor Tremayne (Mrs)

Cyn sôn am y profiad o rannu'n cartref efo casgliad o anifeiliaid gwyllt, mae'n rhaid i mi sôn am y profiad o ymweld â thŷ Mrs Tremayne. Un bore glawog, stopiodd Selwyn y Postman ei fan wrth i Dad ein gyrru ni at y bỳs.

'S'mai,' medda Dad yn swta wrth ddal ei law allan drwy'r ffenest. Roedd Selwyn Postman wedi pechu ar ôl bod yn hel straeon am y sw a'r bwystfilod honedig oedd ganddon ni.

'Su'mai bora 'ma?' atebodd Selwyn. Roedd ganddo swp o lythyrau brown fel arfer, ond mi estynnodd amlen werdd oddi ar y dashbord a'i rhoi ar ben y llythyrau eraill.

'Ma' hwn gan y ddynas 'na sy'n byw yn Tŷ Lan y Môr. Dwi'm i fod i gario llythyrau preifat, ond ma' Avril 'cw'n deud 'i bod hi'n wrach, a dach chi'm i fod i ypsetio pobol felly.'

'Diolch,' atebodd Dad gan gymryd y post.

'Be 'di hanas y sw rŵan? Sut ma'i dallt hi i mi ac Avril 'cw ...' Chlywson ni ddim o weddill ei gwestiwn gan fod Dad wedi cau'r ffenest a gyrru yn ei flaen. Sawl blwyddyn yn ddiweddarach mi gollodd Selwyn ei waith ar ôl cael ei gyhuddo o ddwyn. Mi gafodd o strôc cyn i'r achos gyrraedd y llys, felly doedd neb cweit yn siŵr oedd o'n euog ai peidio. Ond yn ystod y blynyddoedd blaenorol roedd Avril a fynta wedi bod yn mynd ar wylia i Tenerife ddwywaith y flwyddyn, a ches i ddim pres pen-blwydd gan Anti Mary Bodafon am dair blynedd, er ei bod hi'n taeru ei bod hi wedi gyrru cerdyn a phapur pumpunt ynddo fo bob tro.

'I chdi ma' hwn, Tudur,' medda Dad a rhoi'r amlen werdd i mi.

'Be ma'r hulpan 'di ffeindio i gwyno amdano fo rŵan?' medda'r Josgin.

'Dwn i'm,' atebais wrth agor yr amlen. Llwyddais i daro golwg sydyn drosto heb i'r Josgin weld.

'Be ma' hi'n ddeud?' gofynnodd.

'Gofyn am y ceffyl ma' hi. Dydi hi'm yn gall, siŵr.'

Stwffiais y llythyr a'r amlen i mewn i fy mag ysgol. Be ddaru'r Josgin ddim ei weld oedd y llun.

Disgwyliais tan ar ôl y wers gynta cyn cymryd golwg fanylach ar gynnwys yr amlen werdd. Roedd un dudalen ynddi, a'r llawysgrifen arni oedd yr un brydferthaf welais i erioed. Erbyn dallt, roedd Mrs Tremayne yn defnyddio steil llawysgrifen italic, ond yr unig beth wyddwn i ar y pryd oedd fod ei llythyr yn edrych fel tasa fo wedi'i sgwennu ganrifoedd yn ôl. Roedd hanner dwsin o ffotograffau yn yr amlen hefyd, ac wrth i mi edrych drwyddyn nhw mi deimlais ryw don o euogrwydd yn fy ngorchuddio. Roedd lluniau o'r cewyll efo ambell anifail i'w weld yn sbecian allan o'i gwt, ei lygaid trist yn syllu o'r cysgodion. Roedd llun ohona i a'r Josgin yn amlwg yn disgwyl am y bỳs ac wedi dychryn wrth weld Mrs Tremayne yn tynnu'n lluniau ni o ben y wal. Ac mi oedd 'na lun o Mam yn sefyll yn nrws Pen Parc. Doedd dim emosiwn i'w weld ar ei hwyneb – doedd hi ddim yn flin a doedd hi'n sicr ddim yn gwenu, ond fel yr anifeiliaid yn y cysgodion, roedd ei llygaid yn gwneud i mi deimlo'n euog.

Wrth ddarllen y llythyr, ro'n i'n medru clywed llais Mrs Tremayne.

Annwyl Tudur

Rydwyf wedi gweld y stori yn y papur newydd ac wedi sylweddoli fod ti, fel fi, yn drist iawn am yr anifeiliaid. Rydw i yn cymryd dim pleser mewn meddwl fod chi yn drist ond rydw i wedi pleseru yn fawr iawn yn gwybod fod eich 'so called Zoo' wedi cae.

Rydw i ddim yn dod i'ch gweld, Tudur, oherwydd dwi'n gwybod fod eich tad yn ddyn falch, a dwi'n meddwl yn rhywle ei fod yn ddyn da hefyd, ond rydw i yn clywed gan Selwyn y Postman, fod yr anifeiliaid yno ar y ffarm o hyd.

Rydw i'n cynnig fy llaw i chi mewn help Tudur. Os

gwnewch chi gofyn i eich tad i mi dod i'r ffarm, mi wna i be medra i wneud i rhoi cymorth i chi cadw yr anifeiliaid yn hapus a saff. Rydych chi'n gwybod ble rwy'n byw Tudur, felly rwyf yn edrych ymlaen am eich ateb a gobeithio y gawn ni fod yn ffrindiau am byth.

Yn gywir

Eleanor Tremayne (Mrs)

'Dim uffar o beryg!' gwaeddodd Dad pan soniais wrtho am gynnwys y llythyr.

Chwarddodd y Josgin wrth ysgwyd ei ben arna i'n araf. 'Dwi'n gweld gwynab y blydi ddynas 'na yn 'y nghwsg. Dwi'm isio'i weld o'n fama hefyd.'

Wnes i ddim siarad am y llythyr, na Mrs Tremayne, wedyn ond fedrwn i ddim peidio meddwl am ei chynnig o help, felly un diwrnod ar ôl yr ysgol neidiais ar fy meic a reidio am Tŷ Lan y Môr. Bwthyn bach gwyn ydi Tŷ Lan y Môr, yn edrych fel tasa fo wedi'i adeiladu o eira. Roedd tywod y traeth wedi chwythu yn erbyn y wal fach oedd yn rhedeg o gwmpas y tŷ, a chanlyniad hynny oedd fod y bwthyn yn edrych fel tasa fo'n suddo'n ara deg i mewn i'r ddaear.

Roedd popeth nad oedd wedi'i wyngalchu wedi'i beintio'n wyrdd. Roedd y drws a'r ffenestri, y giât ffrynt a'r potiau blodau o flaen y tŷ i gyd wedi derbyn côt ffresh o baent gwyrdd sgleiniog. Roedd cath fawr felen yn gorwedd fel sachaid o dywod o flaen y drws ffrynt, ac un arall lwyd yn gorwedd ar silff lechen y ffenest. Ar frig y to roedd rwbath tebyg i afr frown yn brefu arna i, ac un arall y tu ôl iddi'n busnesu. Doeddwn i ddim yn hollol siŵr pam ro'n i wedi dod i dŷ Mrs Tremayne, ac mi arhosais ar fy meic wrth giât yr ardd am dipyn, yn trio penderfynu oeddwn i am gnocio'r drws ai peidio. Ro'n i ar fin troi am adra pan welais haid o gathod yn ymddangos rownd cornel y bwthyn. Roedd o leia ugain o gathod yn neidio a rhedeg, eu cynffonnau yn yr awyr fel bymping cars yn y ffair. Clywais lais Mrs Tremayne cyn i mi ei gweld hi.

'Come along, come along, come along,' canai Mrs Tremayne wrth ddilyn y cathod rownd y gornel.

'Well, sbiwch pwy sydd yma. Tudur o'r Pen Parc. Come along, come along, come along,' canodd eto, ond doeddwn i ddim yn rhy siŵr ai efo fi roedd hi'n siarad y tro yma.

'Dewch i mewn i'r tŷ, Tudur, rydych chi'n hoffi *carrot cake*?' gofynnodd.

'Helô, Mrs Tremayne, dwi'm yn gwbod,' atebais wrth roi fy meic i sefyll yn erbyn wal yr ardd a cherdded drwy'r giât. Agorodd Mrs Tremayne y drws gwyrdd a rhuthrodd yr haid o gathod i mewn gan neidio dros yr un fawr felen oedd dal i orwedd ar y stepen. Fel y bysach chi'n disgwyl, roedd yr un ogla yn nhŷ Mrs Tremayne ag oedd arni hi, ond mil gwaith cryfach. Sylwodd Mrs Tremayne arna i'n oedi cyn camu dros y gath fawr felen.

'Peidiwch â bod ofn y Captain. Mae o'n hen iawn ac ddim yn clywed yn dda.'

'Helô, Captan,' medda fi'n gwrtais wrth gamu drosto i mewn i'r cwmwl anweledig o ddrewdod. Teimlais bwl o banig wrth i Mrs Tremayne gau'r drws ar f'ôl. Doeddwn i ddim yn meddwl y medrwn i bara'n hir iawn heb awyr iach. Roedd yr unig olau yn y stafell yn dod i mewn drwy ddwy ffenest, un bob ochor i'r drws, ac un fach arall oedd yn wynebu'r môr yn y wal gyferbyn. Un stafell oedd y bwthyn i bob pwrpas, efo tamaid o gegin fformeica yn un gornel wrth y lle tân, ac ystol bren yn y canol yn ymestyn i fyny i groglofft dywyll.

'Sit you down, young man,' medda Mrs Tremayne, wrth

fynd draw at y gegin. Roedd tomenni o ddillad yn gorchuddio pob dodrefnyn gan ei gwneud yn amhosib i mi benderfynu lle roedd y gadair agosa. Gwelais stôl odro fach wrth y tân a phenderfynais anelu am honno, ond wrth gamu tuag ati clywais sgrech arallfydol. Neidiodd cath i fyny o'r llawr o 'mlaen i a llamu i ben tomen o lyfrau ar y silff ben tân. Disgynnais yn ôl a glanio ar fy eistedd mewn mynydd o ddillad a setlodd yn siâp cadair o dan fy mhwysau.

'O, peidiwch â poeni am Sophia, mae hi'n o dan y traed drwy'r amser,' eglurodd Mrs Tremayne wrth gerdded draw efo tun bisgets a dau blât.

'Mae'r *kettle* ymlaen ac mae gennai cacen rwyf wedi gwneud,' datganodd, wrth eistedd ar y stôl odro a thynnu hanner cacen allan o'r tun. Rhoddodd un o'r platiau i mi cyn estyn cyllell boced o'i chôt, torri darn o'r gacen a'i rhoi ar fy mhlât.

'Excuse fingers!'

Ac yna, yn Nhŷ Lan y Môr, o flaen cynulleidfa o gathod, eisteddais am ddwyawr efo cacen yn fy nghôl, yn sgwrsio efo Mrs Tremayne. Erbyn i mi adael roedd tri pheth syfrdanol wedi digwydd. Roedd yr ogla wedi diflannu, ro'n i wedi penderfynu 'mod i'n licio cacen wedi'i gwneud o foron ac mi sylweddolais mai Eleanor Tremayne (Mrs) oedd y ddynas fwya arbennig i mi erioed ei chyfarfod.

Yn ogystal â gwneud cacennau, roedd Mrs Tremayne yn arbennig o dda am wrando hefyd. Mi eisteddodd ar ei stôl efo gwên garedig, yn gwrando arna i'n siarad. Ac mi *wnes* i siarad. Wnes i ddim stopio. Roedd pob dim yn byrlymu allan ohona i fel afon, a Mrs Tremayne yn gwneud synau bach i fy annog bob hyn a hyn. Mi siaradais am Mam a Dad ac am fy mrawd, am yr ysgol ac am Siân yr Odyn, am fy mreuddwyd ac am Brendan a'r dyn yn y cap pig. Ar ôl gwrando arna i'n parablu, estynnodd Mrs Tremayne am fy nwylo a gafael ynddyn nhw'n dynn.

'Mae gen ti calon fawr, fachgen,' medda hi.

A dyna pryd ddaru hi adrodd ei stori wrtha i. O fewn eiliadau ro'n i wedi cael fy nghludo i fyd cwbwl wahanol. Aeth â fi i'r India, ac i Singapore yn ystod y rhyfel, i brotestiadau myfyrwyr ar strydoedd Paris ac i greulondeb a phrydferthwch De Affrica a Rhodesia. Weithia, ar ganol y stori, mi fyddai hi'n codi bys main o flaen ei hwyneb ac yn rhuthro i fyny i'r groglofft neu'n twrio o dan un o'r tomenni dillad, cyn dychwelyd efo llun du a gwyn ohoni hi ar fwrdd llong, neu gerflun pren oedd yn anrheg gan frenin un o lwythau Affrica. Pan soniodd am ei chyfnod ym Mheriw, mi gododd ei bys unwaith eto a deud, 'Nawr, Tudur, paid â bod ofn, ond mae gen i rwbath i ddangos i ti.' Agorodd gwpwrdd bach wrth ymyl y lle tân a thynnu cerflun bach ohono.

'Wyt ti'n gwybod beth yw hwn?' gofynnodd.

'Cerflun o ben rhywun?' mentrais.

'Nid cerflun, ond pen rhywun *oedd* hwn unwaith,' medda hi'n ddramatig, ac aeth yn ei blaen i sôn am yr arferiad yn Ne America o dorri pennau gelynion a'u pobi nhw, nes eu bod nhw'n crebachu i fod yr un maint ag oren. 'Donald gafodd o'n anrheg pan ddaru fo helpu adeiladu *tunnel* yn yr Andes – ydych chi isio gafael ynddo fo?' gofynnodd. Ysgydwais fy mhen. Ei gŵr oedd Donald, a bob tro y bydda fo'n ymddangos yn ei storis, roedd hi'n edrych allan drwy'r ffenest at y môr, ac yn mwytho cefn ei llaw efo'r llall. Estynnodd lun o Donald i mi gael ei weld. Roedd o mewn lifrai milwr, yn gwisgo'r het oedd bellach yn hongian oddi ar gornel y silff ben tân, ac yn sefyll ar lan afon fawr lydan efo belt o fwledi ar draws ei frest, gwn anferth yn un llaw ac yn codi pysgodyn mawr i'w ddangos i'r camera efo'r llall.

'Roedd Donald yn Fietnam, efo'r Royal Australian Regiment,' eglurodd Mrs Tremayne. 'Dydw i ddim yn licio'r llun yma, ond hwn ydi'r unig un sydd gen i o Donald yn chwerthin. Roedd Donald yn chwerthwr da.' Dynwaredodd chwerthiniad ei gŵr mewn llais isel gan daflu ei phen yn ôl. 'Basech chi a Donald yn ffrindiau mawr, rwy'n gwybod.' Rhoddodd ochenaid fawr cyn sefyll ar ei thraed.

'Now then, young man, beth ydan ni am gwneud am eich problem?' gofynnodd.

'Mae'r RSPCA wedi ffeindio lle iddyn nhw, ond mae'n rhaid i ni eu cadw nhw tan y gwanwyn, felly mae Dad yn deud y bydd rhaid i ni ddŵad â nhw i mewn i'r tŷ tan hynny, wel, heblaw'r porciwpein achos mae o'n rhy beryg, a'r walabi achos mae o'n rhy fawr.'

'Naci, nid am yr anifeiliaid dwi'n siarad. Siarad am y peth sy'n gwneud chi'n drist.'

'Be dach chi'n feddwl?' gofynnais.

'Beth sy'n gwneud chi'n drist, Tudur? Neu cwestiwn gwell ydi, beth fydd yn gwneud chi'n hapus?' gofynnodd Mrs Tremayne. Rhoddais fy mhen i lawr i ateb.

'Mam.'

Teimlais fysedd esgyrnog Mrs Tremayne o dan fy ngên a codais fy mhen i edrych arni.

'Don't worry, my boy,' medda hi'n ddistaw. 'Mi gwneith hi ffeindio ei ffordd yn ôl.'

Roedd cerdded allan o'r bwthyn i olau dydd fel dod allan o'r pictiwrs ar bnawn Sadwrn. Daeth haid o gathod allan o'r tŷ yr un pryd â fi, a dilynodd ambell un fi wrth i mi ffarwelio â Mrs Tremayne a neidio ar fy meic i fynd adra.

'Be 'di'r ogla 'na?' gofynnodd y Josgin wrth iddo eistedd i lawr i gael ei de.

'Pa ogla?' gofynnais wrth stwffio llond fforc o fîns i mewn i 'ngheg.

'Ogla piso cath,' cyhuddodd y Josgin. Wnes i ddim edrych arno ond mi o'n i'n gwybod ei fod o'n edrych arna i'n amheus.

'Piso blydi mwnci ydi o, siŵr,' medda Dad gan bwyntio at Cyril a Joyce oedd bellach wedi ymgartrefu mewn cawell ar y silff sychu dillad uwchben yr Aga. 'O, blydi hel, ma' nhw'n dechra eto. Dwi'n mynd rownd y defaid.' Cododd Dad ar ei draed a mynd allan i'r iard.

Roedd ganddon ni bedwar creadur oedd yn hanu o goedwigoedd Canolbarth America yn ein tŷ ni, sef dau Geoffroy's spider monkey (Cyril a Joyce), a phar o kinkajous. Gan fod y kinkajou yn licio llefydd tywyll a llaith, penderfynwyd eu rhoi nhw yn y cwpwrdd sychu, ac roeddan nhw i'w gweld yn hapus iawn yno. Roedd ein dillad ysgol yn drewi o gachu kinkajou, ond mi gytunwyd bod hynny'n bris gwerth ei dalu. Yr unig le arall oedd yn addas ar gyfer y gwesteion eraill o'r jyngl oedd y silff sychu dillad uwchben yr Aga. Roedd yr Aga ymlaen drwy'r amser, felly roedd o'n cynnig cartref digon cynnes i'r mwncïod. Mi oeddan ni wedi gobeithio y bysa ysfa Cyril yn lleihau ar ôl iddyn nhw symud i mewn i'r tŷ, yn rhannol achos bod Dad wedi meddwl mai un rheswm pam eu bod nhw'n cael cymaint o secs oedd er mwyn cadw'n gynnes. Ond na. Aeth Cyril ati o fewn ychydig funudau i ni osod y cawell ar y silff. Os rwbath, roedd gwres yr Aga yn ychwanegu at ei egni, ac yn sicr doedd ganddo ddim problem efo'r ffaith ein bod ni'n eistedd droedfeddi oddi wrtho. Ro'n i wedi sylwi, hyd yn oed, fod cael un ohonon ni'n cerdded i mewn i'r gegin yn gallu sbarduno Cyril i ddechra, ac roedd ganddo arferiad annifyr o syllu arnon ni tra oedd o'n hambygio Joyce.

Mi wnaethon ni drio rhoi mymryn o breifatrwydd i'r ddau unwaith drwy osod cynfas dros y cawell, ond mi sgrechiodd Cyril yn ddidrugaredd nes y gwnaethon ni dynnu'r gorchudd. Roedd o hefyd wedi datblygu rhyw sŵn i gyd-fynd â'i weithred rhythmig ers iddo ddod i gynhesrwydd y tŷ. Roedd o fel sŵn olwyn berfa yn gwichian. Yn achlysurol mi fyddai cyfnodau o ddistawrwydd wrth i

Joyce gael mymryn o lonydd tra oedd Cyril yn cysgu neu'n bwyta, ond mi fysa'r gwichian yn gallu dechra unrhyw adeg o'r dydd neu'r nos a pharhau am oriau ar y tro.

Felly, pan gyrhaeddodd gaeaf 1980 ro'n i'n rhannu tŷ efo Dad, y Josgin, Cyril a Joyce, dau kinkajou a chwe mochyn cwta. Roedd yr anifeiliaid eraill mewn cytiau amrywiol oedd yn addas ar gyfer eu hanghenion. Roedd Joey yn y llofft storws, lle roedd digon o le iddo ymestyn ei adenydd a chyflenwad diddiwedd o lygod mawr. Roedd y walabi yn y cwt lloi o hyd, ond mi osododd Dad lamp inffra-red yno, honno roeddan ni'n arfer ei defnyddio i atgyfodi ŵyn bach sal. Rhoddai'r lamp gynhesrwydd a digon o oleuni i'r walabi, yn union fel y bysa fo'n ei gael yn anialwch Awstralia, er bod mymryn llai o le ganddo.

Roedd dod o hyd i le addas i'r porciwpein yn fwy o her. Mi ddaru ni ddarganfod yn fuan iawn fod porciwpeins yn hoffi bwyta tri pheth, sef ffrwythau, llysiau a waliau concrit. Mae porciwpein yn medru cnoi ei ffordd drwy ddwy droedfedd o wal mewn noson. Drwy lwc, mi ddaru'r Josgin ddarganfod ei dwnnel cynta cyn i'r carcharor pigog fedru stwffio'i ffordd allan i ryddid. Mi fu'n rhaid i ni brynu shîtiau mawr haearn i leinio'r cwt er mwyn cadw'r porciwpein rhag trio dianc eto. Y Josgin oedd wastad yn bwydo'r porciwpein, a hynny yn ei ffordd arferol, gan daflu ei fwyd ato drwy ran uchaf drws y stabl. Fel arfer, mi fyddai'r porciwpein yn rhuthro tuag at y drws gan ysgwyd ei gynffon yn fygythiol, ond un bora ddaru fo ddim.

Ro'n i'n digwydd dod allan o gwt cyfagos y walabi pan glywais y Josgin yn gofyn iddo'i hun, 'Lle ddiawl mae hwn 'di mynd rŵan?' cyn agor y drws isa a chamu'n ofalus i mewn. Mae'n debyg fod y porciwpein wedi cuddio mewn tomen o wellt yng nghornel y cwt ac wedi gweld ei gyfle i ddial am y twnnel. Yr unig beth glywais i oedd sŵn dychrynllyd y pigau'n ysgwyd, a sgrech y Josgin. Wrth i mi redeg tuag at y cwt mi welais y Josgin yn hedfan dros ddrws y stabl efo pigyn mawr gwyn yn sticio allan o'i goes. Mi fu'n rhaid i Dad ruthro â fo i Casualty yn ysbyty C&A Bangor achos do'n i ddim yn cofio oedd porciwpeins yn wenwynig ai peidio. Mi oedd gen i syniad go lew nad oeddan nhw ddim mewn gwirionedd, ond roedd yn well bod yn saff. Cafodd y Josgin injecshiyn tetanys, cwrs o antibeiotics a chynnig mynd i weld arbenigwr achos bod y doctor yn meddwl 'i fod o'n diodda o 'mild shock'.

Roedd Mam yn wallgo pan glywodd hi hanes ei mab a'r porciwpein. Mi ddaeth hi adra i'w weld y noson honno – y Josgin, nid y porciwpein – roedd o yn ei wely achos bod ganddo fo ddeiarîa a gwres uchel. Eisteddodd Mam ar wely'r Josgin, yn rhoi mwytha i'w dalcen am sbel, tra o'n i'n sefyll yn y drws yn mynnu cael mymryn o'i sylw hefyd.

'Be 'di'r sŵn 'na?' gofynnodd Mam. Doedd hi ddim wedi sylwi ar gawell Cyril a Joyce ar y ffordd i mewn, ma' raid.

'Ma' Paul, mab Glenda Tai Top, wedi torri ei goes hefyd,' medda fi er mwyn trio tynnu ei sylw oddi wrth y sŵn.

'Dwi'm 'di torri 'nghoes,' mwmialodd y Josgin yn gysglyd.

'Be 'di'r ogla 'na?'

'Daiarîa,' sibrydais, gan amneidio at y Josgin.

'Mae gen i ddillad glân i chi yn y car, mi ro' i nhw yn y cwpwrdd sychu wedyn,' medda Mam.

'A' i i'w nôl nhw!' gwaeddais, wrth feddwl am Mam yn cyfarfod y kinkajous yn y cwpwrdd. Ddaru Mam ddim gweld y rheini, diolch byth, na'r moch cwta yn y twll dan grisiau, ond mi wnaeth hi ddarganfod be, neu pwy, oedd yn gyfrifol am y sŵn.

'Be ddiawl ma'r rhein yn neud yn fama?' gwaeddodd wrth syllu ar Cyril a Joyce yn perfformio uwchben yr Aga. Roedd gan Dad wên ddireidus ar ei wyneb, a ddiflannodd pan welodd Mam ei fod am agor ei geg i siarad.

'Paid ti â meiddio, y ffŵl!'

'Ma' nhw'n mynd yn reit fuan. A' i i nôl y dillad 'na o'r car, ia?' cynigiais.

'Fedrwch chi'm byw fel hyn,' cyhoeddodd Mam yn llawn anobaith.

'Fedrwn ni'm byw hebddat ti, Morfudd!' gwaeddodd Dad, a'n dychryn. Bu distawrwydd am eiliad wrth i Mam a Dad edrych ar ei gilydd. Mi dawelodd Cyril a Joyce hyd yn oed.

'Gawn ni siarad am hyn eto, Richard. Ty'd i nôl y dillad 'na 'ta, Tudur.'

'Siaradwch rŵan,' mynnwn, ond mi gerddodd Mam allan drwy'r drws ac at ei char.

Cyrhaeddodd y gaeaf go iawn ym mis Rhagfyr, wrth i'r gwynt blin ddod o hyd i unrhyw fwlch yn llechi'r to, neu mewn ffrâm ffenest. Roedd y tŷ'n chwibanu'n dragwyddol ac yn swnio fel côr o ysbrydion blin yn cwyno 'i bod hi'n oer.

'Mae'r porciwpein 'di marw,' medda'r Josgin un bore wrth dywallt llefrith ar ei gorn fflêcs.

'Be?' gofynnais, ddim yn hollol siŵr o'n i wedi clywed yn iawn.

'Fydd Dad yn wallgo,' atebodd.

'Mae'r porciwpein wedi marw?' gofynnais eto.

'Do,' medda fo drwy lond ceg o'i frecwast.

Rhedais am y drws a stwffio 'nhraed i mewn i'r pâr cynta o welintons y medrwn i eu ffeindio, cyn rhedeg at gwt y porciwpein. Roedd o'n gorwedd yn y gornel bella ar domen o wellt. Camais dros y bwyd roedd y Josgin wedi'i daflu drwy'r drws yn gynharach, a cherdded yn bwyllog tuag at y creadur. Os mai cysgu roedd o, mi fyswn i'n siŵr o ddiodda'r un profiad â'r Josgin, felly gafaelais yn y brwsh bras oedd tu allan i'r drws a phwnio'r anifail yn ofalus. Clywais sŵn cyfarwydd ei bigau'n taro yn erbyn ei gilydd fel ro'n i'n ei bwnio, ond pan dynnais y brwsh yn ôl stopiodd y sŵn.

'Na!' Mi es i'n agosach ato. Roedd ei ben yn wynebu'r wal ac wrth i mi benlinio'n reddfol, mi sylwais ar welltyn yn symud o flaen ei drwyn. Roedd o'n anadlu. Edrychais ar ei gorff a sylwi ar y pigau'n symud ryw fymryn wrth iddo gymryd ei wynt. Daeth Dad i'r drws a dechra rhegi.

'Be uffar sy 'di digwydd? Ro'dd y blydi peth yn iawn neithiwr!'

'Mae o'n fyw, Dad,' medda fi.

'O 'rarglwydd, wel dim ond un peth sy amdani felly.'

Os oeddan ni'n dod o hyd i ŵyn bach ar farw yn y caeau, y drefn arferol oedd eu cario nhw adra a'u rhoi nhw o dan y lamp inffra-red, wedyn eu bwydo nhw efo llefrith cynnes. Ond weithia, os oeddan nhw'n sâl iawn, byddai'n rhaid cymryd camau dipyn mwy eithafol, a dyna wnaethon ni efo'r porciwpein. Mi roddodd Dad o mewn berfa a'i rowlio fo i'r tŷ, ac mi gafodd o injecshiyn o benisilin a noson ym mhopty isa'r Aga efo'r drws ar agor.

'Dos i dy wely rŵan, Tudur. Mi fydd o un ai'n fyw neu'n farw erbyn y bora, a fedri di ddim gneud mwy,' medda Dad. Wnes i'm cysgu fawr ddim y noson honno, ac os oedd y porciwpein ar dir y byw, go brin ei fod o wedi medru cael llawer o gwsg efo'r holl sŵn oedd yn dod o'r cawell uwch ei ben.

Yn y bore y peth cynta glywais i oedd sŵn Dad yn gweiddi.

'Damia fo!'

Rhuthrais i lawr y grisiau ac i'r gegin.

'Ydi o 'di marw?' gofynnais.

'Nac'di, ond mae o'n berwi efo chwain,' medda Dad yn flin. Roedd y porciwpein yn gorwedd yn llonydd ar y llawr o flaen yr Aga, a'i geg yn agor a chau yn ara bach.

'Isio diod mae o,' eglurais wrth yn fynd at y sinc i lenwi powlen.

'Dydi'r creadur fawr gwell, ma' gin i ofn. O wel, dyna ni,

mil o blydi bunnau i lawr y draen, a does w'bod be arall fydd
'di marw erbyn Dolig,' grwgnachodd Dad.

'Dydi o ddim yn mynd i farw,' mynnais, a wyddoch chi
be? Fi oedd yn iawn. Ddaru'r porciwpein ddim marw achos
mi es i ar fy meic i Dŷ Lan y Môr i ofyn am help, ac o fewn yr
awr roedd Mrs Tremayne yn rhuthro i mewn i gegin Pen
Parc gan osod ei het a'i chamera Kodak ar y bwrdd cyn
penlinio o flaen yr Aga. Roedd Dad yn gleniach nag ro'n i
wedi 'i ddisgwyl, ond roedd y Josgin yn gwneud stumia tu ôl
i'w chefn gan ddal ei drwyn a smalio chwydu.

'Dwi'n isio jwg o llaeth cynnes, twmffat bach, a bisgets
digestive, plis, Tudur,' gorchmynnodd Mrs Tremayne heb
godi'i phen. 'And if your brother's not feeling well, I suggest
he gets some fresh air,' ychwanegodd.

Stopiodd y Josgin dynnu stumia ac mi arhosodd i
ryfeddu at Mrs Tremayne yn gofalu am y porciwpein efo'r
un tynerwch ag y byddai rhywun yn ei roi i blentyn.

'Dim ond cystard crîms s'gynnon ni,' medda fi.
Amneidiodd Mrs Tremayne arna i i ddod â nhw. Malodd
ddwy o'r bisgedi'n fân, a'u cymysgu i mewn i'r llefrith
cynnes. Llwyddodd i gael blaen y twmffat plastig i mewn i
geg yr anifail, ac yn ofalus iawn, un diferyn ar y tro, cafodd y
porciwpein ei fwydo gan Mrs Tremayne.

'Nawr,' medda hi wrth godi ar ei thraed a brwsio darnau
o gystard crîm oddi ar ei sgert. 'Mae o'n mynd i angen bwyd
eto mewn dau awr. Wyt ti'n meddwl fedri di rhoi bwyd iddo
fel wnes i rŵan, Tudur?' gofynnodd.

'Yndw, dwi'n meddwl.'

'Diolch yn fawr iawn i chi, Mrs Tremayne, 'dan ni'n
gwerthfawrogi'n arw,' medda Dad. 'Oes arnon ni rwbath i
chi?'

'Dim i mi,' atebodd Mrs Tremayne wrth osod ei het yn
ôl ar ei phen. 'Ond mae arnach chi lot fawr iawn i'r anifeiliaid
yma. Mae nhw'n dibynnu arnoch chi, Mr Owen. Fel mae'r

bechgyn yma yn dibynu arnoch chi. Dwi'n gobeithio bod chi'n mynd i gwneud y peth iawn.' Cerddodd Mrs Tremayne at y drws efo Dad yn ei dilyn. Agorodd Dad y drws iddi.

'Ydach chi isio pàs adra?' gofynnodd Dad.

'Na, dim diolch,' medda Mrs Tremayne wrth gerdded allan, cyn troi a sibrwd rwbath yng nghlust Dad.

'Mi ydan ni i *gyd*, Mrs Tremayne, hwyl rŵan,' medda Dad a chau'r drws ar ei hôl.

O fewn dwyawr roedd y porciwpein wedi atgyfodi ac yn cuddio o dan fwrdd y gegin yn ysgwyd ei bigau arnon ni. Mi lwyddon ni i daflu darn o darpowlin drosto a'i gario'n ôl i'w gwt.

'Be ddeudodd Mrs Tremayne wrthach chi, Dad?' gofynnais wrth fynd am fy ngwely y noson honno.

'Deud dy fod ti'n hiraethu am dy fam yn ofnadwy.'

PENNOD 11

Dolig ddaw

Wnes i ddim treulio fawr ddim amser yn yr ysgol yn ystod y mis Rhagfyr hwnnw, yn rhannol achos bod Dad angen fy help ar y ffarm i ofalu nad oedd yr anifeiliaid oedd ar ôl yn marw. Ond hefyd roedd pawb wedi dechra 'ngalw fi'n Trudy ar ôl i'r *News of the World* newid fy enw, a gwneud synau anifeiliaid bob tro roeddan nhw'n fy ngweld i. Ro'n i'n cerdded ar hyd coridor gwag unwaith ac mi ddaru hyd yn oed Mr Davies Maths wneud sŵn mwnci. Doedd y Josgin ddim wedi bod yn yr ysgol o gwbwl yn ystod y tymor, a daeth rhywun o'r Cyngor i siarad efo Dad.

'Fydd raid i ti fynd, 'sti Dewi,' medda Dad ar ôl i'r ddynas o'r Cyngor adael.

'I be? I gael pobol yn gneud hwyl ar 'y mhen i fel maen nhw'n neud i hwn?' ffrwydrodd y Josgin. Penderfynodd Dad mai colli'r frwydr wnâi o, a thawelodd.

'Wel, paid a sôn wrth dy fam fod y ddynas 'na 'di bod yma, 'ta. Ma' hi am ddŵad yma am ginio Dolig medda hi.'

'Y ddynas o'r Cownsil?' gofynnais.

'Naci, siŵr dduw, 'ych mam!' medda Dad.

'Ies ...' medda fi'n ddistaw. Wnes i ddim gofyn oedd o'n meddwl y bysa hi'n aros – ro'n i mor falch o glywed y newyddion, doeddwn i ddim am i unrhyw beth ei sbwylio. Ro'n i wedi bod yn poeni am y gwyliau, achos heb Mam fyddai 'na ddim Dolig. Roeddan ni wedi gwneud mymryn o ymdrech drwy roi'r goeden blastig wen i fyny yn y parlwr, ond fel arall roedd y tŷ'n edrych yn union fel yr oedd o weddill y flwyddyn.

Roedd Mam wrth ei bodd efo'r Dolig ac mi fyddai hi'n gweithio'n galed iawn i wneud yn siŵr fod pob dim yn ei le ar gyfer y diwrnod mawr. Roedd ganddi ddawn ryfeddol o gael yr anrhegion perffaith i bawb, bob tro. Un Dolig dwi'n cofio cael projector bach coch oedd yn taflu lluniau sleids ar y wal. Hwnnw oedd yr anrheg gora ro'n i erioed wedi'i gael, ac mi fues i'n rhoi sioeau sleids i'r teulu ac i ffrindia am flynyddoedd wedyn, os oeddan nhw isio neu beidio.

Doedd Mam ddim yno pan ddaru ni ddeffro fore Dolig, ond mi oedd Dad wedi trio'i ora, ac wedi gosod dwy wialen bysgota newydd ar waelod ein gwelyau rywbryd yn ystod y nos. Roeddan ni'n gwybod mai dyna oeddan ni'n ei gael achos mi ddaeth Glyn Mabel i'r tŷ un diwrnod cyn Dolig yn deud ei fod o wedi ffeindio dwy wialen bysgota yn y cwt twls.

'Peidiwch â phoeni, mi fydd Mam yma cyn hir, hogia,' medda Dad pan ddaeth y Josgin a finna i lawr i'r gegin a diolch iddo am yr anrhegion. Doeddan ni'm yn deulu swsys, ac yn sicr doedd Dad ddim yn un am ddangos ei deimladau tuag at ei blant, ond wrth ei weld o'n eistedd wrth fwrdd y gegin y bore hwnnw, yn poeni bod ei feibion wedi cael siom, fedrwn i'm peidio mynd draw ato, rhoi fy mreichiau rownd ei wddw a rhoi sws ar ei foch.

'Diolch, 'ngwas i,' medda fo. Edrychodd y Josgin yn syn arna i am eiliad cyn troi ar ei sawdl a cherdded drwadd i'r parlwr, rhag ofn bod Dad yn disgwyl iddo *fo* neud yr un peth.

Pan glywson ni sŵn car Mam yn cyrraedd yr iard mi ruthrais i a'r Josgin allan i'w chyfarfod. Rhoddodd fraich bob un amdanon ni, a'n cofleidio'n dynn.

'Dyma nhw, hogia Mam,' medda hi'n ddistaw, cyn gofyn i ni helpu i gario petha i'r tŷ. Roedd ganddi lond y sêt gefn o anrhegion, ac ar sêt y pasenjyr roedd twrci mawr o dan ffoil. Roedd yr ogla'n fendigedig ac mi ddaeth Dad allan i'w gario fo i'r tŷ. Rhoddodd Mam sws i Dad ar yr un foch ag roeddwn i wedi'i chusanu y bore hwnnw, ac am yr ail dro y mis hwnnw mi ddeudais yn ddistaw: 'Ies.'

Mi wnaethon ni drio symud Cyril a Joyce allan o'r gegin a'u rhoi nhw yn y pantri am y diwrnod, ond doedd y trefniadau yma'n amlwg ddim yn siwtio Cyril achos mi sgrechiodd yn ddi-baid nes y cafodd ei symud yn ôl i wres yr Aga.

Llwyddodd y pedwar ohonon ni i anwybyddu antics y mwncïod yn rhyfeddol o dda. Dwn i'm sut ddaru Mam fedru paratoi a choginio'r llysiau efo'r fath stŵr fodfeddi uwch ei phen, ond mi fynnodd ein bod ni'n mynd drwadd i'r parlwr i fwyta'n cinio, gan nad oedd hi'n edrych yn debyg fod Cyril yn mynd i adael llonydd i Joyce am weddill yr ŵyl.

Mi wnes i i Mam chwerthin sawl gwaith yn ystod y pnawn. Doedd dim teimlad gwell yn y byd na bod yn gyfrifol am wneud i Mam chwerthin lond ei bol. Mi ges i flas o win coch, ac mi oedd y Josgin yn meddwl ei fod o'n rêl boi efo'i wydraid mawr o shandi. Doedd gan y Josgin fawr i'w ddeud wrth alcohol ers y profiad hwnnw efo'r jin ym mharti Dad yn bedwar deg. Mi heriais y Josgin yr adeg honno drwy ddeud 'mod i'n medru yfed diod o ddŵr yn gyflymach na fo. Ar ôl i mi yfed gwydraid o ddŵr mewn llai na phum eiliad, mi rois i wydr llawn iddo fo, er mwyn iddo fo gael trio fy nghuro. Mi weithiodd fy nghynllwyn yn berffaith, a chymerodd y Josgin ddau lwnc mawr cyn ffeindio nad dŵr oedd o, a phoeri'r jin allan. Roedd o'n tagu cymaint nes y rhuthrodd Yncl Eifion ato, yn meddwl bod rwbath yn sownd yn ei wddw, a rhoi andros o ddwrn iddo yng nghanol ei gefn. Mi welodd Mam hyn heb wybod be oedd wedi digwydd cynt, a chyhuddo Yncl Eifion o fod yn frwnt efo'i hogyn bach hi. Aeth hi'n ffrae fawr rhwng Mam, Yncl Eifion a'i wraig, Anti Morwenna. Dim ond yn ddiweddar roeddan ni wedi medru dechra chwerthin am y stori achos doedd Anti Morwenna ddim yn siarad efo Mam o hyd, er iddi drio ymddiheuro sawl gwaith.

'Reit, mi gliria i dipyn ar y llestri 'ma. Mae 'na ddigon o fwyd ar ôl i bara i chi tan y flwyddyn newydd!' chwarddodd Mam – ond doeddan ni ddim yn chwerthin, achos roedd y diwrnod yn dirwyn i ben ac roedd Mam am fynd eto. Wnes i ddim sylwi ar y pryd, ond doedd hi ddim wedi yfed diferyn o win efo'i chinio, felly roedd hi'n iawn i ddreifio. Mae'n amlwg fod Mam a Dad wedi trafod y peth yn barod, achos pan ofynnais iddi oedd hi am aros mi atebodd Dad drosti.

'Dydi'ch mam ddim am aros heno, hogia,' medda fo.

'Na ... dim heno,' ategodd Mam gan wneud stumiau ar Dad cyn estyn am ei blât. Synhwyrais nad oeddan nhw'n deud y cwbwl wrthan ni, ac mae'n amlwg fod y Josgin wedi sylwi hefyd.

'Be sy?' gofynnodd.

'Gwrandwch, hogia,' medda Mam, yn rhoi'r plât i lawr ar y bwrdd coffi. ''Dan ni 'di bod yn siarad, ac mae gynnon ni rwbath i'w ddeud wrthoch chi.' Teimlais fy mol yn troi mewn ofn. Na, doeddwn i ddim isio clywed. Gafaelodd Mam yn llaw'r Josgin ac estyn ei llaw arall allan ata i. Sefais ar fy nhraed mewn ofn a chamu i ffwrdd oddi wrthi.

'Na, Mam,' plediais, fy ngwefus yn dechra crynu a'r dagrau ar fin ymddangos.

'Mae'n iawn, Tudur,' medda Mam, yn sylwi 'mod i wedi dychryn.

'Plîs, Mam, peidiwch â gneud hyn ...' Dechreuais grio.

'Ma' hi am ddŵad adra!' medda Dad yn fuddugoliaethus. Gwenodd Mam arna i a gwasgu fy llaw.

'Be?'

'Dach chi'n dŵad adra?' gofynnodd y Josgin.

'Dim heno, dim cweit eto,' medda hi. Neidiais amdani a chladdu fy wyneb yn ei brest a'i gwasgu hi mor dynn ag y medrwn i.

'Ond mi ydach chi'n dŵad adra?' gofynnais.

'Mae'ch mam a fi wedi cytuno – mi ddaw hi adra pan gawn ni wared o'r anifeiliaid 'ma.'

'Ddim jyst yr anifeiliaid, Dic,' medda Mam, i'w atgoffa am fanylion y cytundeb.

'Naci, Mor, ddim jyst yr anifeiliaid. Bob dim i'w neud efo'r sw. Y conteinyr a'r caetshys hefyd.'

'A'r garafán,' ychwanegodd y Josgin.

'A'r blydi ogla,' medda fi, yn dal i afael yn sownd yn Mam. Chwarddodd y pedwar ohonon ni efo'n gilydd. Er bod Mam wedi mynd yn ôl i dy Anti Ceinwen y noson honno, hwn oedd y diwrnod Dolig gora erioed.

Y kinkajous oedd y cynta i fynd, a hynny mewn dau focs mawr plastig oedd gan Mrs Tremayne i gario cathod. Mi aethon nhw i barc anifeiliaid yn y Lake District. Wedyn mi aeth Joey i Sw Bryste efo 'specialist courier' oedd yn costio dros gan punt. Erbyn dallt, mi oedd Joey yn werth pum can punt, ac roedd Dad yn amau bod y dyn yn y cap pig wedi cael bac-handar. Aeth y moch cwta i ysgol breswyl ym Mae Colwyn. Ro'n i'n amau eu bod nhw'n mynd i gael eu defnyddio ar gyfer arbrofion mewn gwersi bywydeg, ond mi ddaru'r prifathro ein sicrhau ni eu bod nhw'n mynd i helpu'r plant fenga oedd oddi cartref am y tro cynta i ddygymod â'u hiraeth. Un diwrnod hapus iawn, ymadawodd Cyril a Joyce hefyd. Roedd lle iddyn nhw yn Nhy'r Mwncïod yn Sw Caer, ac mi ddaru ffrind i Dad, oedd yn byw yng Nghaer, eu cludo nhw yng nghefn ei Volvo Estate. Y tro dwytha i mi weld Cyril roedd o'n sgrechian arna i yn ffenest gefn y Volvo, ac yn gwasgu Joyce druan yn erbyn y gwydr. Mi gymerodd noson neu ddwy i mi arfer mynd i gysgu heb y sŵn gwichian rhythmig.

Mynnodd Mrs Tremayne gael dod efo ni i ddanfon y porciwpein i'w gartref newydd, ond mi wrthododd Dad gan y bysa'r siwrne'n un hir a doedd o ddim yn meddwl y bysa fo'n medru diodda. Roedd parc yn Thirsk, yng ngogledd Swydd Efrog, wedi cytuno i'w gymryd o, felly un bore mi fagiodd Dad y trelar stoc at ddrws cwt y porciwpein a'i ddenu i mewn iddo efo tomen o foron ac afalau wedi pydru. Roedd Mrs Tremayne yno i gadw llygad ar betha, a chyn i ni fynd, rhybuddiodd fod yn rhaid i Dad stopio bob awr i jecio arno fo, a rhoi dŵr glân iddo fo.

'Ma'r hulpan wirion yn crio,' medda'r Josgin wrth i ni yrru i fyny'r lôn gan adael Mrs Tremayne ar yr iard yn chwifio hances werdd.

'Dydi hi ddim yn hulpan,' medda fi. Ac fel roedd y Josgin yn agor ei geg i ateb yn ôl mi ddwedodd Dad, 'Taw, Dewi, mi safiodd honna fil o bunnau i ni.' Ddaru'r Josgin ddim ei galw hi'n hulpan wedyn.

Erbyn mis Chwefror roedd Matholwch y ceffyl dal efo ni. Doedd o ddim wedi bod yn rhan o'r sw yn y lle cynta, ond gan mai'r Blydi Gwyddal 'Na ddaeth â fo i Ben Parc mi fysa'n rhaid iddo yntau fynd hefyd. Wrth gwrs, mi oedd un creadur bach arall ar ôl, sef y walabi yn y cwt lloi o dan y lamp inffrared. Doedd o ddim hapusach ers iddo golli ei bartner, ond o leia doedd o ddim mor benderfynol o wneud niwed iddo'i hun erbyn hynny. A deud y gwir, doedd o ddim yn gwneud fawr o ddim byd bellach. Bob tro y byddwn i'n mynd i mewn i'r cwt i'w fwydo, roedd o'n sefyll yn yr un lle'n union, yn syllu ar rwbath oedd i'w weld tu hwnt i'r waliau cerrig oedd yn ei amgylchynu. Beth bynnag roedd o'n ei weld, roedd o'n ei wneud o'n drist.

Ro'n i wedi cael sawl sgwrs efo Mrs Tremayne yn ystod y gaeaf. Byddai fel arfer yn sôn am ei hanturiaethau efo Donald ei gŵr, ac ro'n i'n fwy na hapus i wrando arni, ond pan oedd hi'n sôn am yr ail beth roedd hi'n garu fwya yn y byd, sef anifeiliaid, doedd y gwrando ddim mor hawdd.

Mi eisteddais efo hi unwaith, wrth dalcen ei bwthyn bach gwyn, yn edrych dros y môr. Roedd hi'n trio esbonio pam ei bod mor bwysig ein bod yn trin anifeiliaid yn well. Roedd Mrs Tremayne o'r farn fod pob creadur byw yn gyfartal, o'r pryfyn lleia i'r morfil mwya – roedd gan bob un ohonyn nhw yr un hawl i fyw. Roedd ganddon ni fel dynol ryw ddyletswydd i'w gwarchod nhw a'u cynefinoedd ledled y byd. Mentrais ddadlau efo hi unwaith, yn aflwyddiannus.

'Felly, dach chi'n deud y dylia llewod stopio byta sebras, Mrs Tremayne?' medda fi.

'Can't you see, you stupid boy?' taniodd Mrs Tremayne. 'Mae y llew yn lladd er mwyn byw, ac mae pob anifail yn y *chain* bwyd yn gwneud yr un peth oherwydd maen nhw yn rhaid gwneud hynny i fyw.' Cododd ar ei thraed i draddodi gweddill ei darlith, a cherdded yn ôl ac ymlaen wrth draethu. Credai Mrs Tremayne ein bod ni, bellach, wedi esblygu i fod ar dop y gadwyn fwyd, ac o ganlyniad i hynny doeddan ni ddim angen lladd anifeiliaid eraill – oedd yn esbonio pam ei bod yn llysieuwraig bybyr. Ond pan soniodd hi am greulondeb a chaethiwo anifeiliaid mewn cewyll, safodd yn ei hunfan a phwyntio'i bys main tuag ata i.

'Does a lion kill for fun?' gofynnodd, ond ddaru hi ddim disgwyl am ateb. 'Nac ydi, siŵr. Dim ond ni yw'r unig anifail ar y blaned sydd yn gwneud hyn. Rydyn ni'n lladd, yn arbrofi ac yn cadw anifeiliaid mewn conteinyrs er mwyn chwerthin ar eu pennau. Mae o ddim yn iawn, wyt ti'n gweld hynny, yn dwyt, Tudur?' Nodiais fy mhen mewn cytundeb, ond yr unig beth y gallwn i feddwl amdano oedd y walabi yn y cwt lloi. Doedd Mrs Tremayne ddim yn gwybod am y walabi, achos mi fysa hi wedi mynd yn wallgo petai wedi'i weld o yn ei gell fach efo'r lamp inffra-red.

'I'm so proud of you, Tudur,' medda hi, gan eistedd i ddynodi diwedd ei darlith. 'Mi rydach chi wedi gwneud y peth iawn, pob anifail wedi mynd i rhywle gwell, a dwi'n gobeithio bydd dim *zoo* yn sir Fôn byth eto.' Wnes i ddim ateb, dim ond edrych allan dros y môr a theimlo'n euog ofnadwy. Wnes i ddim deud wrthi chwaith mai'r walabi oedd y rheswm pam nad oedd Mam wedi dod adra. Y walabi oedd yr unig beth rŵan oedd yn ein hatgoffa ni o'r llanast. Roedd y garafán a'r cewyll o'r iard stablau wedi mynd, ac er y bysa'r cwpwrdd eirio'n drewi am flynyddoedd i ddod, doedd dim llawer o ogla chwaith. Yr unig anifail a gâi ddod i mewn i'r tŷ o hynny allan fyddai ambell oen sâl oedd angen gofal dwys yng ngwaelod yr Aga.

Dwi wedi rhoi'r gorau i ofyn i mi fy hun pam wnes i'r hyn wnes i nesa. Dwi'n meddwl mai'r gwir ydi fod sawl rheswm pam y gwnes i o: euogrwydd, cywilydd, yr angen i ddileu'r sw a phob dim oedd yn gysylltiedig â fo – pwy a ŵyr. Ond dwi'n meddwl mai'r prif reswm oedd 'mod i wedi blino – wedi blino bod yn drist, wedi blino hiraethu a chrio, ac yn sicr wedi blino bwyta bîns ar dost. Beth bynnag oedd y rheswm, wedi i Dad a'r Josgin fynd i'w gwelyau y noson ar ôl y ddarlith gan Mrs Tremayne, mi es i allan i gwt y lloi, agor y drws a deud ffarwél wrth y walabi. Y noson honno, wnes i ddim breuddwydio, neu o leia dwi ddim yn cofio gwneud. Am y tro cynta ers misoedd mi gysgais yn sownd drwy'r nos.

PENNOD 12

Y Bont

Sŵn y ffôn yn canu ddaru fy neffro. Clywais lais Dad yn ei ateb.

'Helô? Arglwydd, Eddie, be ti'n da ar dy draed mor fuan? Wedi cachu yn dy wely wyt ti?' Chwarddodd ar ei jôc ei hun, ond wedyn mi newidiodd ei dôn.

'Be? Ti'n siŵr? Wel, ffordd aeth o? Iawn ... diolch, Eddie.' Clywais y ffôn yn cael ei luchio i lawr, a bloedd, 'Dewi! Tudur! Codwch – ma'r blydi walabi 'di dengid!' Er 'mod i'n gwybod yn iawn be oedd wedi digwydd, mi neidiais o 'ngwely a rhuthro i lawr y grisiau ar ôl y Josgin. 'Ma' Eddie'r Odyn wedi'i weld o'n neidio ar draws Cae Gors bora 'ma. Roedd o'n mynd am Goed Plas medda fo.'

'Ydi o'n siŵr?' gofynnais, gan synnu pa mor bryderus ro'n i'n medru swnio.

'Wel, does 'na'm dau ohonyn nhw, nag oes!' atebodd y Josgin.

'Nag oes ... dim rŵan. Ewch i sbio yn y cwt lloi, rhag ofn bod y diawl gwirion yn tynnu 'nghoes i,' medda Dad.

Sefais efo'r Josgin yn nrws agored y cwt lloi. Camodd i mewn ac edrych yn obeithiol tu ôl i'r drws cyn diffodd y lamp inffra-red.

'Dwi'n gwbod yn iawn be ddigwyddodd, 'sti,' datgelodd y Josgin. Sut oedd o'n gwybod? Ma' raid ei fod o wedi deffro ac wedi 'ngweld i'n sleifio allan o'r tŷ neithiwr. Wrth i mi drio meddwl am esgus credadwy mi ddeudodd y Josgin, 'Dwi'n meddwl 'mod i wedi anghofio cau'r drws yn iawn pan nes i 'i fwydo fo ddoe.'

'Wel, mae o 'di mynd rŵan, felly 'di o'm otsh,' atebais efo rhyddhad. Daeth Dad allan o'r tŷ, yn stryffaglu i drio gwisgo'i gôt.

'Dowch 'ta. Fydd raid i ni drio'i ddal o cyn iddo fo gyrraedd Coed Plas neu mi fydd Syr William wedi'i saethu o,' medda Dad. Dychmygais sgweiar y plas, Syr William, yn edmygu pen y walabi ar y wal uwchben ei le tân.

'Fysa fo ddim ...?' gofynnais yn anghrediniol.

'Mi saethith hwnnw bob dim sy'n symud yn y coed 'na, siŵr. Wel dowch 'ta, wir dduw, cyn i'r diawl gwirion gael cyfla.'

Wrth deithio yn y landrofer am yr Odyn y bore hwnnw, ro'n i'n torri 'mol isio deud be oedd wedi digwydd mewn gwirionedd. Ond sut oedd cael Dad a'r Josgin i ddallt pam 'mod i wedi gollwng y walabi'n rhydd? Sut fyswn i'n dechra trio esbonio cymaint ro'n i'n hiraethu am Mam, a chymaint o euogrwydd ro'n i'n ei deimlo wrth edrych i mewn i lygaid y creadur?

'Pwy oedd y dwytha i fynd i'r cwt lloi?' gofynnodd Dad. Synhwyrais y Josgin yn aflonyddu wrth f'ochor, a cyn iddo fo ddeud 'run gair, atebais.

'Fi.'

Edrychodd y Josgin arna i'n ddryslyd.

'Mi es i i sbio arno fo neithiwr, ella na nes i gau'r drws yn iawn. Dwi'n sori, Dad.' Ddeudodd y Josgin ddim byd, ond ro'n i'n gwybod ei fod o'n falch 'mod i wedi cymryd y bai. Roedd y Josgin yn casáu gwneud camgymeriadau o flaen Dad, ac am ryw reswm mi fyddai Dad yn gwylltio mwy pan fydda fo'n gwneud rwbath o'i le. Ella'i fod o wedi arfer fy ngweld i'n gwneud smonach o betha, a'i fod yn fwy siomedig pan oedd y Josgin yn gwneud 'run fath.

'Typical!' medda Dad, ac mi ges i nòd o ddiolch gan fy mrawd.

Roedd Eddie'n sefyll ar iard yr Odyn efo gwên lydan ar ei wyneb a'i ddwylo tu ôl i'w gefn.

'Su'mai, hogia,' medda fo.

'Iawn, Eddie, sgin i'm amser i falu cachu. Faint sy 'na ers i chdi 'i weld o?' gofynnodd Dad, ond roedd Eddie isio manteisio ar y cyfle i gael dipyn o sbort cyn cynnig unrhyw help.

'Ryw awr yn ôl. Hei, ella byddi di angen un o'r rhein, Dic!' Chwarddodd Eddie yn uchel wrth ddatgelu het efo corciau'n hongian oddi arni. 'Ges i hon gan y boi 'na o Tasmania ddaeth i aros yma ers talwm, ti'n cofio, Dic? Ro'n i'n gwbod y bysa hi'n handi i rwbath ryw dro.' Crensiodd gêrs y landrofer wrth i Dad yrru yn ei flaen am gaeau'r Odyn a gadael Eddie yn ei ddyblau ar yr iard. Mi aethon ni i'r caeau i gyd a drwy'r eithin yn y ponciau, ond doedd dim golwg o'r walabi.

Mi aethon ni at ymyl Coed Plas ond dim pellach achos ei bod yn dymor saethu, a doedd Dad ddim yn fodlon i ni fentro. Mi gyrhaeddon ni adra ganol y pnawn heb weld unrhyw beth mwy na llwynog ac ôl traed reit anarferol mewn darn o fwd yn giât Cae Gors. Doedd Dad ddim i'w weld yn poeni ryw lawer wrth iddo eistedd i lawr yn y gegin.

'Wel, fedran ni'm gneud mwy. Does wbod lle mae o rŵan. Mi fydd yn rhaid i ni ddeud wrth y blydi RSPCA, ma' siŵr, ond mi ffonia i yn y bora. Gna banad, Tudur.'

Ac felly, yn gwbwl ddiseremoni, daeth diwedd y sw. Er nad oeddan ni'n gwybod i ble roedd o wedi mynd, roedd yr anifail ola wedi'n gadael ni. Gwawriodd pwysigrwydd yr hyn oedd newydd ddigwydd yn raddol bach. Roedd pob dim wedi mynd. Dim mwy o ffrwythau wedi pydru, dim mwy o sŵn mwncïod yn atgenhedlu, dim mwy o ddrewdod ... wel, ddim cymaint, ella.

'Ga i ffonio Mam?' gofynnais.

'Be wyt ti am ddeud wrthi? Paid â sôn 'i fod o wedi dengid!' siarsiodd Dad.

'Wna i ddim,' addewais, ond cyn i mi gael cyfle i ddeialu rhif Anti Ceinwen mi ganodd y ffôn. Gan fy mod i'n sefyll wrth ei ymyl, mi atebais o. 'Helô, Bodorgan tŵ ffôr êt.'

'Helô?' medda llais dynas. 'Pen Parc 'di fanna?'

'Ia,' atebais.

'Marian Bodhyfryd sy 'ma. Ydach chi wedi colli cangarŵ?'

'Naddo. Walabi 'di o.'

Cododd Dad ei ben. 'Pwy sy 'na?' gofynnodd.

'Wel, beth bynnag ydi o, mae o yn yr ardd yn fama,' eglurodd Marian Bodhyfryd. Rhoddais fy llaw dros y ffon.

'Mae'r walabi yn 'rardd Bodhyfryd.'

'O, ffo' ffycs sêcs!' gwaeddodd Dad.

A dyna ailddechra ar yr helfa. Penderfynodd Dad y bysa fo'n syniad da i mi aros adra tra oedd o a'r Josgin yn mynd i chwilio. Ro'n i'n gwybod na ddaethon nhw o hyd i'r walabi ym Modhyfryd achos erbyn iddyn nhw gyrraedd adra tua dwyawr yn ddiweddarach roedd y ffôn wedi canu dair gwaith. Daeth yr alwad gynta gan y dyn oedd yn rhedeg y Bodorgan Arms. Roedd o wedi gweld y cangarŵ yn bownsio tuag ato fo yng nghanol y lôn cyn neidio dros wal wrth ymyl Capel Hebron, medda fo. Erbyn y drydedd alwad mi wnes i roi'r gora i drio esbonio'r gwahaniaeth rhwng cangarŵ a walabi. Saeson oedd y ddau arall ffoniodd, un dyn yn deud ei fod o wedi gweld 'marsupial' yn ei 'kitchen garden' a dynas o Niwbwrch yn deud ei bod hi wedi'i weld o ar lwybr Cob Malltraeth.

Dros y dyddiau nesa datblygodd yr helfa i fod yn debycach i ymgyrch filwrol, a fi oedd yn ei rheoli o'r byncer. Y drefn oedd eu bod nhw'n ffonio adra o focs ffôn cyhoeddus neu dŷ rhywun yn rheolaidd i gael y newyddion diweddara. Ro'n i wedi rhoi map OS o sir Fôn i fyny ar wal y gegin er mwyn rhoi pìn ym mhob lleoliad y gwelwyd y walabi. Mi sylwais yn fuan fod patrwm yn graddol ymddangos ar y map, gan fod y pinnau i gyd yn ffurfio llinell flêr o Ben Parc i bentre Brynsiencyn, oedd tua deng milltir i ffwrdd – fel y neidia'r walabi, wrth gwrs.

Roedd un anghysondeb yn y patrwm achos roedd yn rhaid i mi roi pìn i mewn ar gyrion Caergybi ar ôl un alwad.

Roedd dyn oedd yn byw yn Stad Morawelon yn y dre yn taeru bod cangarŵ wedi bownsio drwy ei gwt gwydr, ac roedd o isio canpunt mewn cash fel iawndal. Erbyn dallt, roedd gan y dyn chwaer oedd yn byw yn Niwbwrch oedd wedi adrodd stori'r walabi rhydd i'w brawd dros y ffôn, ac yntau wedyn wedi gweld ei gyfle. Daeth nifer o alwadau od gan bobol oedd â bob mathau o storis gwallgo am jiraffs a hipos yn crwydro twyni Aberffraw a Niwbwrch, ond mi wnes i ddarganfod mai Eddie'r Odyn a'i wraig, Edna, oedd yn tynnu coes – traddodiad a barhaodd rhwng teulu Pen Parc a'r Odyn am flynyddoedd lawer wedyn.

Daeth Dad a'r Josgin adra y noson honno wedi blino'n lân. Roedd Dad yn edrych yn welw, ac roedd cysgodion mawr llwyd wedi ymddangos o gwmpas llygaid y Josgin.

'Helô, Pen Parc?' atebodd Dad y ffôn yn flin. 'O, ia wir? Oes, ma' gin i rwbath i'w ddeud wrth y *Daily Post*: ffyc off, Eddie, dwi 'di blino!' gwaeddodd Dad cyn lluchio'r ffôn i lawr. Y *Daily Post* oedd ar y ffôn go iawn, achos roedd 'na stori ar y drydedd dudalen y bore wedyn am y 'kangaroo' oedd yn neidio ar draws yr ynys. Drwy ryw drugaredd ddaru nhw ddim printio cyfraniad Dad i'r erthygl air am air, dim ond deud fod 'Zoo proprietor, Mr Richard Owen, Pen Parc' yn 'unavailable for comment'. Ffoniais Mam i ddeud be oedd wedi digwydd.

'Mae'r walabi 'di mynd, Mam,' medda fi.

'Dwi'n gwbod. Welis i'r *Daily Post* bora 'ma. O leia doeddat *ti* ddim yn y papur y tro yma, Tudur.'

'Hwnna oedd yr anifail dwytha – gewch chi ddŵad adra rŵan, Mam,' medda fi'n obeithiol.

'Ond fedrwch chi'm gadael i'r creadur bach redag yn rhydd, does w'bod be ddigwyddith iddo fo!' atebodd Mam.

'Ia, ond mi ddudoch chi y bysach chi'n dod adra ar ôl i ni gael gwarad o'r anifeiliaid i gyd. Dyna *ddudoch* chi, Mam.'

'Gawn ni weld, Tudur,' medda Mam yn benderfynol.

Y blydi walabi. Pam wnes i beth mor wirion â'i adael o'n rhydd? Be tasa rwbath yn digwydd iddo fo? Be tasa Syr William yn ei saethu fo? Neu ei fod o'n cael ei hitio gan gar? Ella na fysa Mam byth yn maddau i mi, a byth yn dod adra wedyn. Aeth Dad a'r Josgin allan i chwilio ar ôl cinio, ac mi ddechreuodd y ffôn ganu eto.

'Llanfair-pwll?' gofynnodd Dad.

'Dyna ddeudodd Dr Jones. Roedd 'na giw mawr o draffig tu ôl iddo fo ar lôn Plas Newydd, a wedyn mi neidiodd i mewn i'r coed,' eglurais wrth wasgu pìn arall i mewn i'r map.

'Iawn ... awn ni yno rŵan,' ochneidiodd Dad.

Wedi i mi roi'r pìn olaf yn y map rhwng Llanfair-pwll a Phlas Newydd edrychais ar y map a dychryn.

'Dad?' gwaeddais.

'Be?'

'Dwi'n meddwl 'mod i'n gwbod lle mae o'n mynd,' medda fi, ond cyn i mi gael esbonio be roeddwn i'n ei weld ar y map, clywais sŵn y pips oedd yn deud bod Dad wedi rhedeg allan o bres. Aeth y ffôn yn ddistaw ac mi edrychais mewn syndod ar y map. Roedd hi'n llinell flêr, igam ogam ar ôl iddi adael Pen Parc a ffarm yr Odyn, ond wrth iddi ymestyn roedd hi'n sythu, roedd y walabi fel petai'n gwybod yn union i ble roedd o'n anelu. Roedd y llinell o binnau bach coch yn arwain yn syth am bont Britannia a'r tir mawr. Doedd gen i ddim syniad be i wneud. Doedd gen i ddim ffordd o gysylltu efo Dad, a doedd hi ddim yn edrych yn debyg fod ganddo fo fwy o newid mân i fedru ffonio adra eto chwaith. Be tasa'r walabi'n llwyddo i groesi'r Fenai? Roedd yn rhaid i mi rybuddio Dad a'r Josgin – ond sut? Daeth yr ateb wrth i'r ffôn ganu eto.

'Helô – Dad?'

'Hello, this is Chop Suey Take Away. You want to buy Kangaloo?' medda'r llais.

'Eddie?' holais. 'Ma' raid i chi fy helpu fi – ma'r walabi yn mynd am y bont, a fedra i'm cael gafael ar Dad!'

'Ddo i i dy nôl di rŵan, Tudur,' atebodd Eddie, yn amlwg wedi synhwyro 'mod o ddifri.

Mi ddaethon ni o hyd i landrofer Dad a'r Josgin wedi'i pharcio ar ochor y lôn wrth fynedfa Plas Newydd. Roedd y ddau'n pwyso yn erbyn y wal ac yn edrych yn obeithiol i mewn i'r coed pan gyrhaeddodd Eddie a finna yn y fan.

'Mae o'n mynd am y bont, Dad!' gwaeddais.

'Sut wyt ti'n gwbod?' gofynnodd y Josgin yn amheus.

'Mae o'n mynd yn syth am bont Britannia, Dad!' Anwybyddais y Josgin. 'Dowch, neu mi fydd hi'n rhy hwyr.'

Roedd Dad yn crafu ei ben pan ddywedodd Eddie, 'Dwyt ti'm gwaeth â sbio ... ella fod yr hogyn yn iawn.'

Dringodd Dad a'r Josgin i mewn i'r landrofer a dilyn Eddie a finna am bont Britannia. Dim ond ers chwe mis roedd traffig wedi bod yn croesi'r bont. Roedd lôn newydd wedi'i hadeiladu uwchben y trac rheilffordd gwreiddiol, a bellach roedd y rhan fwya o bobol yn dewis croesi yn ôl ac ymlaen i'r tir mawr dros y bont 'newydd' yn hytrach na'r hen un ym Mhorthaethwy. Ac os oeddwn i'n gywir, mi fysa'r miloedd o geir a lorris oedd yn gadael yr ynys yn cael cwmni walabi yn y dyfodol agos iawn. Parciodd Eddie a Dad ar y gwair wrth ochor un o'r lonydd oedd yn arwain at y bont, a daeth Dad a'r Josgin at fan Eddie.

'Be 'dan ni i fod i neud rŵan?' gofynnodd y Josgin.

'Mynd i chwilio,' atebais.

'Ti'n wastio dy amser, Tudur,' mynnai Dad, gan estyn am smôc. Roedd o wedi mynd i smocio'n drwm yn ddiweddar, oedd yn rheswm arall dros gael Mam adra cyn gynted â phosib.

'Mi neith o drio croesi'r bont, dwi'n gwbod y gwneith o,' medda fi. 'Mae cŵn defaid yn medru ffeindio'u ffordd adra, tydyn? Wel, mae walabis 'run fath.' Mi wyddwn yn syth 'mod i wedi deud rwbath hollol dwp, a chyn i'r Josgin gael cyfle i fanteisio ar hyn mi agorais y drws. 'Dwi'n mynd i sbio.' Neidiais allan o'r fan.

'Wel, os nag'dach chi'n mendio, dwi'n mynd i aros yn fama,' medda Eddie. Roedd gan Eddie'r Odyn ofn uchder yn ofnadwy. Doedd o ddim wedi croesi'r bont newydd ers iddi agor, a phan oedd o'n gorfod mynd dros yr hen un roedd o'n gwneud i Edna ddreifio ac yn cau ei lygaid. Roedd sôn fod Edna wedi dwyn perswâd ar Eddie i ddringo Tŵr Marcwis efo hi pan oeddan nhw newydd ddyweddïo, a'i fod o wedi cael cymaint o ofn ar y top nes iddo rewi yn ei unfan a gwrthod symud. Y sôn oedd fod ei ddarpar wraig wedi gorfod gofyn am help gan griw o ymwelwyr i gael Eddie i lawr. Cerddais o flaen Dad a'r Josgin ar hyd ochor y ffordd, ac ar y bont. Sylweddolais yn syth, wrth edrych ar ei hyd tuag at y tir mawr, nad oedd unman i guddio arni, a heblaw am y ceir a'r lorris oedd yn taranu ar ei thraws i'r ddau gyfeiriad, doedd affliw o ddim i'w weld.

'Neith o'm croesi'r bont, 'sti Tudur,' gwaeddodd Dad dros sŵn y traffig. 'Ma' hi'n rhy brysur yma, ddaw o'm yn agos iddi.' Trodd Dad ar ei sawdl a chychwyn yn ôl am y landrofer. Safodd y Josgin o 'mlaen a gwenu ei wên gam arna i cyn troi i ddilyn Dad. Wrth gwrs na fysa'r walabi'n croesi'r bont. Be wnaeth i mi feddwl ei fod o'n gwybod pa ffordd i fynd? Ond mi *oedd* y pinnau yn fy map yn tynnu llinell hollol syth, ac yn anelu am yr union fan lle ro'n i'n sefyll.

Wrth gerdded yn ôl tuag at y landrofer, mi welwn y Josgin yn eistedd ynddi, yn dal i wenu.

'Diolch 'ti, Eddie, bryna i beint i ti ryw ddiwrnod,' medda Dad wrth i Eddie gychwyn ei injan.

'Os ddali di'r blydi cangarŵ 'na, mi bryna i beint i *chdi*, Dic!' Chwarddodd Eddie cyn troi'r fan rownd a mynd am adra.

Dringais i mewn i'r landrofer at y Josgin gan wybod yn iawn be oedd o am 'i ddeud a be oedd am ddigwydd wedyn. Er 'mod i wedi'i helpu o wrth gymryd y bai am adael drws y cwt lloi ar agor, roedd o'n gwybod 'mod i'n barod i ffrwydro, ac roedd y temtasiwn yn ormod iddo fo.

'Y twat,' sibrydodd y Josgin cyn i Dad ddringo i mewn. Doedd gen i ddim ateb. Fo oedd yn iawn, ond roedd hi'n rhy hwyr achos roedd y gwybed bach llachar wedi dechra dawnsio o flaen fy llygaid. Mi afaelais yn y syrinj defaid oddi ar y dashbord a'i ddal o dan drwyn y Josgin.

'Rho hwnna i lawr, Tudur,' gwaeddodd Dad, oedd yn sefyll yn nrws y dreifar. Roedd y Josgin yn trio'i orau i beidio symud ac yn pwyso'i ben yn ôl mor bell ag y gallai o, gan syllu'n syth yn ei flaen drwy'r ffenest.

'Callia, Tudur, neu fyddi di wedi'i frifo fo,' gwaeddodd Dad eto gan eistedd yn ei sêt.

'Walabi,' medda'r Josgin yn ddistaw.

'Ia,' atebodd Dad. 'Awn ni chwilio am y walabi 'ma, hogia.'

'Y walabi,' cyhoeddodd y Josgin eto.

'Be?' gofynnais. Gwaeddodd y Josgin yn uwch y tro yma.

'Y blydi walabi! Mae o'n fanna!' Cododd ei law a phwyntio yn ei flaen. Trodd Dad a finna ein pennau i sbio, a dyna lle roedd o. Y walabi, yn sefyll yr ochor arall i'r ffens, yn edrych arnon ni. Mi syllodd o i mewn i fy llygaid am chydig eiliadau cyn troi ei ben yn araf, a chydag un naid, diflannu o'r golwg i lawr yr orglawdd. Rhuthrodd Dad at y ffens bren a gweiddi.

'Dewch, hogia, a Dewi – ty'd â'r rhwyd 'na efo chdi.'

Gwthiodd Dewi heibio i mi a mynd i gefn y landrofer i nôl hen rwyd bysgota ddaeth Dad efo fo i drio dal y walabi. Erbyn i mi a'r Josgin gyrraedd y ffens roedd Dad yn sefyll ar waelod yr orglawdd efo mur trwchus o ddrain a mieri'n ei wynebu.

'Ffordd aeth o?' gwaeddais. Cododd Dad ei freichiau mewn anobaith a dechrau rhedeg ar hyd ymyl y drain i chwilio am fwlch, ond doedd dim un i'w gael. Baglodd Dad yn ôl i fyny'r llethr a dringo'r ffens bren.

'Mae o'n cuddio yn y drain 'na,' medda Dad wrth drio cael ei wynt ato.

'Be sy'r ochor arall i'r drain 'na?' gofynnais, ond cyn i Dad gael cyfle i ateb, clywsom sŵn corn trên. Mae pont Britannia yn ddwy bont mewn gwirionedd, achos mae'r lôn newydd yn eistedd ar ben y rheswm gwreiddiol am fodolaeth y bont, sef y rheilffordd. Dyna'r llwybr roedd y walabi am ei ddefnyddio. Roedd o am ddengid i'r tir mawr ar hyd y rheilffordd. Rhedodd y tri ohonon ni ar hyd ochor y lôn yn chwilio am ffordd i lawr at y traciau, ond roeddan ni'n mynd yn bellach oddi wrth y rheilffordd.

'Ffordd yma!' gwaeddodd Dad cyn neidio dros hen giât haearn ac i mewn i goedwig binwydd. Rhedodd y Josgin a finna ar ei ôl, ac o fewn dim roeddan ni wedi cyrraedd yr ochor arall i'r coed ac allan yng ngolau dydd eto. O'n blaenau roedd golygfa ddaru fy stopio'n stond. Roedd colofn anferth o gerrig mawr sgwâr yn codi i'r awyr, ac ar ei ben roedd llew enfawr yn gorwedd yn llonydd.

'Dau lew tew, heb ddim blew ...' gwaeddodd Dad wrth redeg heibio gwaelod y cerflun.

Pan adeiladwyd y bont yn wreiddiol, gosodwyd dau bâr o lewod anferth, un bob pen, i'w gwarchod, ond mi gafodd y creaduriaid cerrig eu caethiwo a'u cuddio gan y ffordd newydd, a bellach maen nhw'n eistedd yn unig, yn syllu i'r gorffennol. Meddyliais am Troy yn syllu ar y machlud, ac yna meddyliais am ei lygaid y tro ola i mi ei weld wrth i'r dynion gau drysau cefn y lorri.

'Oi, ydach chi'n chwilio am gangarŵ?' galwodd llais diarth. Daeth dyn allan o gysgodion y bont yn giwsgo cap pig – nid efo RSPCA arno, ond yn hytrach symbol British Rail.

'Dad!' bloeddiodd y Josgin. 'Ma' 'na rywun yma!'

Dreifar trên oedd y dyn yn y cap, a doedd o ddim yn hapus.

'Dwi'n meddwl 'mod i wedi'i hitio fo. Ma' gadael anifeiliaid ar y rêlwe yn Serious Offence,' medda'r dyn. Roedd o'n gyrru ei drên dau gerbyd o Gaer i Gaergybi, ac ar fin cyrraedd pen ynys Môn i'r bont pan welodd y walabi'n neidio o'i flaen. Mi freciodd y dreifar yn galed ac roedd y trên wedi dod i stop rownd y tro y tu hwnt i'r bont. Wrth i'm llygaid ddygymod â thywyllwch y rheilffordd o dan y lôn, gwelais rai o'r teithwyr â'u pennau drwy ffenestri'r trên, yn edrych yn ôl i weld be oedd wedi digwydd. Dringodd Dad, y Josgin a finna dros y ffens wrth waelod y llew mawr tew a chamu ar y rheilffordd.

'Oi!' gwaeddodd y dyn. 'Dach chi'm i fod i drespasio ar British Rail Property.'

Chymerodd Dad ddim sylw ohono fo a cherddodd yn araf ar hyd canol y trac ar y bont. Dilynodd y Josgin a finna yn agos y tu ôl iddo fo – y Josgin yn cario'r rhwyd bysgota a finna'n dal efo'r syrinj defaid yn fy llaw.

'Dyna fo,' sibrydodd Dad gan sefyll yn stond. Ac yno, o'n blaenau, yn sefyll fel cerflun hanner ffordd ar draws y bont roedd y walabi. Roedd y dreifar yn dal i weiddi o'r pellter tu ôl i ni.

'Be dach chi'n feddwl dach chi'n neud? Mae hwn yn fatar i'r British Transport Police, dwi'n mynd i ffonio Bangor.'

Mi wnaeth o ffonio Bangor, ac mi wnaeth Bangor ffonio Caer, ac mi ffoniodd Caer Crewe, ac o fewn deng munud roedd y rheilffordd o'r tir mawr i ynys Môn wedi'i chau yn gyfan gwbwl achos bod 'na walabi'n sefyll rhwng y ddwy rêl ar ganol pont Britannia.

'Be 'dan ni'n mynd i neud, Dad?' gofynnodd y Josgin wrth i'r tri ohonon ni syllu ar y walabi llonydd.

Wedi meddwl am eiliad cyhoeddodd Dad, 'Mi wn i. Rhedwch chi heibio iddo fo i'w stopio fo rhag cyrraedd y pen arall.'

'Fedrwn ni ddim mynd heibio fo, Dad,' atebais. 'Ma' walabi'n gallu gneud tri deg milltir yr awr,' ffaith roeddwn i'n ei chofio o'r *Hamlyn Children's Animal World Encyclopedia in Colour* oedd honno.

'Ewch chi yn y landrofer, Dad,' cynigiodd y Josgin. 'Nawn ni aros yn fama.'

'Iawn, ond peidiwch â symud nes byddwch chi'n 'y ngweld i – a beth bynnag wnewch chi, peidiwch â gadael iddo fo fynd heibio i chi,' gorchmynnodd Dad cyn troi a rhedeg yn ôl ar hyd y trac at y landrofer.

'Sut 'dan ni'n mynd i'w ddal o?' gofynnais i'r Josgin.

'Gafael ym mhen y rhwyd 'ma a tynna hi draw atat ti, yn dynn.' Gosododd y rhwyd bysgota yn araf ar y llawr. Wrth i ni ei datod, mi ddois i o hyd i un pen a'i dynnu, a gwnaeth y Josgin yr un fath. Hon oedd y rhwyd roeddan ni'n arfer ei defnyddio yn yr haf i ddal pysgod yng ngheg yr afon, ac er bod 'na ambell dwll yma ac acw, roedd hi'n ddigon hir i ymestyn ar draws y rheilffordd o un ochor o'r bont i'r llall. Doedd y walabi ddim wedi symud modfedd wrth i ni ddatod y rhwyd a'i rhoi i orwedd ar draws y trac yn ofalus. Yr unig adeg y symudodd o oedd pan ymddangosodd Dad y pen arall i'r bont efo sach fawr blastig yn ei law. Trodd y walabi ei gorff fel ei fod yn gallu gweld dau ben y bont yr un pryd.

'Dach chi'n barod, hogia?' gwaeddodd Dad.

'Yndan!' gwaeddodd y Josgin.

'Dwi ofn,' sibrydais.

'Fyddi di'n iawn, Tudur. Jyst paid â gadael iddo fo fynd heibio.'

Dechreuodd Dad gerdded ar hyd y trac tuag at y walabi gan ysgwyd y sach blastig las, yn union fel y bydda fo'n ei wneud i gael stoc i mewn i gefn lorri.

'Paid â chodi'r rhwyd nes bydda i'n deud, iawn?' gorchmynnodd y Josgin. Nodiais cyn mynd i lawr ar fy nghwrcwd a chydio'n dynn yn fy mhen i o'r rhwyd. Roedd y walabi'n troi ei ben i edrych ar Dad ac arnon ni bob yn ail. Yna, yn araf i ddechra, mi neidiodd oddi wrth Dad a'i sach blastig, ar hyd y trac tuag aton ni.

'Mae o'n dŵad!' gwaeddodd dreifar y trên, oedd yn sefyll tu ôl i ni ymhellach i lawr y trac.

'Byddwch ddistaw!' siarsiodd y Josgin. 'Peidiwch â'i ddychryn o.'

Dechreuodd y walabi neidio'n gyflymach tuag aton ni. Gafaelais yn dynnach yn y rhwyd ac edrych draw at y Josgin.

'Dim eto.' Wnaeth fy mrawd ddim tynnu ei lygaid oddi ar yr anifail. Roedd y walabi yn dod yn syth amdanon ni rhwng y ddwy rêl. Roedd o'n medru neidio i uchder o ymhell dros bum troedfedd, felly mi fysa'n rhaid i ni godi'r rhwyd mor uchel ag y medran ni er mwyn ei ddal. Dechreuodd Dad weiddi wrth chwifio'r sach, ac mi neidiodd y walabi hyd yn oed yn gyflymach. Efo pob naid roedd y cerrig mân o dan ei draed yn crensian fel sŵn byddin yn gorymdeithio'n benderfynol at faes y gad.

'Pan dwi'n deud, Tudur, ti'n barod?' gofynnodd y Josgin.

'Yndw, dwi'n meddwl,' atebais. Roedd fy nghalon yn curo'n gyflym wrth i'r sŵn crensian agosáu. Roedd y walabi lai na ugain llath oddi wrthon ni, ac mi fysa'n rhaid i ni godi'r rhwyd yn fuan neu mi fysan ni'n ei golli o.

'Rŵan!' gwaeddodd y Josgin, ac mi neidiodd y ddau ohonon ni ar ein traed gan godi'r rhwyd mor uchel â phosib uwch ein pennau a halio yn erbyn ein gilydd. Stopiodd y walabi'n stond gan daflu ton o gerrig mân o'i flaen. Roedd distawrwydd llonydd am sbel wrth i mi a'r Josgin syllu ar y walabi, ac yntau'n syllu ar y ddau ohonon ni yn sefyll efo'n breichiau yn yr awyr a hen rwyd bysgota'n hongian rhyngddon ni. Torrwyd ar y distawrwydd wrth i Dad benderfynu rhedeg yn nes gan chwifio'r sach yn wyllt mewn ymgais i drio cael y walabi i roi un naid olaf i mewn i'r rhwyd.

Trodd y walabi ei ben i edrych ar Dad yn ymosod; yna, mi drodd yn ei ôl a sbio'n syth arna i efo'i ddau lygad mawr, cyhuddgar. Doedd unman arall i fynd. Roedd y walabi wedi'i drechu, ac roedd o fel petai'n ymwybodol o hynny wrth iddo ostwng ei ben ac edrych ar y llawr. Synhwyrodd y Josgin a finna fod yr helfa ar ben, ac yn reddfol camodd y ddau ohonon ni ymlaen. Fel roeddan ni'n agosáu ato cododd y walabi ei ben, troi rownd, a ddechra bownsio yn ôl i gyfeiriad Dad. Dechreuodd hwnnw neidio i fyny ac i lawr, gan weiddi a chwifio'r sach fel dyn gwyllt. Ond ddaru'r walabi ddim stopio y tro yma. Yn hytrach, mi wyrodd i'r dde oddi ar y trac a rhoi un naid anferth dros y wal goncrit ar ochor y bont ac o'r golwg.

'Na!' sgrechiais, cyn gollwng fy ngafael ar y rhwyd a rhedeg tuag at ganol y bont i'r man lle roedd y walabi wedi diflannu. Dringais i fyny i ben y wal a gorwedd ar fy mol yn edrych i lawr dros yr ochor. Roedd y Fenai islaw yn llifo'n gyflym tuag at fae Caernarfon yn y pellter, y dŵr yn wyrdd ac yn berwi'n flin. Doedd dim golwg o'r walabi, ac mi wyddwn yn syth ei fod wedi mynd am byth.

'Tudur! Aros lle rwyt ti,' galwodd Dad o'r tu ôl i mi. Teimlais ei ddwylo'n gafael yn fy nghoesau a 'nhynnu'n ôl.

'Mae o 'di mynd, Tudur. Does 'na'm byd arall fedran ni neud,' medda Dad wrth fy nhynnu i lawr oddi ar ochor y bont a gafael yndda i'n dynn. Dechreuais grio, yn ddistaw i ddechra, fy wyneb yn pwyso yn erbyn brest Dad, ond wedyn wrth gerdded yn ôl at y landrofer dechreuais grio'n uchel. Dwi'n cofio'r sŵn yn atseinio oddi ar y colofnau a'r lôn goncrit uwch ein pennau. Dwi'n cofio wynebau'r teithwyr ar y trên yn syllu arna i, a'r dreifar yn tynnu ei gap pig wrth i ni gerdded heibio. Mi wnes i grio yr holl ffordd adra yn y landrofer, tra oedd Dad a'r Josgin yn eistedd heb ddeud gair. Mi ddyliwn i fod wedi crio drwy'r nos hefyd, ond wnes i ddim, achos y gwir amdani oedd nad crio am y walabi oeddwn i, ond crio achos na wyddwn i ddim be arall i'w wneud. Pan ddiflannodd y walabi dros ochor y bont, mi wyddwn yn syth fod pob dim drosodd. Roedd yr anifail ola wedi mynd. Doeddwn i ddim wedi meddwl y bysa'r diwrnod hwnnw yn cyrraedd byth, ac roedd sylweddoli ei fod o wedi digwydd yn deimlad afreal iawn. Wrth gwrs, mi fysa'n well gen i petawn i'n medru deud ein bod ni wedi dal y walabi yn y rhwyd, a'i fod wedi mynd i fyw i barc anifeiliaid moethus rywle yn ne Lloegr, ond wnaeth o ddim. Mi neidiodd, ac mi ddisgynnodd dros gan troedfedd i mewn i'r Fenai. Wrth edrych yn ôl, mi fyddwn i'n teimlo'n euog ofnadwy am yr hyn ddigwyddodd i'r walabi, ond wrth fynd i 'ngwely y noson honno, dagrau o ryddhad oedd yn rhedeg i lawr fy mochau.

Teimlais ei sws fel pluen ar fy nhalcen, ac agorais fy llygaid.
   'Ma' Mam adra,' sibrydodd.

Caeredin

'Thank you very much,' medda fi wrth ddod â'r stori i'w therfyn. Rhoddais y meicroffon yn ôl ar y stand, a gwenu wrth deimlo gwres y gymeradwyaeth.

'Diolch, Mam a Dad,' sibrydais wrth gerdded oddi ar y llwyfan. Roedd o drosodd, ac er 'mod i'n mynd i adrodd yr un stori sawl gwaith eto yn ystod yr ŵyl fawr yng Nghaeredin, roedd y noson gyntaf drosodd, ac wedi bod yn gymharol lwyddiannus.

Cyrhaeddais yn ôl i'r stafell newid, estyn potel oer o gwrw o'r ffrij a disgyn i mewn i hen gadair esmwyth yn y gornel. Rhoddodd yr Albanes ei phen rownd y drws.

'Well done, Titherr, they loved it. Same time tomorrow?' gofynnodd.

'Yes. And thank you.'

Clywais fy ffôn yn crynu ym mhoced fy nghôt ar gefn y gadair. Tecst gan fy mrawd. Gwenais wrth weld y gair 'Josgin' ar y sgrin. Er nad oedd o'n gwylltio bellach, dyna roeddwn i'n dal i alw fy mrawd. Darllenais ei neges: 'Wel? Sut aeth hi??' a'i hateb: 'Da iawn, diolch – roeddan nhw'n licio chdi ;)'

Daeth cnoc ar y drws, a rhoddodd yr Albanes ei phen i mewn eto.

'Are you decent, Titherr?' gofynnodd. 'There's someone here to see you.' Agorodd y drws yn llydan a neidiais ar fy nhraed yn syth.

'Siân!' gwaeddais.

'Helô Tudur,' medda Siân yr Odyn gan ruthro i mewn a 'nghofleidio. Roedd ei gwallt yn gwta ac yn lliw hollol wahanol i'r hyn ro'n i'n ei gofio, ond roedd hi yr un mor brydferth ag erioed.

'Ti'n 'y 'nghofio fi?'

'Siân yr Odyn, myn diawl! Ma' hi'n dda dy weld ti, Siân. Oeddat ti yn y sioe rŵan?'

'Oeddwn, siŵr – wnest ti'm 'y nghlywed i'n crio drwyddi hi?'

'Crio?'

'O, un fel'na ydw i, 'sti. Roedd yr holl atgofion yn llifo'n ôl wrth wrando arnat ti, Tudur.'

Ro'n i'n ymwybodol fod rhywun arall yn y drws, ac mi welais ddyn ifanc yn sefyll yno'n gwenu.

'Tudur, dyma Iwan, fy mab.' Wrth i Siân gyflwyno'i mab, dyfalais ei fod yn ei ugeiniau cynnar. 'Mae Iwan yn y coleg meddygol yma yng Nghaeredin.'

'Helô, Iwan – dwyt ti ddim byd tebyg i dy daid, dwi'n falch o weld.' Chwarddodd y ddau wrth i mi ysgwyd ei law.

Gan na allwn i gynnig mwy na photel o gwrw neu banad mewn mỳg plastig iddyn nhw, cynigiais ein bod ni'n mynd i'r dafarn rownd y gornel i gael sgwrs iawn. Roedd Siân wedi cael gwaith yng Nghaerdydd fel athrawes ar ôl gadael y coleg ac wedi byw, priodi a magu tri o blant yn y brifddinas wedi hynny. Roedd yn od clywed Siân yn siarad efo mymryn o acen Caerdydd, oedd yn mynd yn gryfach o lawer pan oedd hi'n siarad efo Iwan.

'Mae Nain a Taid sir Fôn yn siarad lot amdanoch chi, Tudur,' medda Iwan wrtha i.

'Llai o'r chi 'ma, dwi'm cweit mor hen â dy fam, cofia,' atebais. 'Mi fydda i'n galw heibio'r Odyn bob tro bydda i'n mynd yn ôl i sir Fôn, os medra i,' medda fi.

'Dwi'n gwbod, Tudur, chwarae teg i ti. Mae Dad wrth 'i fodd yn dy weld di, ac mae Mam wastad yn deud dy hanes di'n y capel, yn dyw hi, Iwan?'

'O wel, mi gest ti gynnig ...' mentrais, heb wrido y tro

yma. 'Fedra i'm deud wrthat ti pa mor falch ydw i fod y ddau ohonoch chi wedi dod i weld y sioe.'

'Wel, mae gan Mam reswm arall i ddod i'ch gweld ... sori, i dy weld di, Tudur,' medda Iwan. Edrychais ar Siân am esboniad.

'Wel, mae o'r peth mwya od. Roeddat ti'n gwbod bod Mrs Tremayne wedi marw, doeddat?' gofynnodd Siân.

'Oeddwn, mi ddeudodd Dewi wrtha i ddechra'r flwyddyn. Roedd hi mewn oed mawr, ma' raid, doedd?'

'Oedd. Doedd ganddi ddim teulu o gwbwl, 'sti.'

'Ro'n i'n gwbod ei bod wedi colli'i gŵr – doedd ganddi ddim perthnasau eraill?' gofynnais.

'Neb.' Ysgydwodd Siân ei phen cyn ychwanegu, 'Mi adawodd bob dim i'r capal, wel, hynny oedd ganddi i adael. Doedd neb yn dallt pam, achos fuodd hi rioed yno.'

'C'mon, Mam, dangos iddo fo,' anogodd Iwan.

'Aros funud, Iwan, i mi gael esbonio gynta. Mae Mam yn ysgrifenyddes y capal, fel gwyddost ti, ac mi fuodd hi'n helpu i glirio Tŷ Lan y Môr ar ôl i'r hen graduras farw,' esboniodd Siân cyn estyn i mewn i'w bag a thynnu amlen frown allan.

'Dyna sut ddaeth hi o hyd i'r rhain.' Rhoddodd Siân yr amlen i mi.

'Be ydi o?'

Eisteddodd Siân yn ôl yn ei sêt heb ddeud mwy. Agorais yr amlen a thynnu pedwar ffotograff du a gwyn allan. Doeddwn i'm yn siŵr be o'n i'n weld ar y dechra, wedyn mi sylweddolais, a theimlais ias oer ar gefn fy ngwddw. Edrychais ar Siân mewn syndod.

Byth ers cyfnod y sw roeddan ni fel teulu wedi penderfynu peidio â siarad am y peth. Doedd o ddim yn gyfnod hapus o bell ffordd, ac roedd o wedi effeithio ar bob un ohonon ni mewn ffyrdd gwahanol. Hyd heddiw, dydw i ddim yn licio gweld anifeiliaid wedi'u caethiwo, dwi'n casáu mwncïod heglog, a bob tro dwi'n gweld walabi dwi'n cael pwl o euogrwydd. Aeth amser yn ei flaen, ac mi wnaethon ni wynebu sawl her fel teulu, a phrofi amseroedd anodd a lot fawr o rai hapus hefyd. Mi gollodd Dad dipyn o'i frwdfrydedd am syniadau busnes twp, er 'mod i'n ei gofio fo'n sôn unwaith am rwbath o'r enw Paintball – ond mi daflodd Mam ddesgil caserol ato fo a chlywson ni ddim mwy am hynny wedyn. Un peth nad oeddan ni byth yn ei drafod oedd y diwrnod hwnnw ar bont Britannia. Hyd y gwyddon ni, yr unig bobol oedd yn gwybod yn union be ddigwyddodd i'r walabi druan oedd Dad, y Josgin, y dreifar trên blin a fi. Ond ro'n i'n anghywir, achos roedd 'na rywun arall wrth y bont y diwrnod hwnnw, ac roedd ganddi hen gamera Kodak rownd ei gwddw.

Roedd y llun cynta wedi'i dynnu o lan y Fenai yn edrych i fyny ar bont Britannia. Roedd o'n amlwg wedi'i dynnu ar frys, achos doedd o ddim wedi'i ffocysu'n iawn, a fedrwn i ddim bod yn hollol siŵr be o'n i'n ei weld. Ond rhwng y lôn fawr a stribyn o wal goncrit ar lefel y rheilffordd, roedd yna rwbath tebyg i wyneb i'w weld yn sbio i lawr. Doedd dim amheuaeth be oedd yn y lluniau nesa. Roedd y camera'n edrych ar wyneb y Fenai yn y tri llun arall, a'r pileri mawr, cerrig yn y cefndir. Roedd 'na rwbath tywyll yn y dŵr. Dyna fo eto yn y llun nesa, ond y tro yma yn agosach at y lan. Yn y llun ola, roedd o'n hollol glir beth oedd yn y dŵr. Yn sefyll ar lan y Fenai, ac yn syllu i mewn i'r camera efo dau lygad mawr tywyll, sgleiniog, roedd walabi gwlyb iawn.